BIBLIOTECA DE BOLSILLO

The Buenos Aires Affair

MANUEL PUIG nació en 1932 en General Villegas, provincia de Buenos Aires. En 1951 inició estudios en la Universidad de la capital argentina. Pasó luego a Roma, donde una beca le permitió seguir cursos de dirección en el Centro Sperimentale di Cinematografia. Trabajó posteriormente como ayudante de dirección en diversos filmes. En la actualidad reside en Río de Janeiro. Ha publicado hasta el presente ocho novelas, traducidas ya a varios idiomas: *La traición de Rita Hayworth* (1968; Seix Barral, 1971; 1976, edición definitiva), *Boquitas pintadas* (1969; Seix Barral, 1972), *The Buenos Aires Affair* (1973; Seix Barral, 1977), *El beso de la mujer araña* (Seix Barral, 1976), *Pubis angelical* (Seix Barral, 1979), *Maldición eterna a quien lea estas páginas* (Seix Barral, 1980), *Sangre de amor correspondido* (Seix Barral, 1982) y *Cae la noche tropical* (Seix Barral, 1988). Ha reunido en un volumen sus dos piezas teatrales: *Bajo un manto de estrellas* y la adaptación escénica de *El beso de la mujer araña* (Seix Barral, 1983) y en otro dos de sus guiones cinematográficos: *La cara del villano* y *Recuerdo de Tijuana* (Seix Barral, 1985).

Manuel Puig

The Buenos Aires Affair

BIBLIOTECA DE BOLSILLO

Cubierta: Neslé Soulé

Primera edición en
Biblioteca de Bolsillo:
febrero 1986
Segunda edición: junio 1989

© 1986, Manuel Puig

Derechos exclusivos de edición en castellano
reservados para todo el mundo,
excepto Argentina:
© 1986 y 1989: Editorial Seix Barral, S. A.
Córcega, 270 - 08008 Barcelona

ISBN: 84-322-3031-6

Depósito legal: B. 20.756 - 1989

Impreso en España

1989. — Talleres Gráficos HUROPE, S. A.
Recaredo, 2 - 08005 Barcelona

PRIMERA PARTE

I

El joven apuesto:	Usted se está matando.
Greta Garbo:	(afiebrada, tratando de disimular su fatiga) Si así fuera, sólo se opondría usted. ¿Por qué es tan niño? Debería volver al salón y bailar con algunas de esas jóvenes bonitas. Venga, yo lo acompañaré (le extiende la mano).
El joven apuesto:	Su mano está hirviendo.
Greta Garbo:	(irónica) ¿Por qué no le deja caer una lágrima para refrescarla?
El joven apuesto:	Yo no significo nada para usted, no cuento. Pero usted necesita alguien que la cuide. Yo mismo... si usted me amase.
Greta Garbo:	El exceso de champagne lo ha puesto sentimental.
El joven apuesto:	No fue por el champagne que vine aquí día tras día, durante meses, a preguntar por su salud.
Greta Garbo:	No, eso no pudo ser culpa del champagne. ¿De veras querría cuidarme? ¿Siempre, día tras día?
El joven apuesto:	Siempre, día tras día.
Greta Garbo:	¿Pero por qué habría usted de reparar en una mujer como yo? Estoy siempre nerviosa o enferma, ...triste ...o demasiado alegre.

(De *La dama de las camelias*, Metro-Goldwyn-Mayer.)

Playa Blanca, 21 de mayo de 1969
Un pálido sol de invierno alumbraba el lugar señalado. La madre se despertó un poco antes de las siete, estaba segura de que nadie la observaba. En vez de levantarse permaneció en la

cama una hora más para no hacer ruido, su hija dormía en el cuarto contiguo y necesitaba horas de sueño tanto o más que alimentos. La madre se dijo lo que todas las mañanas: a la vejez debía afrontar sola graves problemas. Su nombre era Clara Evelia, pero ya nadie la llamaba Clarita, como lo habían hecho siempre sus difuntos marido y padres.

Durante breves instantes sobre una de las ventanas se proyectó una sombra, tal vez los árboles del jardín se habían movido con el viento, pero Clara Evelia no prestó atención, distraída pensando que los ateos como ella no tenían el consuelo de imaginar un reencuentro con los seres queridos ya muertos, "... ¿vuelve el polvo al polvo? / ¿Vuela el alma al cielo? / ¿Todo es vil materia, / podredumbre y cieno?"

Se levantó, calzó las chinelas de abrigo y miró un instante la bata de lana gruesa, raída en los bordes, antes de enfundársela: a su hija la deprimía verla con esa prenda gastada. Pidió que por lo menos hiciera buen tiempo esa mañana, o más precisamente, que no lloviera, así podrían dar una vuelta a pie por la alameda marítima.

Levantó la persiana y miró a lo alto, de su memoria brotó otra estrofa, "cerraron sus ojos, / que aún tenía abiertos; / taparon su cara / con un blanco lienzo / y unos sollozando, / otros en silencio, / de la triste... de la triste... de la triste alcoba / todos se apartaron..." Cada vez que lograba recordar sin esfuerzo un trozo de su repertorio Clara Evelia se sentía algo reconfortada, tantos años había sido profesora de declamación, "...en las largas noches / del helado invierno, / cuando las maderas / crujir hace el viento / y... y... y azota los vidrios / el fuerte aguacero, / de la pobre niña / a solas me acuerdo..."

El cielo estaba nublado, pero eso era común durante el invierno en Playa Blanca, la pequeña localidad balnearia del Atlántico Sur. No va a llover, pensó aliviada: durante la noche había oído a su hija quejarse en sueños y si por el mal tiempo habría de permanecer todo el día encerrada tardaría en recuperarse. ¿Pero es que había una recuperación posible para Gladys? Hacía apenas un mes la había creído curada, y ahora la veía otra vez en el fondo de esa pecera oscura en que se sumergía, una nueva y aguda crisis de postración nerviosa.

Lo cual no implicaba la futura pérdida de la razón, se repetía la madre.

Artes plásticas, su hija era artista, como ella misma, ambas demasiado sensibles concluyó Clara Evelia, "...de la casa en hombros / lleváronla al templo / y en una capilla / dejaron el féretro. / La luz que en un... en un..." ¿cómo continuaban esos versos? sólo recordaba que eran palabras dolorosas las que seguían. Como de muy lejos le pareció escuchar una voz, ¿de dónde provenía? Apenas lograba traspasar el cristal de la ventana y la cortina de gasa. Clara permaneció quieta un momento, pero no oyó nada más. Tampoco logró recordar el resto del poema.

Irritada pasó veloz revista a sus desgracias sucesivas: la muerte de su marido, la larga estadía de su hija única en Norteamérica, la merma del poder adquisitivo de su jubilación, el llamado de los médicos de Nueva York, el regreso con Gladys enferma. Pero también había recibido ayudas inesperadas, esa casa por ejemplo, cedida por amigos pudientes sin que ella lo solicitara. Un lugar tranquilo frente al mar, varios meses de serenidad y descanso habían transformado a Gladys, pero pocas semanas de vuelta en el hervidero de los medios artísticos de Buenos Aires habían bastado para llevarla otra vez a cero.

Y recomenzarían de cero si era preciso, el cielo estaba menos gris que hacía apenas un instante, el mar era de un color indefinido, aunque sí muy oscuro, "la luz que en un vaso / ardía en el suelo, / al muro arrojaba / la sombra del lecho: / y tras esa sombra / veíase a veces / dibujarse rígida / la forma del cuerpo..." Decidió que una caminata les vendría bien a las dos, bajarían a la playa abrigadas y con pañuelos en la cabeza, cuidándose de no pisar la arena húmeda, bordeando los arbustos que inmovilizan a los médanos con sus raíces fuertes, "las puertas gimieron, / y el santo recinto / quedóse desierto. / Tan medroso y triste, / tan oscuro y...", Clara trató una vez más de concentrarse y durante ese instante en que cerró los ojos podría haber entrado alguien en la habitación sin que ella lo percibiera. Sólo logró recordar que durante la noche había dormido mal, perturbada por ruidos extraños.

De todos modos saldría a caminar con su hija, lo importante era hacer ejercicio y tomar aire. Deshizo el lazo de la bata para volver a atarlo, en forma de moño, y golpeó con suavidad a la puerta de Gladys. No hubo respuesta. La madre se alegró, dormir profundamente era siempre reparador, en general su hija tenía un sueño tan ligero que se despertaba ante el menor rumor ¿se estaría curando? "...tan medroso y triste, / tan oscuro y yerto / todo se encontraba... / que pensé un momento: / Dios mío, qué solos / se quedan los muertos...", ¡versos extraordinarios! los incluiría en el festival que programaba para ese invierno en Playa Blanca. Meses atrás su hija le había pedido casi de rodillas que no recitara, pero ya superada la crisis Clara se atrevería a contrariar a la convaleciente y organizaría un festival, "...¿vuelve el polvo al polvo? / ¡Vuela el alma al cielo!", el sueño profundo de Gladys era indicio de pronta recuperación y la madre sentía en la espalda dos alas fuertes listas para desplegarse, mientras algo dulce parecía pasarle por la garganta. De repente las alas se encogieron, su cuerpo conducía una descarga eléctrica, diríase, y su boca sabía a los metales de que están hechos los hilos trasmisores de alta tensión: el haz de luz —¿de una linterna?— señalaba un detalle del piso para que no se le pasara por alto. La luz cesó, se notaban empero huellas barrosas —¿de zapatos de hombre?— ya secas que iban y volvían de la puerta del dormitorio de su hija a la puerta de la calle, atravesando la sala de estar. El haz de luz de una linterna parecía haber iluminado durante un instante el detalle revelador.

Sin titubear Clara abrió la puerta del dormitorio, la cama estaba en desorden y Gladys había desaparecido. Pero seguramente habría dejado un mensaje explicativo, ¿algunas pocas líneas diciendo que había salido a ver el mar? La madre buscó sobre la cómoda, sobre la mesa de luz, en los cajones, debajo de la cama, en la sala de estar, en la cocina, sin resultado.

¿Quién había entrado durante la noche? Pensó con escalofrío en un asalto: imposible, la puerta había sido cerrada por la misma Clara con pasador, Gladys era muy precavida y no habría abierto a un desconocido. Se llevó las manos a las sienes y se dejó caer en un sofá ¿por qué se asustaba así? tantas veces en el invierno anterior Gladys se había levantado al amanecer para recoger los objetos que aparecen en la arena cuando la marea se retira. Pero en esos casos indefectiblemente la despertaba antes de salir. La madre se puso de pie, no miró hacia la derecha —donde habría percibido una presencia inesperada— y corrió a buscar en el baño el canasto donde Gladys siempre colocaba los desechos que recogía. Rogó no encontrarlo, pero el canasto estaba allí. Volvió a la sala repitiendo el mismo recorrido en sentido inverso, por causas fortuitas no miró esta vez a su izquierda. ¡El desayuno!, fue a la cocina en busca de alguna taza sucia, de alguna miga de pan. Pero todo estaba como la propia Clara lo había dejado la noche anterior después de lavar los platos de la cena; Gladys nunca salía para sus caminatas sin prepararse una taza de té, y siempre dejaba todo sin lavar. Abrió la puerta de calle y respiró hondo el aire salobre. Prometió firmemente a sí misma no asustarse y esperar un rato más el regreso de su hija, ¿pero qué significaban esas pisadas? ¿no eran acaso de hombre?

Agotada se recostó en la cama deshecha de Gladys, pensó que todo lo que ocurría era culpa de la muchacha ¡porque jamás le hacía confidencias! ¿Qué habría dentro del corazón de su hija?, sólo tenía seguridad de una cosa, de que Gladys estaba siempre triste, "...del último asilo / oscuro y estrecho, / abrió la piqueta / el nicho a un extremo. / Allí la acostaron, / tapiáronle luego, / y con un saludo / despidióse ¿el deudo?... ¿el pueblo?... ¿el duelo?" Desde el jardín, a través de las cortinas de gasa, se veía a Clara con los ojos desmesuradamente abiertos, fijos en el cielorraso; de más cerca, tras el biombo, se podían oír también sus frecuentes suspiros, a modo de queja por su mala memoria. Lejos se oyeron truenos, provenían del sur, anunciaban una posible lluvia, traída por vientos antárticos: en pocos minutos se había descompuesto el tiempo en el litoral marítimo.

Clara no se atrevió a encender el velador, la gente decía que la luz atraía a los rayos, y acostumbrada a la construcción compacta de Buenos Aires se sentía a merced de la electricidad atmosférica en esa casa de un solo piso rodeada de pinos poco crecidos. En la penumbra se precipitó a revisar el ropero y la cómoda donde Gladys guardaba la ropa, ¿qué se había puesto para salir? Clara descubrió que ninguna prenda de calle faltaba. De pronto su mirada se topó con el perchero de la sala, donde Gladys y ella colgaban sendos tapados de nutria y faltaba... ¡el de Clara! Fue después a las cajas de zapatos, no faltaba ningún par. La bata de fina lana yacía sobre una silla, las chinelas estaban junto a la cama ¿y el camisón?, toda búsqueda fue inútil, el camisón había desaparecido. Por lo tanto Gladys había salido de su casa descalza, el tapado de piel sobre el camisón.

¿Pero por qué el tapado de la madre, de corte ya anticuado? Clara no dudó un instante más, algo muy raro había sucedido. Vistió ropa de salir y tomó por la calle principal casi corriendo rumbo a la comisaría, con la esperanza de llegar antes de que se precipitase la lluvia, "¡Dios mío, qué solos / se quedan los muertos! / Allí cae la lluvia / con un son eterno; / allí la combate / el soplo del cierzo. / Del húmedo muro / tendida en un... tendida en un..."

¿Y en la comisaría qué iba a decir? Ante todo haría la salvedad de que esa desaparición podía no significar una alarma, que su hija era artista y por consiguiente imprevisible en sus reacciones. Agregaría que Gladys tenía treinta y cinco años, la verdad, ganadora de un premio de escultura, y no en la provincia sino en la ciudad de Buenos Aires. Ella y su hija habían vivido siempre en la gran ciudad, no eran mujeres de pueblo chico. Aclararía que Gladys no era muy popular en la Argentina, pero algo en el extranjero. Mientras que ella misma, como poetisa y declamadora, era más conocida en su propio país. Añadiría que no se trataba de diferencias en calidad, en vuelo creador, sino que todo se reducía a que los artistas plásticos no tienen la barrera del idioma y los poetas desgraciadamente sí. Clara se dio vuelta, de repente había tenido la impresión de que la seguían: un auto color crema manejado por un hombre de sombrero estaba acercándosele. Pero una vez junto a ella no se detuvo y siguió su marcha lenta hasta la esquina, perdiéndose de vista al doblar. ¿Qué más diría en la comisaría?, sería preciso explicar que Gladys no era una niñita que se perdía al soltar la mano de su mamá, no, había vivi-

do años sola fuera del país, ¿alguna seña particular?, Gladys
antes nunca se maquillaba, pero con parte del rostro tapado
por un mechón —no por una venda, ni por un parche de pira-
ta, sólo la coquetería de un mechón—, el ojo resultó tan her-
moso al pintarlo por primera vez... Un joven llegó a decirle
que ese ojo parecía un colibrí posado en su cara, ¿y qué más
podía ayudar a la policía?, al oficial que la atendiese le pedi-
ría ante todo discreción, y que si su hija al rato reaparecía no
la enterasen de la denuncia, y por supuesto habría que ocul-
tarle que una seña particular había sido indicada.

Era verdad, se decía Clara, con esas pestañas postizas im-
portadas el ojo puede destacarse más y resultar de una belleza
radiante, el ojo celeste con el párpado verde y las pestañas
azabache como las alas y la colita erguida del colibrí.

Al llegar a la esquina donde el auto color crema había doblado, Clara hizo lo mismo y divisó a una cuadra la negra ca-
mioneta policial estacionada frente a la comisaría. ¿Y si
Gladys estuviese ya de vuelta en casa y todo resultara un terrible papelón? La madre se detuvo, en la acera de enfrente se
erguía un cinematógrafo pequeño, clausurado por orden municipal. Hacía tiempo que no pasaba por allí. El manifiesto de
clausura estaba pegado sobre las carteleras y cubría el título
del último film programado. Clara sin razón valedera se acercó y leyó el dictamen policial, tal vez esperando que contuvie-
se algún indicio del paradero de su hija, un anuncio de la pro-
videncia. El manifiesto sólo decía que se cerraba la sala por
razones de higiene y seguridad públicas.

También había otras proclamas gubernamentales pegadas
a la fachada que instaban al orden público y recomendaban la
captura de activistas allí enumerados; Clara no las leyó. Im-
provisamente había llegado a la conclusión de que su hija estaría ya emprendiendo el regreso a casa, porque también a
ella la aterraban las tormentas. Comenzó a desandar el camino. Además si los patrulleros buscaban a Gladys y la encontraban por una carretera en camisón y tapado de piel, la con-
siderarían demente y la someterían a tratos intolerables para
la sensibilidad de la muchacha, "...cuando las maderas / crujir
hace el viento / y azota los vidrios / el fuerte aguacero, / de la

15

pobre niña / a solas me acuerdo. / Del húmedo muro / tendida en un... / tendida en un..." ¿cómo seguía? consultó su reloj-pulsera, eran las nueve y media de la mañana ¡qué no hubiese dado por saber dónde estaba su hija en ese preciso momento! "...allí cae la lluvia / con un son eterno; / allí la combate / el soplo del cierzo. / Del húmedo muro / tendida en un... en un... ¡hueco! / acaso de frío / se hielan sus huesos...", logró por fin recordar, con satisfacción.

II

Dorothy Lamour: (en un claro de la jungla, junto a una cabaña, canta en la noche acompañándose con un ukelele; su mirada, plácida e ilusionada, denota un profundo amor por el forastero a quien dedica la canción)

Melodías se abren paso
entre plantas de bambú,
entre luz de luna y sombras
cuando te me acercas tú.

En la noche de la jungla
me asusta la oscuridad,
pero con tu abrazo fuerte
mi temblor aquietarás.

(De *La princesa de la selva*, Paramount.)

Buenos Aires, 21 de mayo de 1969

Está de pie en medio de la habitación, el cuerpo alerta. Como única vestimenta lleva una toalla arrollada a la cintura que muestra los músculos en tensión de las pantorrillas velludas, en tanto los brazos fuertes extendidos hacia adelante presentan las manos crispadas, con los dedos enarcados. La boca entreabierta denota sorpresa. La oreja está tendida hacia la puerta de calle: el arranque de un motor de auto en segunda velocidad, ocho pisos más abajo, se yuxtapone sin cubrirlo al chirrido de una puerta metálica de ascensor que se abre en el pasillo de ese mismo piso del edificio de departamentos. La pérdida de agua de una canilla de la cocina produce en cambio un sonido imperceptible. También son imperceptibles la vibración del filamento, próximo a fundirse, de una lampari-

17

ta encendida en el baño, y el paso del vapor caliente por la instalación calefactora compuesta de dos radiadores visibles y cañerías ocultas dentro de la pared. Los pies descalzos pisan sobre una alfombra cuadriculada de yute color natural. El yute trenzado es levemente áspero al tacto, cubre en parte el piso de madera encerada muy lisa y por lo tanto resbalosa. Pero la superficie más pulida corresponde a un cenicero de cristal francés. También son suaves al tacto un jarrón de cerámica pintado a mano con esmalte, la tela mezcla de seda con fibra sintética que tapiza dos sillones, los mosaicos e implementos sanitarios del baño, la piel de él en los lugares donde no crece vello —espalda, hombros, nalgas, parte del pecho— y la casi totalidad de la piel de la mujer inmóvil en la cama. La superficie más áspera corresponde a un cuadro de autor contemporáneo de la escuela tachista, cuyos grumos de pintura configuran relieves granulosos y hasta puntiagudos; sus colores predominantes son el amarillo y el negro. Hay varios cuadros más en el departamento, entre ellos uno de dimensiones inusitadas —dos metros de alto por dos de ancho— casi íntegramente ocupado por un círculo color añil sobre fondo gris. Contra una de las paredes —todas pintadas de blanco— hay una cama turca, las sábanas celestes tienen una guarda azul y las dos frazadas son marrón claro. La piel de la mujer inmóvil es muy blanca, la mordaza de la boca ha sido improvisada con un pañuelo de hombre de seda multicolor pero sobria, las manos están atadas por detrás con una corbata de luto. El color de los ojos de la mujer no se alcanza a percibir porque están cerrados, además, debajo del párpado izquierdo falta el globo ocular correspondiente. En el resto del cuerpo no se vislumbran huellas de violencia, tales como hematomas violáceos o heridas con sangre coagulada roja oscura. Tampoco hay rastro alguno de violencia sexual. Las seis colillas de tabaco que se reparten entre el cenicero de cristal y otro de bronce no presentan huellas de lápiz labial. El cenicero de bronce labrado en la India contiene el único cigarrillo encendido, el humo describe una línea recta vertical. De ambos ceniceros se desprende un leve olor a tabaco ardido, perceptible sólo a pocos centímetros. También a pocos centímetros de la superficie que lo emana es posible percibir —junto al cuello de la mujer— un dulce extracto francés y —junto a las axilas de él— el ácido característico de la transpiración. Dicha transpiración ha humedecido la bocamanga de una camisa —las dos manchas producidas son ovaladas— ahora puesta sobre una silla con otros indumentos masculinos. Hay también manchas de humedad en el techo, en varios tonos de verde, y debajo del lavatorio del baño, donde la capa de revoque y pintura resquebrajada está además sombreada por el polvo adherido que no se quita durante operaciones de limpieza por temor a agrandar las grietas. Pocos centímetros más abajo, en el piso junto a la base del lavatorio, yace un trozo de algodón hidrofílico embebido en cloroformo, en parte ya evaporado. También en la cocina hay un trozo de algodón, junto a una ampolla para inyectar de color rojo; sobre la misma planchada de mármol hay otra ampolla, pero rota y vaciada, cuyas paredes están teñidas por el líquido amarillento que contenían. A pocos centímetros, sobre una de las hornallas, se ve una caja metálica rectangular con agua para esterilizar la jeringa y su correspondiente aguja hipodérmica. La única ventana de la cocina está adornada por una cortina, confeccionada en una muy liviana tela de lino que se halla suspendida por el paso de una brisa leve. Esa misma brisa carece de fuerza en cambio para modificar la posición de los restantes objetos de la cocina, incluido el trozo de algodón por estar cargado de alcohol. Colgados en la pared opuesta a las hornallas hay utensilios varios y también detalles decorativos entre los que se destaca un reloj eléctrico de madera y bronce que marca las 9.30. También de bronce son las manijas de los cajones del aparador. En el cajón más alto están guardados los cubiertos, abrelatas y sacacorchos. Pero el borde más filoso corresponde a la cuchilla, habitualmente guardada, por su tamaño mayor, en el segundo cajón, más espacioso, junto a servilletas y manteles de uso diario. No se encuentra allí en este momento, y además sería difícil determinar si dicha cuchilla no es menos filosa que la tijera de acero inoxidable traída como regalo de Toledo, y colocada sobre el escritorio de la habitación principal junto a una pila de revistas y diarios con artículos marcados para recortar, a pocos centímetros de un cortapapel de borde casi romo. La tijera nombrada ha recibido un tratamiento químico especial que le confiere brillo dorado y es uno de los objetos que más relucen en la habitación, junto con la arandela plateada de la lámpara de pie, las uñas nacaradas de la mujer tendida y el cenicero de cristal. En cambio la hoja de la cuchilla no puede reflejar y refractar rayos lumínicos porque la cubre el colchón de la única cama del departamento. Por otra parte el metal se halla mal pulido a causa del método de limpieza ineficaz y en sectores aparece oxidado, especialmente junto a las partes melladas. A la luz, no obstante, se apreciaría esa cuchilla como un implemento de cocina poco común, ya que se trata de una pieza importada de Marruecos, a precio elevado, abundante en detalles de refinada artesanía. Costosos también son los cuadros, todos de firmas cotizadas, un tocadiscos de alta fidelidad y un revólver Smith 38, cargado con seis balas y guardado en uno de los cajones de la mesa de luz. El objeto de menos valor de la habitación es una caja de fósforos de cera, casi vacía. Este objeto además es uno de los más livianos de la habitación, junto con las hojas sueltas que yacen sobre el escritorio, una pluma de avestruz incrustada en un tintero antiguo, un camisón de tela sintética arrumbado en un rincón, y un par de largas y finas agujas de metal. Se trata —en el caso nombrado por último— de instrumentos aplicados en los tratamientos de acupuntura, la milenaria ciencia médica china cuyos cultores detectan a flor de piel los puntos invisibles en que se ha de punzar, con propósitos diversos: la energía vital circula en la superficie del cuerpo sin detenerse nunca, hasta la muerte, cumpliendo como índice de equilibrio una trayectoria simétrica, y dicho equilibrio puede ser preservado —o roto— si así lo disponen aquellos cultores, pues les bastará clavar la larga aguja —no dejará huellas— en algún punto específico. El chirrido, ya apuntado, de la puerta metálica del ascensor corresponde a la acción ejercida por una mujer en el momento de cerrarla. Esa mujer tiene una mano en la manija de la puerta y otra en su bolso, al que aferra nerviosamente. La actitud de su cuerpo hace prever que se dirigirá hacia la puerta del departamento donde el hombre de la toalla escucha, con expresión de desmesurada excitación, los rumores que llegan del pasillo.

III

Joan Crawford:	(con firmeza) Has estado revolviendo mis cajones..., desde el primer día que empecé con este empleo, tratando de averiguar dónde trabajo. Ahora lo sabes ¿no es así? sabes que ése es mi delantal.
Hija:	¿*Tu* delantal?
Joan Crawford:	Trabajo como camarera en un restaurante. Ahora sabes eso, también.
Hija:	(horrorizada) ¿*Mi* madre una vulgar camarera?
Joan Crawford:	Para que tú y tu hermana tengan techo y un plato de comida.
Hija	(sale corriendo) No...
Joan Crawford:	(a una amiga, como ella también golpeada por la vida) Hice lo posible (mira en torno, desesperada). Pero es inútil. No te imaginas lo que significa ser madre. Ella es parte de mí misma. Tal vez no haya salido todo lo buena que yo quería. Pero no por eso deja de ser hija mía.
Amiga:	(le arroja una mirada cáustica, desaprueba tanta debilidad materna para con esa hija ingrata) Hmm... (se va)
Joan Crawford:	(sola) Los yacarés tienen razón. Se comen a la cría.

(De *El suplicio de una madre*, Warner Bros.)

23

ACONTECIMIENTOS PRINCIPALES DE LA VIDA DE GLADYS

Gladys Hebe D'Onofrio nació en Buenos Aires el 2 de enero de 1935, hija de Clara Evelia Llanos y Pedro Alejandro D'Onofrio. Fue concebida en la madrugada del domingo 29 de mayo de 1934, al volver sus padres de una representación de *El gran Dios Brown* de Eugene O'Neill en el Teatro Universo, Capital Federal, seguida de debate público. Durante la representación Clara Evelia Llanos de D'Onofrio sintió renacer su vocación de poetisa, acicateada por el corte vanguardista de la obra. Decidió retomar sus escritos al día siguiente si el tiempo era bueno y su marido podía cumplir con el programa de pesca que le propusiera uno de sus colegas de la Sucursal 4 del Banco Industrial Argentino. Durante los primeros meses de casada Clara Evelia se había visto absorbida por las nuevas tareas de ama de casa y no había sentido necesidad de escribir. La edición de su único libro de poemas publicado hasta la fecha, titulado *Verdor* y firmado con el seudónimo de Clara Ariel, había sido pagada con sus ahorros. Pero no había logrado alcanzar su propósito fundamental: ser incluido —por lo menos dos títulos, "Las uvas del mar" y "Son melancólicas las novias"— en el repertorio de Berta Singerman, la recitadora más importante del país. Pedro Alejandro D'Onofrio también reaccionó favorablemente a la representación, debido en parte a que ya conocía otras dos obras del autor, ambas en adaptación cinematográfica. Ese hecho le permitió dialogar desenvueltamente con su esposa, por lo general conocedora de más títulos que él, e incluso durante el debate sintió deseos de participar, pero temió no contar con el vocabulario adecuado: si no hubiese estado presente su esposa se habría aventurado a emitir algún juicio. Clara Evelia tampoco dejó oír su opinión porque de algún modo temía, elogiando esa obra que realmente la había impresionado, traicionar sus propios principios estéticos. A dichos principios los sentía casi abarcados por dos vocablos: gracia y exquisitez.

De vuelta a casa Clara Evelia expresó el deseo de releer a sus maestros Nervo y Darío; su esposo habría preferido apagar la luz en el mismo momento de acostarse porque eran ya las dos y media de la mañana, pero se había prometido a sí mismo no antagonizar nunca a su esposa en situaciones relacionadas con la poesía. Clara Evelia apagó la luz casi una hora después, Pedro Alejandro dormía. Clara Evelia se levantó sigilosamente y observó el cielo que se iluminaba a lo lejos con débiles relámpagos. El plan de escribir al día siguiente no habría de cumplirse si el tiempo era malo. Se volvió a acostar y no pudo evitar la irrupción de dos nombres consagrados que la humillaban: Juana de Ibarbourou y Alfonsina Storni. Clara Evelia sentía la boca agria, se imaginó a sí misma verde y con ojeras negras, encarnación de la envidia. Poco después oyó rumor de gotas de lluvia. Miró a su esposo dormido de costado dándole la espalda, se le acercó y buscó un lugar insólito donde besarlo: tomó en cuenta el lóbulo de la oreja, un lunar de la espalda y una protuberancia del omóplato. Quería dar un beso pleno de gracia y exquisitez. Se decidió por el lóbulo de la oreja y se lo besó sin obtener respuesta. Se lo mordió suavemente. Pedro Alejandro se despertó, y terminado el acto sexual, volviendo del baño pidió a su esposa que le repitiera algo lindo de lo que había leído esa noche. Ella repitió lo primero que recordó: "...había cerca un bello jardín, con más rosas que azaleas y más violetas que rosas". Él exclamó "qué lindo" y cerró los ojos para retomar el sueño; ella volvió a sentir saliva agria espesándose en su garganta, habría preferido que el pedido hubiese recaído sobre un poema de su propia producción.

Durante el embarazo Clara Evelia tuvo en cuenta el consejo de su médico y pasó largas horas de descanso escuchando por radio música sedante cuando la hallaba —trasmitida por las emisoras del Estado—, o en caso contrario recurría a su vitrola y repetía obligadamente su limitado repertorio: *Largo* de Haendel, *El cisne de Tuonela* y *Vals triste* de Sibelius, *Cuadros de una exposición* de Mussorgsky, la *Novena Sinfonía* de Beethoven y la obra casi completa para piano de Albéniz. Pocos días después de concluir el séptimo mes de gestación, su cuñado José

Luis D'Onofrio perdió la vida junto con su esposa María Esther en un accidente de auto: Clara Evelia fue al velatorio empeñada en permanecer junto a su marido toda la noche. A la madrugada se sintió descompuesta y pocos días después dio a luz a una niña de sólo dos kilos de peso.

Gladys fue amamantada hasta los catorce meses de edad por su madre, quien por entonces sintió que recrudecían sus crisis de frustración literaria. Cuando alguien le preguntaba qué deseaba ella que fuera su hija en la vida, recordaba inmediatamente que ese tipo de pregunta le había sido formulada a ella misma veinte años atrás y había respondido "yo quiero ser bailarina clásica", o "yo quiero ser artista de teatro". Clara Evelia miraba a su bebé y pensaba que eran ya dos y no una sola las almas sedientas de consagración y fama.

En el cuidado de la niña se alternaron la abuela materna, las dos tías paternas y la vecina de la casa adonde se mudaron poco después del nacimiento, en el barrio de Villa Devoto. Aquella última sobre todo se hacía cargo de la pequeña cuando Clara Evelia asistía a conferencias y funciones vespertinas de teatro, sola, pues había perdido contacto con sus amigos de antes. El distanciamiento había comenzado con la publicación de su libro, sus conocidos la habían decepcionado al solicitarle el volumen como regalo, en lugar de ayudarla a amortizar el costo de la edición, comprándolo; además interpretó como señal inequívoca de envidia la reticencia de todos ellos al comentar el libro.

Durante una representación de *La dama boba* de Lope de Vega, Clara Evelia se encontró casualmente con una antigua compañera del conservatorio donde ambas habían estudiado declamación y piano. La amiga le presentó a dos adolescentes como aventajadas alumnas suyas, de declamación. En un aparte le explicó que, abrumada de trabajo, esa tarde había preferido pagar los asientos de tertulia a sus alumnos en lugar de darles clase, pretextando la necesidad de conocer el repertorio clásico español. Incluso le ofreció un alumno que había rechazado el día anterior por falta de turnos disponibles.

Clara Evelia aceptó y pocos meses después contaba con ocho alumnos a quienes atendía sólo de mañana y con cuyos pagos equilibraba el nuevo presupuesto en que entraban una doméstica y el proyecto de edición de un segundo libro de poemas.

Madre e hija

Gladys Hebe tenía predilección por la nombrada vecina, quien le había deparado inolvidable emoción al llevarla un domingo al Delta, y en casa de la misma comía todo lo que le ponían en el plato y dormía la siesta sin protestar, lo cual no sucedía en su propia casa. Las tías y la abuela estaban celosas y se alegraron cuando la vecina debió trasladarse con su marido, veedor de aduana, al nuevo nombramiento en Paso de los Libres. Gladys Hebe tenía entonces cuatro años y, cuando su madre la retaba porque no comía, se ponía a llorar pensando sin decirlo que durante la excursión al Delta había comido sentada en las faldas de la vecina, lo cual por otra parte se debió a que no le habían comprado el boleto correspondiente, haciéndola pasar por bebé de brazos. Gladys Hebe llamaba a la vecina en sueños solamente, porque de lo contrario su madre le lanzaba miradas acres.

A los cinco años fue enviada al Jardín de Infantes "Pulgarcito", de gestión privada. La maestra le enseñó una poesía y la niña la aprendió con mayor rapidez que sus compañeros. Clara Evelia no se enteró de esto hasta que la maestra la felicitó un día que la doméstica no pudo ir a buscar a la niña a la salida de clase. Clara Evelia estaba sorprendida porque la niña se había siempre negado a aprender con ella aun la más corta de las poesías. Una vez llegadas a casa la madre pidió a la hija que le recitara. Gladys se resistía, la madre la amenazó con escribirle a la antigua vecina y decirle que no volviera más a Buenos Aires porque la niña había muerto. La niña recitó, Clara Evelia dijo que esa maestra era un "caballo" y que los ademanes que le había enseñado eran de "caballo". La niña la miró desafiante y le dijo que la maestra recitaba mejor que Clara Evelia porque era más linda. Por primera vez se le ocurrió comparar las manos de la maestra, delgadas, color rosa

27

pálido, de uñas pulidas pero cortas y sin esmalte, con las manos de su madre, de oscuros dedos mate manchados de tabaco y uñas largas arqueadas pintadas de rojo bermellón. Clara Evelia se puso a llorar. La niña veía llorar a su madre por primera vez y nunca logró olvidar las gotas negras de rimmel que caían por sus mejillas.

Al año siguiente Gladys ingresó en el primer grado de la escuela pública "Paula Albarracín de Sarmiento", a pesar de tener un año menos de lo reglamentario. Desde entonces hasta sexto grado fue la mejor alumna de su división. La madre sólo intentó una vez hacerla participar en los recitales de fin de curso que realizaba con sus alumnos, cuando Gladys todavía no había cumplido los siete años: se trataba de una poesía larga escenificada, acerca de una dama patricia que bordaba con su hija la primera bandera argentina. El propósito de Clara Evelia era demostrar que niñas pequeñas podían memorizar y por ende tomar lecciones de declamación. El recital tuvo lugar en el cinematógrafo "Taricco" de la Avenida San Martín, alquilado expresamente para un día miércoles a las 18 horas. La primera parte se desarrolló sin mayores tumbos, los olvidos de letra fueron disimulados hábilmente por los niños participantes. Cuando se levantó el telón para dar comienzo a la segunda parte madre e hija se hallaban en el escenario, sentadas en sendas sillas, con un mantel entre manos haciendo las veces de bandera. La niña comenzó el diálogo con voz estrangulada por el miedo, la madre continuó con profesionalismo consumado. La niña continuó su parte, alabando las puntadas que daba su madre en el paño patrio con manos habilísimas. Mientras la madre decía la réplica siguiente, Gladys, como si alguien le hablara al oído, oyó una pregunta "¿podía el personaje representado por su madre bordar bien a pesar de tener las manos oscuras y las uñas como un ave de rapiña?" De repente en la sala se produjo un silencio inusitado: Gladys había olvidado la letra. Su madre se hizo cargo de la réplica de la niña y siguió con la propia: un nuevo silencio, Gladys no lograba recordar su parte. De ahí en adelante Clara Evelia dijo el texto de ambos personajes. Caído el telón Gladys corrió a la letrina de los camarines y se

encerró. Los demás participantes se desenvolvieron impeca-
blemente y llegado su turno Clara Evelia, sobreexcitada por el
incidente, actuó con vehemencia mayor a la acostumbrada y
halló tonos nuevos para ciertos pasajes dolorosos de la autora
chilena Gabriela Mistral, cuyo poema "Esterilidad" cerraba
el programa.

Padre e hija

La inclinación de Gladys por el dibujo se manifestó desde
los primeros grados. Iba a la escuela por la mañana y después
hacía rápidamente sus deberes para estar libre a las cuatro de
la tarde y escuchar la novela de Radio Belgrano con la doméstica. Se instalaban en la cocina y en un cuaderno Gladys co-
piaba desde las cuatro y media hasta la hora de cenar los dibujos de la sección Chicas, de la revista humorística *Rico Tipo*
que su padre compraba todos los jueves. Gladys pensaba que
su padre —a quien tanto le gustaban los "budines", según su
expresión— estaría contento si ella cuando grande lograba ser
como una chica del *Rico Tipo*. Eran invariablemente altísimas
muchachas bronceadas de breve cintura, talle mínimo, flotan-
te busto esférico y largas piernas carnosas. El rostro era siempre pequeño, de nariz muy respingada, largos cabellos lacios
con las puntas levantadas y gran mechón, casi tapándole uno
de los ojos verdes, grandes y almendrados que ocupaban la
mayor parte del rostro. Gladys ansiaba que llegara el jueves,
así podía hacer nuevas copias de la página dedicada a Chicas,
sentía una gran alegría al comenzar cada copia minuciosa si
bien hacia la mitad de cada trabajo se sentía algo avergonzada
de dibujar siempre lo mismo.

Pero los cuadernos seguían llenándose de la misma chica
en posturas diferentes, hasta que un día decidió dibujar solamente caras que ocupasen la página entera, como se lo sugi-
riera su nueva amiga, la compañera de banco del Liceo Nº 3,
al que acababa de ingresar en ese mes de marzo de 1947. La
compañera se llamaba Fanny Zuckelmann y había reacciona-
do con una mirada de desprecio cuando Gladys le mostró sus

copias del *Rico Tipo*. Fanny al día siguiente llevó a clase el cuaderno de dibujos de su hermana mayor, aventajada alumna de una escuela privada de bellas artes. Gladys se sintió humillada y no sabiendo cómo superarse empezó a dibujar una serie de caras de actrices, segura de lograr un mejor resultado que el obtenido por la hermana de Fanny en un retrato de la actriz cinematográfica Ingrid Bergman realizado con lápices de colores. Gladys dibujó en primer término, pese a que no era una de sus favoritas, a Vivien Leigh, por considerarla la única actriz de parejo prestigio con Ingrid Bergman. Pero no lograba acertar en el parecido y todos los intentos se frustraban: difícilmente se reconocía el modelo.

Ocultó todo a Fanny, lo cual no evitó un nuevo choque con su compañera antes de terminar el primer mes de clases. Fanny le preguntó qué libro estaba leyendo, Gladys respondió que a la noche escuchaba radio en la cocina hasta que sus padres se llevaban el aparato al dormitorio para escuchar los noticiosos. Fanny le preguntó si conocía a Hermann Hesse, Thomas Mann y Lion Feuchtwanger. Gladys los oía nombrar por primera vez y trató de no hacerlo notar. Forrado por Fanny como libro de texto, *Demian* de Hermann Hesse impresionó a Gladys hasta quitarle el sueño y durante esas horas de insomnio llegó a la conclusión de que no sólo ella era desgraciada sin razón, Demian también. Siempre le habían dicho que tenía que estar agradecida de haber nacido en un hogar como el suyo, donde no faltaba nada: tenía comida, techo, ropa y estudios, mientras otros niños de su edad carecían de todo. A *Demian* siguió una larga serie de novelas europeas contemporáneas que permitió a Gladys identificarse con numerosas criaturas afectadas por el mal del siglo: la angustia de existir, como le explicó Fanny, quien había escuchado conversaciones al respecto en casa de su primo, violinista de la Orquesta Sinfónica Municipal.

Una mañana Gladys entró a clase con la vista baja, Fanny le dio un codazo porque no la había saludado y Gladys al decir "hola" mostró sus dientes delanteros tomados por un aparato de ortodoncia. Debía llevarlo cuatro años, hasta después del baile de quince; necesitaba desahogarse y con lágrimas en los ojos se aventuró a una confesión, le contó que cada día que pasaba se agravaba su angustia de existir. Fanny, como robada de vocabulario e ideas propios, reaccionó burlona: le dijo que según el psicoanálisis la angustia no provenía de ser sino de no ser como pretendíamos, "vos tenés angustia porque no tenés los dientes derechos como yo", y le mostró una homogénea fila de dientes cortos y amarillentos. Gladys vio que eran cortos y amarillentos pero no encontró coraje para devolverle la ofensa, permaneció callada.

El sábado siguiente Fanny festejó su cumpleaños con un chocolate y concurrieron a su casa familiares y amigos; Gladys fue la única compañera de clase invitada. Durante la reunión conoció finalmente a la hermana mayor de Fanny, llamada Buby, de dieciséis años, muchacha gruesa y poco agraciada. Gladys pidió que le mostrara todos sus dibujos y grabó en su mente la dirección de la escuela, escrita con letra redondilla en la hoja de encabezamiento de cada cuaderno. Siempre que Fanny le había hablado en clase de esa hermana que estudiaba bellas artes, Gladys la había imaginado bella y artística, entendiendo por artística a una muchacha sensible, soñadora y siempre en pose armoniosa, descalza y semicubierta por velos. Gladys nunca había concebido la posibilidad de inscribirse en una escuela de bellas artes porque no se sentía capaz de llenar esos requisitos personales. El lunes siguiente Fanny durante la clase le dijo que la familia la había hallado demasiado tímida para su edad, y durante el recreo, mientras Fanny leía apurada una lección, Gladys contó verazmente a otras niñas que el departamento de Fanny era muy pequeño, lo cual obligaba a que la hermana mayor durmiera en la sala y Fanny en el mismo dormitorio de sus padres.

El jueves siguiente Pedro Alejandro D'Onofrio llegó de vuelta del trabajo con el nuevo número de *Rico Tipo*, como de costumbre. Gladys se lo sacó de la mano y miró la página de Chicas, ocupada por un solo chiste a toda página: dos amigos de apariencia elegante y donjuanesca estaban por dar vuelta a una esquina donde los esperaban las dos jóvenes con quienes tenían cita, una atractiva y la otra contrahecha y barbuda. Uno de los amigos le decía al otro que su hermosa novia había prometido traer a otra amiga no menos hermosa. El padre de Gladys volvió a reírse al recordar el chiste y dijo: "el pobre tipo tiene que cargar con el loro". Cuando alguien designaba a una mujer fea con esa expresión Gladys se sentía involucrada, cosa que también le sucedía con el sustantivo solterona. Cuando alguien pronunciaba esas palabras Gladys miraba en otra dirección. En ese momento apareció su madre y arrancó la revista de la mano de la niña "¡basta de leer porquerías agobiada todo el día!", exclamó, y se quejó al marido de que Gladys se pasaba el día con la columna vertebral arqueada, caída de hombros y hundida de pecho, "a pesar de todas mis recomendaciones no quiso anotarse en el equipo de pelota al cesto, y mirala cómo está, flaca y verde, y ahora se quiere anotar en una escuela de dibujo para agobiarse más todavía". A continuación Gladys oyó lo que siempre había temido oír de labios de su padre, pero oyó la frase antes de ser pronunciada, como si alguien se la hubiese dictado al oído. Todo sucedió en pocos segundos, el padre pareció leer la frase telepáticamente en el pensamiento de su hija y articuló en voz alta las palabras temidas: "Tenés que hacer caso a mami, porque papi no quiere tener una hija loro".

Vocación

El Instituto "Leonardo da Vinci" funcionaba desde las tres de la tarde hasta las doce de la noche. Gladys se anotó en dibujo dos veces por semana y a mediados de año se anotó también en escultura. Para compensar esas horas que pasaría encorvada sobre el papel o la masa plástica sus padres decidieron anotarla en un club deportivo, adonde concurriría sábados y domingos en compañía de la madre. El padre no se anotó porque esos días prefería dedicarlos a la pesca. Clara Evelia se valió de una acaudalada alumna para hacerse recomendar en el Club Barrancas, de carácter exclusivo y por lo tanto de difícil ingreso. Gladys en cambio quería entrar en el mismo club de Fanny, uno de los más grandes de la ciudad, pero Clara Evelia no quiso porque según ella estaba lleno de judíos. Durante el primer mes madre e hija concurrieron todos los sábados y domingos: iban después de almorzar, recorrían las dependencias y uno a uno veían frustrarse sus intentos de integración a grupos. Clara Evelia decidió comprar la raqueta y el equipo de tenis para Gladys el mes siguiente, para anotarla en las clases que se daban los sábados. Mientras tanto esperaba pacientemente que su alumna socia apareciera un día con la familia y la presentase a otros socios.

El encuentro tuvo lugar el quinto fin de semana de asistencia consecutiva y madre e hija por primera vez tomaron el té acompañadas. El sábado siguiente la alumna no concurrió al club y tampoco su familia. Clara Evelia e hija pasaron junto a la mesa de un grupo al que habían sido presentadas por la alumna pero no fueron invitadas a sentarse. Ocuparon una de las mesas pequeñas y pidieron té con tostadas. El mes siguiente pasó sin que se concretase la compra del equipo de tenis.

Durante los meses de frío llovió varias veces en fines de semana y Clara decidió que hasta el verano no volverían al club, ya para entonces funcionaría la pileta de natación y no tendrían necesidad de compañía para pasar un momento agradable.

Los progresos de Gladys en la escuela de bellas artes fueron, por el contrario, rápidos e indiscutibles. Especialmente sus modelados en arcilla llamaron la atención. Sus lecturas nocturnas se redujeron considerablemente y los desplantes de Fanny la hallaron menos vulnerable. Llegado el verano no quiso interrumpir las lecciones pero al mismo tiempo se inscribió en las clases de natación del club, que se impartían a grupos seleccionados por estatura, donde sorprendentemente se hizo amiga de otras niñas de su grupo: a menudo era invitada a mesas grandes donde tomaban refrescos los más jóvenes. Su madre prefería quedarse en casa. Años después Gladys habría de recordar ese período —verano de 1948— como el más feliz de su vida.

A fines de marzo se iniciaron sus menstruaciones, dolorosas e irregulares. En abril el Instituto "Leonardo da Vinci" inició el año académico y desde la primera clase Gladys no pudo quitar los ojos de encima a un nuevo alumno de dibujo.

El joven tenía dieciocho años, llevaba el pelo desacostumbradamente largo con viril impertinencia y sus facciones eran regulares y sensitivas. Se destacaban los ojos celestes y rasgados. Desde el primer día Gladys se esmeró en su trabajo para llamar la atención del joven, pero no lo logró hasta que coincidieron también en los turnos de modelado. Allí no podía pasar inobservada porque los elogios del profesor caían demasiado a menudo sobre ella. A fin de año el profesor decidió presentar trabajos para el Salón de Otoño venidero. El joven concurrió con un gigantesco Ícaro y Gladys con una cabeza de niño de tamaño natural. Gladys deseaba que el joven ganara el premio y también deseaba ganarlo ella para concitar la admiración de él. Cuando vio los trabajos expuestos en el salón pensó que su trabajo pasaría inadvertido y concentró toda su expectativa en la premiación del Ícaro. Así se lo hizo saber al joven. Éste la invitó a tomar un refresco en un bar y Gladys tuvo la casi certeza de que con los años lograría el amor del joven.

El premio fue otorgado en marzo de 1949 y Gladys resultó ser la ganadora más joven que se registraba en la historia del premio: catorce años. Gladys fue abrazada por su madre. Clara lloraba y sus lágrimas corrían ennegrecidas por el rímmel. Gladys buscó entre la concurrencia otros ojos, celestes, rasgados y sin afeites. Los encontró, pero el joven la miró brevemente sin saludarla y, desdeñoso, dio vuelta la cara en otra dirección.

Primeros bailes

La primera compañera del liceo que cumplió quince años dio una fiesta en su casa y Gladys fue invitada, pero los jóvenes presentes la consideraron muy niña para sacarla a bailar. No obstante pasó un momento agradable hablando con el hermano mayor de la agasajada y su novia. El tema de conversación fue las novelas *Contrapunto* de Aldous Huxley y *Las cabezas trocadas* de Thomas Mann. Cuando la pareja se retiró, Gladys quedó sola sentada en su silla y debió esperar en esa posición una hora hasta que su padre pasó a buscarla.

Durante ese año escolar y el siguiente Gladys vio multiplicarse el número de jóvenes pretendientes que esperaban a sus compañeras a la salida de clase. Tenía la impresión de que se generaban espontáneamente, aparecían un día en la vereda donde el día anterior no había habido nada, como hongos o yerba mala. Gladys mantenía la apariencia de una niña de escuela primaria, y, en efecto, era uno o dos años menor que sus compañeras, además de sietemesina.

Sexualmente hubo tres episodios importantes durante su prolongada adolescencia. El primero tuvo lugar en el Instituto "Leonardo da Vinci", cuando un modelo varón sustituyó a la acostumbrada modelo mujer del año anterior. El día de su primera sesión, Gladys había llegado a clase crispada por la curiosidad, tomó su lugar acostumbrado y estaba preparando los materiales de trabajo cuando el muchacho entró en la clase y empezó a desvestirse. Gladys bajó la vista, el piso de madera formado por tablones se veía seco y sin color pero recién barrido. El muchacho era retacón pero atlético, de fuerte musculatura y un órgano sexual de dimensiones fuera de lo común. Gladys miró al modelo, ya subido en su tarima y tomando la posición que le indicaba el profesor. Éste había puesto al alumnado en antecedentes de la inexperiencia del muchacho, se trataba de alguien con mucha necesidad de trabajo, esposa enferma en el hospital y un niño de meses. Gladys había creído hasta entonces que todos los hombres tenían el pene pequeño como las estatuas griegas. El terror y la excitación la sacudieron fuertemente, sus glándulas actuaron a una velocidad nueva. Pensó en el terrible dolor que significaría ser poseída por un hombre.

El segundo acontecimiento sexual señalado tuvo lugar al año siguiente, a raíz de una conversación mantenida con Fanny. Ésta ya contaba con dieciséis años de edad y cierto día durante la clase de química empezó a llorar cuando el profesor la calificó con un cero por no saber la lección. Gladys se extrañó porque Fanny no daba importancia a las notas y en el recreo le preguntó qué le ocurría. Fanny le contó que en la casa se oponían a su noviazgo con un joven católico y que ella ya no lo podía dejar porque durante ese año todos los sábados a la tarde se había entregado a él a la salida del cine. Gladys sintió que el patio de baldosas del colegio era de tablones como la sala del Instituto "Leonardo da Vinci", y que se volvía oblicuo, hasta que los tablones desaparecían bajo sus pies y ambas caían en un abismo negro: Gladys imaginó la profunda herida de la carne de Fanny, lo único visible era la herida blanca y rosada como el tocino, en ese abismo negro donde se escuchaba correr un río que no se veía, y que podía ser rojo sangre. Cuando a su vez Gladys cumplió los dieciséis años dedujo que su virginidad también estaba en peligro porque Fanny la había perdido a esa edad, y tenía miedo de regresar a su casa sola, debido a las calles oscuras que debía atravesar de vuelta del Instituto.

Poco después se registró el tercer suceso: una compañera del Instituto le propuso salir con su festejante y un amigo de él. Gladys aceptó con agrado porque la compañera le merecía confianza. La aparición del desconocido la terminó de tranquilizar, era un joven delgado y débil como ella misma. Tomaron el té en una confitería del centro y después fueron a caminar por las plazas de Retiro. Gladys propuso sentarse en el sector iluminado donde había bancos de piedra. La amiga propuso a su vez que Gladys se quedara allí con su acompañante mientras ella iba con el suyo hacia la zona despoblada cercana al puerto. Gladys no quiso quedarse sola con el festejante y tampoco abandonar a su amiga: prefirió correr el riesgo de adentrarse en la zona oscura. La amiga caminaba varios pasos adelante, de repente se detuvo sonriendo y pidió que aumentaron la distancia que dividía una pareja de otra. El acompañante tomó la mano a Gladys, ella no la retiró. Caminaron algunos metros más en dirección opuesta hasta que Gladys se detuvo, para no alejarse de la amiga. El joven la besó de sorpresa. Gladys mantuvo la boca cerrada y miró hacia donde estaba la otra pareja. El joven con otro movimiento sorpresivo la abrazó y la atrajo hacia sí. Gladys sintió que el miembro del joven estaba erecto, descargas nerviosas desagradables le sacudieron el cuerpo y se soltó. Siguió media hora de discusiones, después de lo cual llegaron al acuerdo de que Gladys se dejaría besar si el muchacho no la abrazaba. Durante todo ese tiempo Gladys vigiló de lejos a su amiga, para su tranquilidad notó que el ruedo de la falda nunca había ascendido, si bien ambos se estrujaban y parecían una sola sombra recortada contra el farol. En cuanto a los avances de su festejante, Gladys no debió preocuparse de ello en el futuro, porque nunca más la invitó a salir.

De común acuerdo con sus padres

De común acuerdo con sus padres, al terminar el bachillerato Gladys pasó a un organismo estatal de enseñanza plástica para continuar sus estudios escultóricos. Al mismo tiempo se inscribió en una academia para aprender inglés y decidió tomar alumnos particulares de dibujo. De este modo tenía el día totalmente ocupado. En la nueva escuela congenió muy pronto con otra alumna, Alicia Bonelli, de treinta y un años de edad. Alicia trabajaba como maestra de escuela primaria y había decidido retomar sus estudios pese a la aprensión que le causaba estar junto a compañeros menores que ella.

Los cuatro años que siguieron fueron calmos para Gladys. El problema de las salidas en sábados y domingos, que la había acuciado al no tener con quien encontrarse, quedó solucionado porque iba con Alicia aunque diluviase al cine o al teatro. Los temas de conversación no faltaban porque a ambas las apasionaban las diversas manifestaciones del arte. Cuando Alicia lo consideró oportuno contó a Gladys, con discreción y pudor, la historia de su relación con un hombre casado a quien había dejado de ver pocos meses antes, al resolver su vuelta al estudio.

Conciencia política

El 15 de septiembre de 1955 una revolución derrocó al régimen de Juan Domingo Perón. Gladys no había ido a clase por temor a tumultos callejeros, se levantó tarde y pidió a la doméstica —ésta servía en casa de su madre desde hacía pocos meses, últimamente no duraban las personas de servicio porque Clara acostumbraba dosificar la comida— que le preparara un café. La doméstica le sirvió un pocillo y no pudiendo contener más el llanto fue corriendo al cuarto de servicio. Gladys se compadeció de la muchacha y fue a decirle —sin atinar a otra cosa— que el nuevo gobierno no abandonaría a la clase trabajadora, por el contrario, traería progreso y bienestar al país. La muchacha siguió llorando sin contestar nada. Gladys se preguntó a sí misma por qué estaba tan contenta de la caída de Perón: porque era un régimen fascista, se contestó, y era preciso recordar lo que Hitler y Mussolini habían sido capaces de hacer en el poder. Gladys además estaba contenta porque sin Perón no había riesgo de que otra vez cerraran la importación de revistas de modas y películas, y su madre no tendría más problema con el personal de servicio. Y se detendría la inflación.

Formación profesional

En cuanto a su formación profesional, Gladys continuó haciendo progresos técnicos, pero una pronunciada tendencia a respetar los cánones clásicos, e incluso una complacencia inconsciente en copiar a artistas consagrados, fueron minando su posibilidad de expresión personal. Según sus detractores, ésta fue la razón principal por la cual en 1959 se la nombró ganadora de la beca anual para proseguir estudios de perfeccionamiento en Estados Unidos durante quince meses. Gladys contaba por entonces veinticuatro años de edad. El pedido de la beca había sido su razón de vivir durante los dos años siguientes a su graduación y estaba segura de que si la ganaba todos sus problemas se resolverían: en Estados Unidos, como extranjera, su personalidad se tornaría misteriosa y atractiva, y en alguna recepción mundana conocería a un impetuoso director de orquesta sinfónica, húngaro o austríaco, y posiblemente a un novelista inglés, desencadenándose así un inevitable drama triangular. Su imaginación siempre prefería personalidades europeas, en general prófugos de algún conflicto trágico como la segunda guerra mundial.

Alicia Bonelli nunca había simpatizado con EE.UU. pero se había abstenido de hacer comentarios adversos al viaje hasta que éste se concretó. Entonces sí desaprobó el proyecto y dijo a Gladys que EE.UU. era el pulpo que ahogaba a Latinoamérica, y consideraba una traición ir a estudiar allí. Gladys respondió que ese país era la cuna de la democracia. Alicia replicó que si fuera negra no pensaría lo mismo. Gladys no quiso seguir discutiendo y se preguntó a sí misma cómo Alicia podía simpatizar con la URSS, habiendo tales evidencias en contra como los libros *La noche quedó atrás* de Jan Valtin y *Yo elegí la libertad* de Victor Kravchenko, además de la película *La cortina de hierro* con Gene Tierney y Dana Andrews.

En el extranjero

A su llegada, Washington estaba cubierta de nieve. La ciudad resultaba el perfecto marco para los sueños que había concebido. La casa donde se alojó era un bonito chalet de dos plantas, su cuarto miraba al pequeño patio donde jugaban los nietos de la pareja propietaria, cuando venían de visita los domingos. El resto de la semana Mr. y Mrs. Ellison recibían pocas visitas y el silencio de la casa era apenas enturbiado por un lejano rumor de voces que provenía del televisor. Gladys no introdujo ningún cambio en la decoración de su cuarto porque le agradaba el carácter impersonal de esos muebles típicos de modesto hotel de los años treinta: superficies lisas y adornos escuetos. Gladys halló también de su agrado el trato afectuoso pero distante de los dos ancianos y nunca debió darles explicaciones si algún sábado a la noche o domingo a la tarde permanecía sola en su cuarto.

Gladys no logró interesarse en las clases teóricas del Virginia Center for the Arts y tampoco se decidió a gastar el dinero necesario para adquirir los implementos de trabajo. La excitación que le causaban las visitas a museos —adonde tenía libre acceso— colmaba sus diarias aspiraciones de renovación.

Su plan maduró muy pronto: solicitaría la visa de residente para permanecer en el país una vez terminado el curso, y buscaría trabajo. Por ello redujo al mínimo su presupuesto y rehusó salir con compañeros del sexo opuesto ya que los gastos eran compartidos, y ellos gustaban de locales de expendio alcohólico, un lujo prescindible. Gladys preveía que le tomaría algún tiempo conseguir empleo.

Integración al medio

En la clase de Historia del Arte trabó amistad con una alumna oyente de cincuenta años de edad, que le recordó mucho a Alicia. Las cartas de ésta llegaban todos los jueves y Gladys las contestaba puntualmente. Mary Ann Hacker era el nombre de la alumna oyente, y Gladys pronto se encontró repitiendo por carta a Alicia las mismas palabras que decía a Mary Ann, ya fuese en clase o en el departamento que la nueva amiga ocupaba con su esposo Ralph. Se trataba de un matrimonio sin hijos, Ralph trabajaba de nueve a cinco en la sección publicitaria de una compañía importante y Mary Ann cuidaba de la casa y realizaba sus trabajos en cerámica, sugeridos por el psicoanalista que la había atendido cuando Mary Ann debió abandonar su empleo a causa de una fuerte depresión nerviosa. Ralph no se oponía a ninguna decisión de su esposa, temeroso de un posible desborde histérico, y acogió con sumo agrado la aparición de Gladys, con quien su esposa conversaba largamente dejándolo libre para leer el diario, resolver crucigramas y mirar la proyección por TV de series de acción. Terminada la beca, Gladys obtuvo con el patrocinio de Mary Ann el permiso de residencia que tanto ansiaba. Dicho patrocinio consistía en una carta de la ciudadana donde garantizaba la honestidad de la muchacha y se hacía responsable de su conducta.

Residente en EE.UU.

Gladys obtuvo rápidamente un empleo como secretaria

para correspondencia castellana en una compañía de exportación e importación, donde trabajaba ocho horas diarias. Sus vagos planes de alquilar un taller y retomar sus trabajos escultóricos quedaron postergados indefinidamente. Ante todo quería ahorrar los mil dólares de fianza que eran necesarios para permanecer en el país sin necesidad de patrocinio, pues le molestaba deber ese favor a los Hacker. Superada tal suma su proyecto siguiente consistió en viajar a California con Mary Ann cuando le dieran vacaciones en la oficina. Cumplido este deseo planeó una renovación de su vestuario, la adquisición de un aparato de televisión e iniciar su colección de libros de arte.

Así pasaron tres años, durante los cuales tuvo oportunidad de rever por televisión todas sus películas favoritas —*Argelia*, *La dama de las camelias*, *Grand Hotel*, *Fatalidad*, *Tierna Camarada*, *Mujeres*, etc.— así como de cambiar varios empleos de secretaria bilingüe, siempre con aumentos en el sueldo, hasta que en una empresa decidió permanecer por razones especiales: el hijo de uno de los socios propietarios pasaba por la oficina dos veces a la semana sirviendo de enlace con las oficinas de Nueva York, donde residía. Gladys esperaba esas apariciones con la misma ansiedad con que antes atravesaba el umbral de los museos.

El joven Robert Giusto tenía que ver con los tres ideales del norteamericano que Gladys se había forjado a miles de kilómetros de distancia en su lejana Argentina, pero que venían a la zaga de los ideales europeos. Esas tres prefiguraciones eran las siguientes: a) el joven heredero hipersensible y tiernamente neurótico con el rostro del actor Montgomery Clift; b) el hombre casado, dueño de empresas, de actividad febril, prepotente pero necesitado de comprensión en lo más íntimo, con el rostro de John Kennedy; c) el joven universitario de aspecto deportivo, inexperto, ingenuo y pleno de fe en el futuro, con el rostro de los rubios jugadores de béisbol que en las revistas recomendaban productos comerciales varios. Robert, llamado por todos Bob, era alto, deportista, bronceado, de facciones regulares, expresión inocente, trato cordial y ligeramente tímido, resultando un compendio de los tres ideales apuntados. Pero estaba próximo a casarse con una joven adinerada, y Gladys durante ese período prematrimonial hizo el esfuerzo de aceptar invitaciones de dos jóvenes para salir. Pero éstos contrastaban físicamente con los esquemas preferidos de la muchacha, además de presentar una falla imperdonable para Gladys: falta de conversación. Por ejemplo el hecho de que no conocieran a sus novelistas favoritos (Mann, Hesse y Huxley) la convencían de que los jóvenes no tenían de qué hablar.

Volviendo de un concierto al que había asistido con Mary Ann, la noche de un sábado de setiembre de 1962, Gladys encontró un aviso de telegrama bajo su puerta. Cuando llegó a Buenos Aires su padre ya había fallecido y escuchando los ruegos de su madre telefoneó a sus patrones pidiendo una licencia que le fue otorgada. Durante esa permanencia de dos semanas en Buenos Aires, Gladys se enteró de que algunos de sus ex compañeros habían ya realizado exposiciones en importantes galerías y que uno de ellos desarrollaba destacada carrera en París. Eran pocos los que no se habían casado. Todo lo supo por intermedio de Alicia, con quien había interrumpido la correspondencia hacía tiempo. La nombrada se presentó con una amiga de pronunciado aspecto bohemio, y ante el asombro de Gladys cuando su madre salió del cuarto las dos mujeres se abrazaron y le hicieron saber que eran muy felices juntas. En el siguiente encuentro Alicia confesó a su ex compañera de estudios que las mujeres siempre le habían interesado sexualmente y que aquella larga historia de amor con un hombre casado había sido real con la sola diferencia de que en vez de un hombre se había tratado de una mujer.

En cuanto al tema político, Gladys lo evitó pero Alicia lo sacó a relucir en cuanto pudo: apostrofó a EE.UU. por el bloqueo a Cuba, "ves lo que son, ni bien un país latinoamericano se quiere gobernar solo tratan de estrangularlo". Gladys respondió que Cuba era un horror porque faltaba de todo. La discusión no se prolongó porque Gladys pasó a hablar del problema que significaba la viudez de su madre.

De vuelta a Washington Gladys halló dificultades para retomar su ritmo habitual de vida. La molestaba sobre todo el insomnio arrastrado desde Buenos Aires y se resistía a tomar calmantes por temor a crear un hábito. El único aliciente fue la noticia de una separación temporal entre Bob y esposa.

El día 29 de noviembre de 1962 tuvo un disgusto en la oficina debido a un error suyo, cometido por distracción, que costaría a la firma un embarazoso atraso con un cliente, y al caminar rumbo a su domicilio vio las primeras vidrieras navideñas de la temporada: se aproximaban las fiestas familiares máximas. Un repentino llanto histérico la sacudía y no lograba contenerlo, tomó una calle lateral y caminó varias cuadras para desahogarse. Decidió no ir a casa de Mary Ann como había planeado porque ésta la notaría alterada y nuevamente le aconsejaría ponerse en tratamiento con un psicoanalista, o al menos probar su misma marca de píldoras para dormir; Gladys no había podido contarle muchos de sus pesares últimos debido a la insistencia de Mary Ann en recurrir a los remedios apuntados. La resistencia de Gladys a los tratamientos psicoterapéuticos tenía una razón fundamental: en su plan de ahorro para comprar una propiedad inmobiliaria no entraban los gastos prescindibles.

Cuando el llanto amainó estaba relativamente cerca de su casa pero, como si alguien le hablase al oído, Gladys obedeció una orden: tomar un taxi, puesto que su cuerpo se había enfriado y podía constiparse, uno de sus constantes temores. Si en ese momento hubiese retomado su ruta habitual de peatón, habría encontrado en la avenida a un viejo conocido: el apuesto autor del Ícaro. El muchacho estaba de paso por Washington —solo y acuciado por problemas de toda índole— donde sabía que residía Gladys, a la que habría visto con gusto de haber conocido su domicilio.

Ya en su casa Gladys preparó un sandwich de atún y tomate, llenó un vaso de leche y dio las buenas noches a los dos ancianos de la casa. Encendió la televisión y vio dos películas de la década del cuarenta que no lograron interesarla. A medianoche no había logrado todavía conciliar el sueño, le dolía la cabeza y no podía aceptar la idea de ver una tercera película. Recorrió con la vista por enésima vez los contornos de los muebles en la oscuridad, la asaltaron las ideas de siempre —sus compañeros triunfantes y casados— a las que se sumaba la humillación del error descubierto ese día en la oficina. De un salto se incorporó y encendió el aparato de televisión. Pero la luz plateada le hería la retina y el dolor de cabeza fue en aumento. Decidió abrigarse bien y salir a la calle para caminar unas cuadras con el propósito de calmar sus nervios. El barrio de chalets, con jardines que se prolongaban a veces hasta los árboles añosos de la vereda, estaba sumido en el silencio y la oscuridad. Gladys aspiró el aire fresco y sintió un alivio instantáneo. Caminó hasta la esquina para dar la vuelta a la manzana. La detuvo una mano fuerte que le tapó la boca. Gladys sólo veía el brazo que enfundado en una manga de cuero negro la retenía brutalmente por la cintura. A través de la ropa sentía el miembro erecto, el asaltante la empujó dentro del jardín de una casa particular y la amenazó con una cachiporra recubierta de pinchos: no debía gritar. Gladys tumbada en el pasto prometió callarse. Él estaba embozado, de pie se bajó los pantalones y le mostró el miembro. Gladys notó que era mucho más pequeño de lo que había imaginado como tamaño común a todos los hombres, y al descubrirse el hombre el rostro ella vio que la boca era desdentada y la mirada perdida y demencial. Gladys instintivamente gritó, con todas sus fuerzas. El hombre la golpeó en un ojo con la cachiporra y el alarido de dolor proferido por Gladys consiguió asustar al asaltante, quien huyó al ver que se encendían luces en la casa.

Los cuidados médicos costaron a la joven sus ahorros e incluso contrajo una deuda para llevar a cabo la segunda intervención de cirugía plástica, muy satisfactoria según los amigos de la paciente. El golpe de la cachiporra le había roto el hueso que forma el arco de la ceja. El párpado izquierdo también había sido desgarrado y el globo ocular había quedado destruido. Gladys rechazó la colocación de un ojo de vidrio y el cirujano logró que el párpado pareciera cerrado pero no hundido. La accidentada decidió llevar permanentemente anteojos oscuros muy grandes, y cuando su jefe la envió a Nueva York para asistir a Bob durante la estadía de un industrial sudamericano en esa ciudad, la muchacha tomó además otra decisión.

Nueva York

Gladys actuaba estimulada por la noticia de la nueva ruptura de Bob y esposa después de una corta reconciliación. Al cabo de una cena de negocios, en el segundo día de su misión neoyorkina, Gladys propuso a Bob que subiera a su cuarto cuando el joven la acompañó hasta la puerta del hotel. Bob aceptó y cuando estaban en el cuarto la besó con aprensión. Gladys temblaba. Bob le pidió que no dijera nada en la oficina, pero al notar que Gladys seguía temblando de tal manera le preguntó por qué tenía tanto miedo. Gladys quedó callada. Bob le preguntó si era virgen. Gladys asintió y el joven se despidió diciendo que al día siguiente hablarían del tema.

Sola en su cuarto Gladys seguía temblando. Apretó el timbre de los camareros y apareció un anciano obeso quien a esa hora no pudo complacer el pedido de un whisky doble. Gladys debió bajar al bar del hotel en la planta baja. En la barra había un caballero de mirada bondadosa y vestimenta impecable: cuando el encendedor de Gladys falló se acercó a ella y le preguntó si no trabajaba en las Naciones Unidas. Gladys se sintió tentada de mentir y respondió que sí. El caballero le habló de sus viajes a México por negocios y del frío intenso que debía soportar en Chicago, su ciudad de residencia. Cuando Gladys se levantó, el caballero la acompañó hasta la puerta de su cuarto. Una vez allí le tomó la mano y se la besó con ternura. Gladys sintió que algo se descongelaba dentro de su pecho, y de ese pedazo de hielo que le pareció llevar bajo las costillas manaban lágrimas abundantes: entraron, el caballero la sentó en sus rodillas y la cobijó en sus brazos largos de raza sajona. Empezaron a sentir calor, el caballero quitó algunas de las prendas de Gladys y la recostó, con su vista dismi-

45

nuida pero vigilante Gladys seguía todos los movimientos del caballero. Éste apagó la luz, se quitó las propias prendas y terminó de desnudar a la muchacha, la cual en ese momento se sentía agotada e incapaz de reaccionar.

Al día siguiente ni Bob ni Gladys, al encontrarse para almorzar con el industrial sudamericano, sacaron el tema de la virginidad femenina, y dos semanas después la muchacha presentó su renuncia a la compañía de Washington para trasladarse con carácter definitivo a la ciudad de Nueva York, donde había conseguido un empleo similar. Alquiló un departamento pequeño y dos veces por mes se vio con su amigo de Chicago quien pronto demostró tener similitudes sorprendentes con Mary Ann en lo referente a su total confianza en los tratamientos psicoanalíticos. Gladys se sorprendió también al notar que su goce sexual era muy limitado, ya que nunca alcanzaba la culminación necesaria, pero temía hacerlo saber a su amigo porque adivinaba la respuesta: un tratamiento psicoanalítico lo arreglaría todo. Pocos meses después el caballero fue enviado a Texas por un período de diez meses y gentilmente propuso a Gladys seguirlo, ya que su esposa permanecería en Chicago con el resto de la familia. Gladys consideró que el trastorno de mudarse y buscar un nuevo empleo no tendría una recompensa y prefirió permanecer en Nueva York.

Dos semanas después notó que pese al relativo éxito de sus encuentros con el caballero de Chicago, su organismo se había habituado al ataque de un cuerpo masculino y por la noche ciertos recuerdos, por ejemplo los cunilingus de que había sido objeto, le quitaban el sueño reproduciéndole el mismo tipo de insomnio sufrido en Washington cuando recordaba el éxito de sus compañeros de estudio argentinos.

Problemas nerviosos

Desde entonces hasta su vuelta a la Argentina cuatro años después, Gladys tuvo relaciones sexuales con seis hombres en el siguiente orden: 1) Francisco o Frank, mozo de cuerda de la firma donde trabajaba, un joven mulato portorriqueño casado y padre de tres hijos; 2) Bob, su ex jefe de Washington; 3) Lon, un pintor de raza negra a quien conoció durante una arriesgada excursión solitaria a un teatro off-Broadway; 4) Danny, estudiante de Historia en la Universidad de Washington, de paso por Nueva York para las fiestas de Pascua, y portador de un regalo de Mary Ann; 5) Ricardo, mexicano desocupado que Gladys conoció en Acapulco durante sus vacaciones; 6) Pete, el marido de una vecina de piso.

Los motivos que llevaron a Gladys a esos acoplamientos fueron los mencionados a continuación. 1) A Frank —o sea el mozo de cuerda— la atrajo el hecho de hallarse imprevistamente sola con él en un sótano de la empresa y la necesidad de colmar el vacío dejado por el primer amante, siendo preciso señalar que hasta un rato antes de estar abrazándolo no había pensado que tal cosa podía suceder. Era viernes a la tarde y ambos habían debido permanecer después de hora para ultimar un envío urgente a Sudamérica. Gladys escribía las facturas y las etiquetas bilingües mientras Frank preparaba el embalaje. Sus conversaciones previas a esa tarde nunca habían durado más de cinco minutos, pero a las 19.30 juntos debieron comer algo para reponer fuerzas y Frank la convidó con cerveza; momentos más tarde Gladys alcanzó a gozar de un orgasmo pleno por primera vez en su vida, deduciendo ya en su casa que el buen resultado se había debido a la falta de expectativa, e incluso le volvió a la memoria una máxima de sus compañeras de bachillerato, "los bailes más divertidos son los improvisados".

2) A Bob —o sea el ex jefe— la atrajo el cúmulo de cualidades ya apuntadas. Se habían encontrado casualmente por la Quinta Avenida, después de meses sin verse, y la muchacha, para tornarse más deseable, le contó que se había casado, "de lo contrario te invitaría a casa para estar tranquilos y hablar", a lo cual Bob contestó que los sábados a la mañana no había nadie en su oficina. Para Bob ella lucía cambiada en esa mañana, segura de sí misma, mejor vestida —en efecto, había decidido gastar más dinero en su arreglo personal—, e incluso interesante detrás de sus enormes gafas negras, a lo que cabe

agregar que la impresión de Bob era veraz: la muchacha tenía otro aspecto desde que su objetivo en la vida —a partir de lo ocurrido con Frank— era repetir aquel momento de goce, en brazos, por supuesto, de alguien que le ofreciera un futuro. Ante Bob la joven de treinta años se había prometido a sí misma representar el papel de aventurera indiferente, pero al encontrarse semidesnuda en un sofá del despacho de su ex jefe —quien practicó un hábil juego con uñas y yemas de los dedos en el sexo de la muchacha—, ella dio rienda suelta a sus emociones y confesó entre abrazos, besos y caricias todo su amor del pasado. Gladys se había así entregado totalmente por primera vez en su vida y calculaba que bastaría muy poco para desencadenar el saludable éxtasis físico, pero desafortunadamente no le bastó lo muy poco recibido pues el desempeño del joven fue deficiente dada su extremada brevedad, aquejado como estaba Bob de "ejaculatio praecox" en todas sus prestaciones.

3) A Lon —o sea el pintor negro— la atrajo el sensual físico africano y la posibilidad de hablar de arte, sumados al misterio de su existencia bohemia. Se vieron regularmente una vez por semana durante un año hasta que el joven se molestó por la reticencia de Gladys para preparar comida, en el departamento de la muchacha, y en base a víveres que ella compraba una vez por semana en el supermercado y guardaba en la heladera con el firme propósito de hacerlos durar siete días. Además un desacuerdo había insidiado la relación desde el comienzo, al mostrarle Gladys algunos de sus dibujos de años atrás y descartarlos él como convencionales. Lon educó a Gladys sexualmente y la acostumbró a una satisfacción física periódica.

4) A Danny la atrajo su prometedora condición de estudiante, abierta a todas las posibilidades de triunfo; la llegada del muchacho fue sorpresiva y el regalo de Mary Ann muy apreciado, un pañuelo de seda hindú. Entablaron conversación con facilidad, él quería saber a qué espectáculos y museos convenía asistir. Gladys dominaba la materia, el muchacho se sorprendió ante tanto conocimiento, le expresó su admiración, lo cual indujo a Gladys a hablar de su olvidada acti-

vidad artística. Al muchacho, por su parte, ese tema lo llevó a contar que él a veces posaba para dibujantes de la Universidad por su torso desarrollado, si bien tenía malas piernas, algo combas. Sentía un irrefrenable deseo de desvestirse, le excitaba sobremanera estar en una habitación con una mujer de más edad y preguntó a Gladys si podía quitarse la camisa para que ella opinara sobre sus cualidades plásticas. Gladys asintió, él se quitó la camisa y se paseó por el cuarto, le dijo que la admiraba por sus vastos conocimientos artísticos. Repentinamente tomó una mano de Gladys y la llevó a su bíceps izquierdo para que ella apreciara su dureza, Gladys ante todo pensaba que ese jovencito tenía toda la vida por delante, y que bien guiado podría realizar una carrera brillante pues contaba con una cualidad evidente: sabía escuchar y todo le interesaba, el arte, el deporte, las ciencias históricas. Con Danny consiguió Gladys en un único encuentro su más satisfactoria relación hasta esa fecha, pues unió atmósfera amorosa, y perspectivas de un futuro feliz, a un acto físico pleno. El único momento desagradable del breve episodio tuvo lugar al proponer el muchacho una visita al Museo de Arte Moderno: Gladys se negó y dio como explicación que "no piso más los museos y las galerías porque me deprimen".

5) A Ricardo —o sea el mexicano— la atrajo la apostura y el arte seductor del joven, quien le hizo creer en un enamoramiento fulminante por parte de él. El mexicano reemplazaba al guía que debió llevar a un grupo heterogéneo de turistas en una recorrida de clubes nocturnos llamada "Acapulco by night", y se alegró de que Gladys hablase castellano y lo ayudase a entenderse con el resto del lote. Le contó que no tenía trabajo, que había empezado la carrera de medicina y no había podido seguir por problemas económicos. También le habló largamente de su ilusión de emigrar a EE.UU. donde podría trabajar y estudiar al mismo tiempo. Gladys estaba decidida a tener con él una aventura de vacaciones pero no previó la posibilidad de enamorarse, por el contrario, estaba en contra de la prolongación del idilio, con engorros tales como carteo, citas para el año siguiente, etc. A pesar de ello, Ricardo en pocos días logró convencerla de que dependía emocional-

mente de ella y Gladys vivió así por primera vez en su vida todas las alternativas de un amor —aparentemente— correspondido. Los quince días de Acapulco colmaron todas sus aspiraciones románticas y los dos meses siguientes de separación le hicieron concebir esperanzas ilimitadas de feliz reencuentro.

Cuando los trámites empezaron a demorarse, los insomnios y la firme decisión de no frecuentar a otros hombres amenazaron su estabilidad nerviosa. En efecto, cada noche al acostarse no podía evitar la irrupción de recuerdos eróticos que la excitaban y le impedían dormirse, todo ello si no mediaba una dosis —pequeña— de somníferos. Cuatro meses después la solicitud patrocinada por la muchacha para la inmigración de él a EE.UU. —depositaría una fianza de mil dólares— recibió respuesta negativa del consulado estadounidense sito en Acapulco debido a malos antecedentes del candidato. El segundo y último viaje de Gladys a Acapulco, ocho meses después, por un fin de semana, le demostró que la relación había terminado puesto que cuando ella propuso quedarse a vivir en México —ya que él no podía entrar en EE.UU.— el joven se opuso, además de mostrarse de compañía esquiva.

De vuelta en Nueva York Gladys intentó reanudar relaciones con el pintor Lon, pero éste en el ínterin se había casado; durante el fin de semana siguiente Gladys voló a Washington con el pretexto de visitar a Mary Ann y, cuando se citó con el estudiante Danny, éste apareció acompañado por la novia.

6) A Pete —o sea el vecino— la atrajo la necesidad angustiosa de olvidar la traición de Ricardo. Habían pasado semanas sin que se le presentasen oportunidades de conocer otros representantes del sexo opuesto, cuando cierto día en que había faltado a su trabajo bajó al sótano para lavar ropa en el electrodoméstico a monedas y entabló conversación con un vecino. Gladys recordó que se trataba de uno de los inquilinos más descorteses y malhumorados del inmueble, a quien temía encontrar en el ascensor, pero la conversación se desenvolvió rápida y amena; el vecino —todo el día encerrado en su departamento haciendo traducciones mientras la esposa trabajaba en una oficina— contaba con gracia su lucha contra el alcohol, por ejemplo la tentación que lo asaltaba de cruzarse

a un bar, más de una vez, durante su larga jornada de trabajo con la sola compañía de un texto de lengua extranjera y dos diccionarios; al despedirse preguntó a Gladys si no lo invitaría a un trago único en su departamento, y ella contestó que desafortunadamente debía salir en seguida.

Al día siguiente el vecino tocó a la puerta de la muchacha y ella no pudo menos que abrir, se debatía entre el deseo de tener compañía y el temor a una complicación desagradable con un vecino casado; tomaron una medida de whisky e hicieron el amor. Pero en las visitas sucesivas —una o dos semanales— el vecino fue multiplicando dichas medidas y desplazando su principal objetivo de placer; una mañana yendo hacia el trabajo Gladys encontró en el ascensor a la esposa del vecino, ésta la abordó, le dijo que tratara de no tener alcohol en su casa, la saludó con fatigada tristeza y desapareció. Gladys escondió el whisky, y durante la siguiente y última visita del vecino éste le pidió disculpas por su mal comportamiento, miró el estante donde descansaban habitualmente whisky y soda —la botella ansiada había desaparecido— y se despidió pocos minutos después con embarazo.

Por entonces Gladys descubrió que los calmantes livianos que la habían ayudado durante los largos meses de espera consular ya no le hacían efecto. Particularmente la afectaba ver por la calle parejas jóvenes y apuestas en actitud cariñosa cuando volvía por las tardes a su departamento, perfectamente caldeado por el servicio central de calefacción. Lo hallaba limpio, ordenado, ya que no pudiendo dormir más allá de las cinco de la mañana se ocupaba en acomodar todo hasta que llegaba la hora de ir a la oficina.

Pero durante ese invierno la situación se fue agravando, la falta de horas de sueño le producía jaquecas crecientes y tuvo que aumentar la dosis de calmantes, si bien la cantidad necesaria para hacerla descansar toda la noche le producía somnolencia durante el resto del día y en la oficina debía hacer esfuerzos penosos para concentrarse. Se vio obligada a pedir frecuentes licencias; encerrada en el departamento trataba de recuperar fuerzas descansando y mirando televisión. En primavera debió internarse por temor a que la crisis nerviosa

51

continuara y la obsesión de arrojarse por la ventana la conduieje a un acto que repudiaba.

Poco después, y por consejo médico, su madre llegó a Nueva York procedente de Buenos Aires y convenció a la muchacha de volver a su país. De Buenos Aires fueron directamente a Playa Blanca, pequeña localidad balnearia donde Clara Evelia había obtenido en préstamo una casa de amigos pudientes por tiempo indefinido. Corría el mes de mayo de 1968.

IV

Oficial inglés:	(a bordo del expreso Shangai-Pekín) Tú has cambiado.
Marlene Dietrich:	(distante, mirando por la ventanilla los paisajes fugitivos) ¿Se me ve menos atractiva?
Oficial inglés:	No... te hallo más hermosa que nunca.
Marlene Dietrich:	¿En qué he cambiado?
Oficial inglés:	No lo sé... pero me gustaría explicártelo.
Marlene Dietrich:	Pues bien... he cambiado de nombre.
Oficial inglés:	Te has casado.
Marlene Dietrich:	(irónica y amarga) No... hizo falta más de un hombre para transformarme en (acaricia las plumas negras de su tocado)... Shangai Lily.
Oficial inglés:	(con despecho mal disimulado) Conque tú eres Shangai Lily.
Marlene Dietrich:	La notoria Flor Blanca de la China. Habrás oído lo que se dice de mí y, lo que es peor aún... lo habrás creído.

(De *El expreso de Shangai*, Paramount Pictures.)

Playa Blanca, junio de 1968

el picaporte horizontal, si la puerta está cerrada el picaporte permanece horizontal y la puerta queda dentro de su marco hasta que un imperceptible movimiento hacia abajo del picaporte puede alertar a quien esté en esta cama mirando hacia la puerta. Si la ventana está abierta y sopla algo de viento, aun sin mirar hacia la puerta la repentina corriente de aire significaría que sin pedir permiso está entrando alguien a este cuarto. A dos cuadras el mar, las veredas, el jardín delante de la casa con la sala de recibo al frente, detrás los dormitorios, el baño y la cocina y el patio abandonado, dos pinos plantados hace pocos años. Una casa donde viven dos mujeres solas, la otra es la madre y está durmiendo profundamente en el dormitorio contiguo. No oye los pasos sigilosos. El olvido, el descuido de no echar llave a la puerta de calle tal vez haya sido intencional, pero nadie lo puede certificar, porque los psicólogos no pueden leer en la mente de sus pacientes, a veces pueden acertar, pero si alguien les pidiera que lo declarasen ante un tribunal, bajo juramento, esos psicólogos se abstendrían. Tampoco sus pacientes pueden estar seguros de haber olvidado echar llave a la puerta de calle empujados por algún motivo vergonzoso. La puerta de calle no se divisa desde la cama, la primera advertencia proviene del picaporte del dormitorio que cambia de posición y en el vano de la puerta se recorta una figura. Tampoco el chirrido leve de los goznes despierta a la madre. Durante el invierno en esta playa siempre se oye el mismo viento, las agujas de los pinos zumban y a pesar de su tono quejumbroso el viento puede ayudar a dormir, o a cubrir el rumor de los pasos: él pone un dedo contra los labios y pide silencio, ahora está tan cerca que sus palabras no se oyen en el dormitorio contiguo, me está hablando al oído. Junto a la cama el cuero de cordero para pisar al incorporarse la hija con los pies descalzos, pelos largos blancos grises pisoteados y con un peine grueso al cuero recién lavado y nuevamente blanco se lo peina y bajando de la cama con los pies limpios la lana suave no está a la misma temperatura fría de las baldosas. Bajo el vidrio de la mesa de luz el mapa de América con los itinerarios Buenos Aires - Washington - Nueva York - Los Ángeles - San Francisco - Nueva York - México - Acapulco - Nueva York - Buenos Aires, marcados con lápiz rojo, semicubiertos por el soporte de una lámpara, de color blanco marfil con dos brazos para sendas lamparitas ocultas por la pantalla de opaca seda cruda, y las dos flores de porcelana que ornan el soporte, con hojas pequeñas a los lados. Las flores son de porcelana como el soporte y surgen del soporte que es un tronco de planta y las flores surgen poco antes de abrirse el tronco en dos brazos. Las flores y las hojas de color blanco marfil pero con brillo de porcelana, después de pasarles un trapo humedecido no queda polvo en los intersticios y se pueden lamer las flores, no tienen sabor, dentro del ropero un frasco de loción, el tapón del mismo cristal con cuatro o cinco gotas de loción que se dejan caer sobre las flores de porcelana, huelen como flores de un raro jardín, pero al lamerlas y besarlas en la lengua arde la loción y recuerda el alcohol de quemar para calentadores, esas flores son para mirar o para aspirar profundamente el aire que desprenden, después de perfumarlas. No se oye lo que él dice al oído, en voz muy baja para que no se oiga en la otra pieza, de un instante para otro en vez de susurrar va a besar mi oreja, de miedo que el beso sea violento no se puede prestar atención a lo que dice. Mejor no oír porque tal vez anuncie su partida para esa misma tarde, si no hiciera tanto frío en esta playa él tal vez olvidaría sus obligaciones y permanecería dos o tres días escondido detrás de los pinos del jardín, o en el ropero. Aunque siendo afuera tan baja la temperatura debería apresurarse y entrar, la mano derecha sostiene un regalo de Mary Ann: desatar el moño de seda, crepita el celofán al desenvolver los extremos en pliegue triangular, el papel espeso embebido de cera a rayas color verde menta y blanco, la caja es cuadrangular y hasta el momento nada delata el contenido porque la piel de la cara presenta rastros de acné y la ropa interior no resulta visible bajo el saco grueso con botones de ancla, el chaleco de imitación cachemira, la camisa a cuadros y el pantalón de franela. En cambio para mujeres de treinta y tantos años resulta un día aparentemente igual a los demás ¿será esta ciudad de Nueva York la más grande del mundo? en el bar automático por una moneda en la ranura un chorrito de gaseosa tono caramelo oscuro en vaso alto de vidrio incoloro es posible que las burbujas estallen no sólo en el vaso sino también dentro de boca y garganta, dos monedas grandes en otra ranura y se abre la portezuela del sandwich de atún, una hoja de lechuga y dos rodajas de tomate, leve toque de salsa de huevo. Masticándolo poco a poco se lo puede deglutir sin el menor inconveniente, pero si una mano asesina abriera por la fuerza la boca de la víctima, introduciendo con toda su ferocidad criminal el sandwich entero en la garganta lograría asfixiarla mortalmente. Los árboles respiran por las hojas, y como es de esperar en esta época del año los brotes tiernos se ven por todas partes. A pocas cuadras de allí el monobloque de veinte pisos y treinta departamentos por cada uno de ellos, dos por tres seis llegan a seiscientos, y si el muchacho con el regalo en la mano ha perdido su anotación con el número de departamento debe recurrir al encargado del edificio que puede haber salido.* No importa si el ascensor no funciona porque el cuerpo del joven está entrenado en sesiones de básket, de salto largo y de natación, aunque este semestre quedó replegado sobre sí mismo para estudiar las razones que empujaron a los presidentes a gobernar de diferentes modos. Las breves vacaciones comienzan con una visita al Museo Histórico de Nueva York, pero los horarios de ese museo poco concurrido no figuran en el diario. Pocos días más y todas las señoras de Estados Unidos saldrán a la calle con sombrero nuevo cubierto de flores de tonos ciclamen o rosa y al quitarse el saco, el chaleco, la camisa, los pantalones, las medias, los zapatos, bajo la ropa interior estampada pueden ocultarse brotes muy recientes de una enredadera similar a la hiedra. Cuando la sangre juvenil es demasiado rica puede brotar acné, que produce repulsión y no invita a caricias y menos aún a besos. Pero cuando de su propia carne brotan retoños verde claro, pronto se forma una maraña de hojas nuevas, la hiedra que cubre los austeros edificios de la Universidad es sombría por oposición a la zarza suave verde clara y sin espinas que con movimientos hábiles es posible arrancar de torso, piernas y brazos sin que de los tiernos tallos truncados escape gota alguna de sangre. Para ello es preciso comprender exactamente dónde la carne animal se vuelve vegetal, mas tocar ciertos lugares implicaría una total carencia de pudor.** La piel finalmente al descubierto es rosa pálido, hace meses que no la toca el sol, mientras que la zarza era de un verde muy claro. Después de tantas horas de estudio la espina dorsal curvada, ella en cambio mira películas viejas

---

* Gladys lleva una mano por debajo del camisón y se acaricia los muslos.
** Gladys sube la mano hasta su vello púbico.

por televisión sentada pero con la espalda recta para no agobiarse. El primer beso no es en la oreja, es en los labios secos de ella, labios bebedores de gaseosas; un jugo de frutas frescas es a veces el único brebaje que calma la sed ¡silencio!... no hables, ni siquiera en voz baja ¿no oyes esos pasos? ya se ha levantado la madre, golpeará a la puerta cerrada y él se esconde en la cama, las sábanas de trama gruesa son de la deprimente industria nacional, sábanas suaves y que acariciaban, sábanas de Nueva York ¿éstas son las mismas? envuelta en sábanas ordinarias de color infame porque no saben hacer anilinas en este país, él no se entera porque no llegó hasta la cama, mira desde la puerta, es posible que detrás de algún árbol espere la caída del sol para intentar otro asalto a la habitación de una víctima que no atina a pedir auxilio

—Gladys, vestite que nos pasan a buscar...

—Ya voy.

—¿Pudiste hacer un poco de siesta?

—Sí.

—¡Qué suerte!... Arreglate un poco. A mí me parece que por consideración a esa gente no podés ir desarreglada ¿no te parece que tengo razón?

— ...Bueno, pero yo lo mismo no voy a jugar, me llevo algo para leer, lo mismo no me voy a aburrir.

—Si armamos una canasta de parejas y no tenés más remedio vas a jugar, por favor...

—¿Hace mucho frío?

en Playa Blanca después de la siesta a buscar a la madre para jugar canasta, el matrimonio de la maestra y el veterinario duermen toda la noche en la misma cama grande, probablemente desnudos, y el matrimonio del agrimensor y la mujer también hoy en la canasta y ganó la maestra en pareja con el agrimensor, "Clara ¡su hija se aburre!" lo dijo alguien, ayer la mujer del veterinario. Antes de dormir revisa detrás de los muebles, debajo de la cama, adentro del ropero, por terror a los criminales. Se acuesta ya absolutamente segura de que no hay extraños en la casa y de que puertas y ventanas están herméticamente cerradas. Si el viento no agitase los pinares no habría zumbidos y habiendo tomado tres vasos de vino será malo ingerir una píldora para conciliar el sueño. Alcohol con somníferos puede matar, no hay aparato de televisión en la casa prestada, y ya puesta sobre el atril del Instituto da Vinci la hoja para el dibujo sube a la tarima el modelo desnudo* con brazos de estibador: alrededor de cada tetilla un círculo de vello negro, los círculos se tocan, del centro del pecho baja una flecha de vello negro más y más encrespado que toca el ombligo y más abajo la flecha se funde en la espesura del infierno. Altas llamas negras espesas si se quiere apresar una llama con la mano los alaridos de dolor y en la mano no se apresa nada, las llamas cuando son de pelos se pueden tocar y hasta hundir los dedos en los matorrales de pelo y al salir el sol del otro día las manos son míseros huesos cubiertos en parte por llagas de centro amarillo y estrías rosadas, rojas y cada vez más oscuras hacia los bordes, negras, la flor llamada estrella federal, las dalias rojas, los lirios violeta oscuros, la flor que casi parece de carne es la orquídea, son líneas, formas, volúmenes que no pueden dibujarse, por feos, grotescos**: un caño torcido y surcado por venas, con punta de dardo o de flecha india envenenada, dos grotescas esferas colgantes vergüenza de la creación, error de la naturaleza, los escultores griegos obligados a reducir las carnes del diablo a infantiles dimensiones graciosas, discretas, dibujarlo de pie flexionando una rodilla los brazos extendidos en línea horizontal: la luna menguante por la ventana arroja un reflejo para dibujar el contorno del modelo de pie en el centro del dormitorio, hay menos luz que en el instituto. Una mujer lo dibuja con poca precisión en carbonilla sobre la hoja rugosa, los intentos se logran en contadas oportunidades, sólo el contorno impreciso y en otra hoja de grana más fina es posible dibujar con nitidez y ocupando todo el espacio su cabeza.*** Sin apoyar la mano y tomando la carbonilla por su extremo inferior los trazos rectilíneos del pelo indócil símbolo de su intelecto aún no

* Gladys introduce la yema de un dedo en su sexo, obteniendo sensación de frío.
** Gladys trata de visualizar el sexo erecto del modelo, sin lograrlo.
*** Gladys logra un atisbo de placer.

cultivado. Apoyando algo más la carbonilla se describen las arrugas ondulantes y prematuras de la frente porque su esposa está en el hospital y nadie cuida de su hijo nacido pocos meses antes. Tomando aún con más firmeza la carbonilla se trazan las cejas y el ceño algo crispado porque su trabajo de albañil le alcanza apenas para comer y alzando algo más la mano con pulso muy firme se dibujan las dos curvas casi paralelas del párpado superior y es preciso que por donde esas líneas confluyen alargándose en pestañas se diluya y borre la idea del suicidio, porque los muchachos jóvenes en eso no piensan. En cambio el iris del ojo y las pupilas se sombrean transparentes como el vidrio mojado, el cual se asemeja a la mirada triste de los hombres buenos cuando piensan en todo lo que les salió mal en la vida. Crujen las maderas en este viejo conventillo, como todas las noches bajo sus pasos, se lo oye subir por la escalera, además hoy tamborilea la lluvia contra las paredes de chapa.* Él entra, se quita la gorra de obrero, hoy las paredes están empañadas puesto que el calentador encendido ¿por quién? ha caldeado la pieza, un acto de caridad. El chico duerme, no llora, el obrero no pregunta por qué está esa mujer allí, ve un plato humeante sobre la mesa y lo devora con pocas dentelladas mientras dos manos blancas lavan los platos. Ella le da la espalda, en silencio. Él eructa sin querer y no atina a disculparse, pero le da las gracias por su abnegación. La respuesta no es ambigua: ella está ahí por la satisfacción de ayudar a quien lo merece, y a continuación informa que terminado su cometido se irá aunque llueva, para volver a la tarde siguiente... y comienza a secar los platos. Tamborilea la lluvia, dándole la espalda resulta imposible ver lo que él hace, tenedor y cuchillo se posaron ruidosamente sobre el plato. Se oye de pronto que los pasos van hacia la puerta, echa llave. Se oyen los zapatos caer contra el piso de tablas roídas, luego la hebilla del cinto que se desabrocha, acto seguido las monedas de los bolsillos se entrechocan al arrojar el pantalón contra el respaldo de una silla. Las piezas de conventillo se apiñan y un grito de auxilio se oiría a pesar del temporal pero

---

* Aumenta en Gladys la sensación placentera producida por su propio dedo.

si zumbara el viento del mar como la semana pasada tal vez no. Como delantal ella se colocó un viejo repasador, se lo quita. También el vestido para no arrugárselo al echarse en la cama a descansar un momento, ocupando el lugar de la enferma ausente. Ella sabe que él está desnudo bajo la sábana, porque la burda tela deja adivinar sus formas de hombre o animal. Lo que más se teme es un ataque tan brutal como repentino pero no se oye ni una sola palabra, no se rozan, silencio, él se incorpora paulatinamente, mira hacia aquí y después de un momento de desconcierto apoya su cabeza de hombre perseguido por la desventura sobre un hombro sedoso y blanco, su respiración entibia el corpiño y la enagua.* Dado que los males no duran toda la vida hay que tener paciencia, el bebé crecerá sano y la esposa con el tiempo también sanará, el trabajo es la ley de la vida y sus patrones advertirán que él es buen trabajador y le aumentarán el sueldo, le darán más responsabilidad; un hombre simple, que oye esas palabras calmas, de aliento, ve de pronto más claro, respira hondo, mira hacia los lados, no de frente, mientras aferra un brazo blanco, el otro brazo blanco, y me inmoviliza ¿huele mal la piel de un albañil que no se ha bañado?** ¿se bañan los hombres que en sus casas no tienen agua caliente? ¿cómo es su pelo al tacto? ¿suave o sucio y pegoteado? ¿cómo sería la casa del modelo que trabajaba también de albañil? muy fría en invierno ¿la esposa del modelo albañil ya habrá muerto? ¿al hospital fue por culpa de él? quien la reemplaza yace inerme en el lecho, su piel no responde al estímulo del ofensor, la cocina apagada ya no da más calor y se cuela el frío por entre las chapas, el aire helado envuelve a los cuerpos desnudos ¿bajo el sol del trópico eran placenteras las horas de descanso? las frutas maduran tan pronto, frutas que existen sólo allí, imposible imaginar el sabor de frutas tropicales desconocidas*** ¿qué porvenir le espera a una mujer muy educada, junto a ese hombre primitivo casado y con hijos? ¿temas en

* Gladys se ve obligada a detener la acción de su dedo para evitar un orgasmo precipitado.
** Gladys en vano trata de retomar el goce interrumpido.
*** Gladys no siente ya ningún placer.

común? sobremesas largas en total silencio, el deseo de beber zumo de limas gigantes y dulces, y deglutir pulpa de mangos maduros, en un país templado al norte del trópico de Cáncer, con toda una tradición familiar, un hombre educado y de porvenir*, excepcionalmente buen mozo, el pelo corto pero algunas ondas en la tapa del cráneo donde los bebés tienen el hueso todavía no endurecido que se puede acariciar, les crece una pelusa rala y la gente se tienta de tocar y comprobar que el hueso está blando, pero nadie se anima, si alguien se animara podría hundir alguna décima de milímetro la tapa del cráneo** de un bebé deformando para siempre su carácter, su destino que está ya escrito en su carácter. Un pacto de silencio ¿a cambio de qué? "no me llames nunca por teléfono, los trámites de divorcio son muy largos y me pueden por las leyes de este Estado acusar de adulterio". El pacto consiste en que únicamente un mensaje especial será respondido por él, y sólo la carne cercana a enfriarse mortalmente es capaz de emitir el llamado en onda telepática, pero el divorciado sale a la noche porque tiene necesidad de buscar compañía y se queda en casa porque al día siguiente debe levantarse temprano para ir a la oficina ¿qué vida lleva un divorciado?*** el televisor de ella está apagado y el vidrio de su pantalla sólo refleja las luces de las otras lámparas del cuarto pero detrás del vidrio hay una membrana muerta gris oscura: ya es demasiado tarde, las lámparas del cuarto dan luces cálidas, levemente doradas, lámparas de Nueva York alimentadas por corriente especial ¿de cuántos voltios? ella no quiere que la alumbren esa noche, momentos antes sola y en la oscuridad aprieta un botón que inyecta de electricidad a la membrana gris, luz blanca plateada de muertos en la habitación única del departamento 302, al cuerpo de una muerta mediante especiales descargas eléctricas es posible infundirle energía, la muerta se agita, ya de pie intenta unos pasos y avanza, y lleva la mano al teléfono y cuando él acude y toca a la puerta ella quita el cerrojo, abre,

* Gladys presiona su uña contra la piel, como lo hizo Bob antes de poseerla.
** Gladys siente desagradablemente filosa la uña de su dedo.
*** Gladys retira la mano de su sexo.

y al recibir el primero —y último— beso el visitante cae fulminado sobre la alfombra de fibra sintética. La muerta se mira al espejo y nota que sobre sus labios el lapiz labial recién aplicado brilla como betún negro, además el polvo facial tiene gusto a tiza y no llega a cubrir las profundas grietas de la piel apolillada como madera vieja reseca, grietas abiertas sobre los pómulos y el borde de la quijada. Él se resistía a venir porque alguien le había dicho que una mujer con un ojo lastimado trae mala suerte. Él ha venido y está vedado contar su visita, bajo pacto. La mentira de relatar a la mujer del agrimensor cómo con un pasaporte válido se viaja desde el centro de Nueva York en helicóptero hasta el aeropuerto, avión a Ezeiza y taxi-remise hasta Playa Blanca porque los americanos prefieren ahorrar tiempo y no dinero: en el aire gris de la madrugada marítima contra fondo esfumado en carbonilla se recorta la cara en colores porque un muerto se puede dibujar también en gris pero los rasgos perfectos de Bob resultan perfectos tanto por trazado como por colorido*: ojos celestes, pestañas rubias, o pardas casi negras, cejas ídem, piel entre rosa y oro, labios casi colorados, dientes marfil, cartílago de las orejas rosado y blando es lo primero a morder, y apoya en la almohada blanca la cabeza dibujada con todos los lápices pastel de la caja importada de Bohemia. Difícil pintarlo al óleo, más fácil al pastel, pero el visitante tocó los labios negros de betún y murió por culpa de una descarga eléctrica inesperada. La tapa del libro de Steckel posiblemente haya sido gris, y en las páginas blancas en letras negras se explicaba el raro fenómeno de la "ejaculatio praecox". Tal vez haya habido ilustraciones en ese libro, pero en blanco y negro solamente**, es improbable que hubiese ilustraciones de tonos pastel. Por el contrario, son a todo color los prospectos de viajes que publicitan la isla de Puerto Rico. En la TV en colores los negros son violáceos más que marrón oscuro, como realmente resultan en la realidad. Los mulatos de Puerto Rico según dicen tienen un tinte

* Gladys vuelve a introducir un dedo en su sexo.
** Gladys no logra retomar su placer y coloca las palmas de ambas manos a sus lados, contra el colchón.

diferente, lo dicen ellos, pero cada vez que aparecía un negro en la pantalla chica las espectadoras pensaban que nunca habrían de dejarse tocar las entrañas por él: más de una comparte la misma vergüenza, esa mujer blanca por una calle oscura la flor blanca prendida al vestido símbolo de caridad, decide entregarse al negro porque está triste, ojos de simio olvidado. Ella quiere demostrarle que no le tiene asco porque sus brazos ya la están ciñendo, y en su carne blanca como el tocino arrumbado durante semanas entre el hielo granizado del congelador abre paso a la negrura de un gorila que habla para darle las gracias por no quejarse, no gritar, no llamar a un médico, con una enorme cuchilla afilada se corta en lonjas el tocino blanco. Según la noticia de un diario viejo, una mujer dejaba que un perro enorme o mastín se le subiera encima*, y después esa mujer no puede más tener contacto con los hombres porque está impregnada de olores, y los hombres notan que ella tuvo relaciones con los animales. Si el correo del día está despachado, si todos los paquetes a expedir el lunes están ya preparados y si no se esperan pedidos voluminosos aunque sean apenas las tres y media o cuatro de la tarde puede retirarse el mozo de cuerda porque la población portorriqueña de Nueva York ha adoptado ya costumbres de la gran ciudad.** Si no hay cartas magnetofónicas que pasar a máquina, si no hay cartas del exterior que traducir y si no se espera ningún llamado telefónico de especial importancia la secretaria bilingüe puede retirarse los viernes un rato antes de la hora, porque es costumbre para quien dispone de medios salir de Nueva York los fines de semana en busca de reposo y distracción. Si por el contrario resulta imprescindible llevar a cabo un importante envío dentro del día viernes, dado que el caso nunca se presentó anteriormente ni la secretaria bilingüe ni el mozo de cuerda podrán negarse a permanecer algunas horas extras y sacar de apuros a la empresa. Ninguno de los restantes treinta y un empleados deberán quedarse. Si a las

---

* Gladys siente que el sudor creciente de sus axilas le irrita la piel.
** Los nervios de Gladys se aquietan después de secarse las axilas con un borde de la sábana.

siete de la tarde la secretaria siente un apetito voraz, como empleada de más jerarquía no debería aceptar la propuesta del mozo de cuerda, quien además es mulato. Ella aceptó que él bajase y trajese medio galón de cerveza para acompañar los fritos en venta a pocas cuadras.* Es imposible comer platos picantes sin cerveza y en las freidurías de los barrios portorriqueños de Nueva York hay comidas de aspecto apetente en las vidrieras: pasteles grandes de carne, bollos de picadillo negruzco y maíz molido envuelto en hojas hervidas verdes de cayabo, todo que hierve en la boca sembrado de picante, el chile, el mole y los pimientos rojos, y aquel que lo come tiene la sangre espesa y humeante ni bien la secretaria se sienta con las piernas cruzadas y la falda sube más de lo debido.** Si la secretaria inicia un nuevo tema de conversación él responde que aunque trabaje todo el día cargando cajones no tiene olor porque usa desodorante pero la secretaria bilingüe le siente aliento a cerveza, y en el sofá del jefe lo que sucede a quien toma alcohol es que no piensa en nada, por eso mucha gente toma, para no pensar, y a veces es posible que bebiendo una mujer no piense en su propio bien y si la conversación logra distraer a la secretaria será posible que soporte el dolor a que él la somete y si él le contesta con un mínimo de cortesía ella puede hacer de cuenta que el dolor está pasando y así no intentar desprenderse de sus brazos.*** Si intentase desprenderse de él sería muy posible que no lo lograse y ello podría en cambio redoblar su ímpetu masculino. Si ella saca la conversación de la delincuencia juvenil y la conveniencia de que los niños de él no crezcan en un suburbio de averías es posible que él no responda porque le disgusta hablar de ese tema pero si han ya pasado algunos minutos es posible que ella se esté acostumbrando a la corpulencia de él y le proponga acompañarlo a los cursos gratis de inglés que se dictan en todos los barrios de Nueva York, porque haciendo un sacrificio todos los días después del trabajo podría salir de su estrecha

---

* Gladys retoma casi inconscientemente su acción.

** Gladys siente un placer creciente.

*** Gladys logra recordar con exactitud la sensación producida por el pene voluminoso de Frank.

condición de peón, terminar la escuela que nunca hizo, trabajar con cuello y corbata en vez de overol. Pero él responde que gana más levantando bultos que ella redactando en dos lenguas distintas, porque en Estados Unidos los trabajos brutos están muy bien pagados. Y entonces a ella sólo le resta cerrar los ojos porque en la isla de donde él proviene el sol en la playa* está grande como todo el cielo y ella ya no puede abrir más los ojos para mirarlo, va a quedarse ciega si abre los ojos, el sol del trópico la está abrasando y en su desesperación ella puede mordisquearlo y comerle las orejas y la nariz y el bigote como si fueran los pasteles de la vidriera de la freiduría, y los bocadillos negruzcos de carne y mole, y los cayabos verdes, y el maíz molido enrojecido de tanto picante, ya no falta casi nada para que ella poco a poco pueda abrir los ojos y mirar el sol tropical de frente, sin pestañear, y en el futuro no estarán ni en el Atlántico Norte ni en el Atlántico Sur, desnudos en el trópico caribeño dormirán uno al lado del otro** y pasarán el día pescando y cazando para su sustento ¿y no se aburrirán? no, pues en las horas libres poco a poco ella le enseñará todo lo que sabe de pintura, de música, de literatura, así él no se sentirá más inferior a nadie, y le enseñará a hablar bien inglés, con el acento Oxford pleno de ecos culturales aprendido en las aulas del British Institute de Buenos Aires... ¡quieto! ¡no te muevas! la madre se ha levantado y posiblemente se asome a la puerta

—Querida... ¿estás descompuesta?

—No, estoy bien, dormite...

—Creí que te estabas quejando... Es tarde, tratá de dormirte.

—Bueno...

dado que en la cama hay solamente una mujer, y a sus pies una piel de cordero, esos pelos blancos largos peinados con un peine grueso, esponjosos, no están pisoteados, solamente le estaría permitido pisarlos a alguien que lo mereciera. No serán admitidos los visitantes de cierta calaña, por ejemplo los

* Gladys siente que el orgasmo se aproxima.
** Gladys siente que el orgasmo se resiste a comenzar.

hombres casados. Si en la noche silenciosa de esta playa no soplase el viento se oiría hasta la menor pisada de un zapato de hombre, y bastaría un grito de auxilio para espantar al intruso pero si a través de continentes y océanos sin que la conduzcan miriámetros de cables se puede trasmitir una onda hertziana, el más banal programa de radio, o un telegrama de felicitaciones, es indudable que también podrá trasmitirse la onda emanada de un alma inmortal —como todas las almas— con destino a un cuarto estudiantil de Washington University. Únicamente un mensaje especial será escuchado por él, y sólo la carne cercana a enfriarse mortalmente es capaz de emitir la onda telepática. Si ella no tolera más el sufrimiento de la separación se sacudirá en estertores que sacudirán a su vez el éter y llegarán a oídos de él. Los zapatos se oyen pero los pies descalzos pueden avanzar y posarse, aplastar, vencer los largos pelos del cordero muerto, desollado, un cuero lavado, cepillado, peinado, perfumado si alguna vez la ocupante del cuarto se acuerda y lo perfuma pero esta vez él no le dio tiempo, llegó sin aviso, estaban ahí los pies descalzos y subiendo la vista por el cuerpo que en la densa penumbra es sólo líneas sin volumen —¿líneas de armonía griega?— resulta conveniente no saludarlo todavía por temor a que se acerque y las líneas cobren entonces su tercera dimensión. ¿Qué debería dibujarle como fondo? banderines, libros, raquetas de tenis y por la ventana se entrevén sobrios edificios estilo tudor cubiertos de hiedra, ¿pero acaso no fue él a visitarla a ella? y detrás lo que se veía era uno de los rascacielos máximos de Nueva York. Si el programa comienza con una visita al Museo Histórico puede seguir con la retrospectiva de Rouault en el Museo de Arte Moderno y alguna pieza de teatro off-Broadway, ella sabe todo y le recomienda sólo lo mejor, y le muestra fotos de un premio a la mejor escultura, agregando que la cabeza de él presenta ángulos muy interesantes para el modelado en arcilla y la característica ausencia de arrugas hace pensar que debido a su juventud nunca oyó decir que las mujeres con un ojo tuerto traen mala suerte.* No es un paseo por parques ingle-

* Gladys recomienza a acariciar su vello púbico.

ses de la Universidad, no es un beso furtivo en el aula magna durante un concierto, no es que él finalmente logre poseerla en esas canoas de los ríos mansos al estilo Oxford, no divisa ella desde la canoa un cielo límpido y ramas de sauces llorones*, fue un rayo lo que en plena noche negra le encandiló la retina y no es posible ver más que colores de sangre y colores de oro manar del cráter de un gran volcán y ésa no es lava que destruya la piel de la boca, y aunque cause vergüenza admitirlo como a toda mujer a ella se le ha abierto otra boca, hambrienta también entre sus piernas hay una boca escondida, que al fin está colmada de los mismos colores que brotan de todos los cráteres de todos los volcanes aún vivientes, en la era del fuego, la luz, el calor, aunque el fuego lastime, queme, hiera, y él también lastima y quema esa boca y la desgarra, y sollozando de goce y dolor es posible advertir que las llamas que devoran la carne ya llegan al hueso y al centro del pecho donde está enroscada el alma de las mujeres tuertas y se sube el alma a la garganta y se escapa**, se oye exhalar un suspiro que es el alma que libre se eleva y se ríe desde el mismo cenit ¿por qué? ni ella lo sabe. Sobre las sábanas quedó un poco de ceniza y la boca que está entre las piernas es la última brasa, que al rato se apaga y se desintegra y se vuelve ceniza como el resto de esa mujer. Porque cuando a él se le pasa el deseo la ve color gris y negro en la penumbra, ella pese a la blancura de su piel y al rosado de boca y pechos para él tan sólo es gris y negra como la ceniza.*** ¿Será cierto?, porque es preciso no confundir a un espíritu noble como el de él con otros, si él tiene prisa y se marcha muy pronto se debe a que tiene todo un porvenir que forjarse, pero lo que no cabe en su caso es inquietarse por lo que pueda entorpecerle el camino. Tal inquietud desaparece ante la presencia de una compañera que sabrá complementarlo y enriquecer sus horas, porque él descubrió que ella sabía de todo: teatro, cine, pintura, lo cual no obsta para que mientras él prepara examen

* Gladys siente que el orgasmo se declara súbitamente y la inunda.
** Gladys exhala un profundo suspiro de satisfacción.
*** Gladys retira la mano de su sexo y silenciosamente se dirige al baño.

tras examen ella deje de servir café tras café y tan brillante será
la presentación de la tesis final que allí mismo en la Universidad le ofrecerán un puesto de profesor, y a su casa los alumnos pelearán por ir porque no sólo es él una lumbrera sino
que su mujer —un poco mayor y aparentemente sencilla, y
siempre lista para cocinar pavos y perdices— resulta la más
culta, más sensible, pintora y escultora, escondida detrás de la
sombra del sabio marido. ¿Y por qué él se avergüenza? después del amor siempre hay que lavarse, con pasos sigilosos
porque la madre está en la pieza de al lado y puede oírlos, respiración contenida y generosa agua fresca que brota de los
grifos, para borrar el único rastro de tristeza que está en sus
dedos, los lava y no queda más rastro alguno, pues en el recuerdo de ella él ocupa todo el espacio disponible y la mujer
del veterinario no la vio cuando se levantaba sola de la cama
para ir al baño a lavarse las manos
....
....
—Gladys, son las diez casi, despertate.
—Dejame dormir.
—No, que después no vas a tener hambre y te hice algo que
te gusta.
—......
—Nena, contestame, vamos, yo mientras te voy haciendo
un café negro.
—Bueno, dejame un ratito, y nada más...
en ayunas muchas cosas se olvidan, desayunarse tarde quita el apetito para el almuerzo. Si la memoria falla y ella no recuerda cuál era la materia que él debía rendir inmediatamente
después de aquellas vacaciones de Pascua es posible que el hecho no tenga importancia, pero si la mujer del veterinario se
acerca para preguntar algo parecido y la respuesta tarda en
llegar se puede aceptar la excusa de que con el tiempo se olvidan ciertas cosas. En cambio si han pasado apenas pocas horas es posible recordar todo hasta el más mínimo detalle.* Si

* Gladys siente el acostumbrado dolor de cabeza que se le presenta de
mañana cuando la noche anterior se ha sobreexcitado.

la mujer del veterinario preguntase hasta el más mínimo detalle del goce que él le dio anoche siendo una mujer casada no tendría derecho a escandalizarse de nada y podría escuchar punto por punto lo que sucedió. Pero si la mujer del veterinario dice que no cree que el joven haya estado de visita anoche —porque tal vez se ha enterado de que cuando la muchacha se despertó él no estaba a su lado—, no habría ninguna prueba de que ese estudiante —origen de tantas ilusiones— se haya acordado de ella —a miles de kilómetros de distancia— durante la madrugada. La verdad es que en este cuarto no se oyó ninguna palabra nueva de él, enviada por telepatía. Las que se recuerdan son aquellas pocas que pronunció el único día en que se vieron, porque de aquel otro día en Washington cuando apareció con su prometida no es posible recordar nada, quedaron grabadas las palabras agradables solamente. Aunque si se van a considerar las palabras agradables, más vale recordar otras escuchadas en otras circunstancias y otros parajes, tales como Acapulco: si mañana sábado a la noche el sueño tarda en llegar sería posible recordar esas palabras, y tratar de no olvidar ni el más mínimo detalle concerniente a las circunstancias de aquel preciso momento. Porque en Acapulco la naturaleza regala un marco perfecto a las aventuras amorosas más diversas. Algunas con final feliz y otras no

El magnate fraudulento:	(entrando) Micha...miau... ¿cómo está mi gata linda?
Jean Harlow:	(platinada, con bata de raso blanco y chinelas plateadas, se da vuelta enfurecida esgrimiendo el delineador de cejas como un estilete) Te he dicho un millón de veces que no me hables mientras me hago las cejas.
El magnate fraudulento:	¿Recuerdas lo que te dije la semana pasada, Micha?
Jean Harlow:	(volviendo a mirarse en su espejo de borde cromado) Ni siquiera recuerdo lo que dijiste hace un minuto.
El magnate fraudulento:	Ajá... ¿Ah sí? Ud. se ha estado portando muy mal últimamente, mi estimada señora. Me estoy hartando.
Jean Harlow:	Hmm... ¿y qué?
El magnate fraudulento:	Yo te digo *qué*. El patrón aquí soy yo. Yo pago las cuentas. Y tú las órdenes las recibes de mí.
Jean Harlow:	¿Con quién te crees que estás hablando?, ¿con la pobre diabla de tu primera mujer, allá en Montana?

(De *Cena a las ocho*, Metro-Goldwyn-Mayer.)

Buenos Aires, 8 de mayo de 1969

Una oficina del Departamento de Policía. A la derecha, junto a una ventana sin cortinas, un escritorio moderno con teléfonos, máquinas de escribir y magnetófono; a la izquierda un escritorio de menor categoría, con un solo teléfono. No se sabe si es de noche o de día, debido a las persianas cerradas; sobre los escritorios sendas lámparas se hallan encendidas. Un hombre de mediana edad vestido con esmero, sentado en el escritorio de más categoría, trata de concentrarse en la lectura de un artículo titulado "ATAQUE ISRAELÍ A PORT SAID" en la primera plana del diario del día.

Asistente: (hombre ya mayor de cabello cano y figura rechoncha, protegido de la fuerte luz de la lámpara por una visera, atiende el teléfono) Sí, sí señorita (a su superior). Para Ud., jefe. Una mujer.

Oficial: (levanta el tubo) Hable.

Voz en el teléfono:

Oficial: Sí, la escucho (su mirada cae sobre un titular del diario —"ÚLTIMAS BAJAS DE ESTADOS UNIDOS"— y recorre parte del texto que sigue sin concentrarse, prestando atención sólo a su interlocutora)

Voz:

Oficial: Para consultas está mi asistente, le vuelvo a dar con él.

Voz:

Oficial: ¿Peligro de qué clase? Ante todo déme su nombre.

Voz:

Oficial: Le prometemos reserva absoluta.

Voz:

Oficial: (brusco) Hable con menos vueltas. ¿Cuál es el peligro? ¿de qué clase? (su mirada cae sobre un titular del diario —"RECRUDECE LA TENSIÓN EN IRLANDA DEL NORTE"— y parte del texto que sigue)

Voz:

Oficial: Nadie se va a enterar de su llamado, esté tranquila. ¿En qué consiste el peligro?

Voz:

Oficial: (hace señas al asistente para que escuche la conversación por el otro teléfono) Déme los nombres de ellos, y los domicilios.

Voz:

Oficial: El nombre del sujeto este que le parece peligroso, y el de ella.

Voz:

Oficial: (hace señas al asistente para que conecte la línea telefónica al magnetófono) Si Ud. no está segura la cuestión
cambia. Ud. sabrá que las falsas alarmas están penadas por
la ley. Déme su nombre y número de teléfono, la llamo
enseguida.

Voz:

Oficial: Ese señor no se va a volver contra Ud., simplemente
porque no se va a enterar. Hable con confianza (su mirada
cae sobre un titular del diario —"NO ABRIRÁ LA OEA SUS
PUERTAS AL COMUNISMO"— y parte del texto que sigue)

Voz:

Oficial: Si el sujeto este tuvo ese incidente hace años, y alguien lo pagó muy caro, como Ud. dice, es un delito que
debe ser denunciado. Y Ud. lo está ocultando, ¿se da cuenta?

Voz:

Oficial: No importa que sea hace muchos años, el delito está.
Además si ahora existe esa mujer en peligro según Ud., con
más razón todavía. Ud. tiene que colaborar con nosotros.
Es un deber suyo, de ciudadana ¿comprende o no?

Voz:

Oficial: ¿Ud. no quiere ser testigo de un nuevo delito? Bueno, entonces es muy simple evitarlo. Dígame los nombres.

Voz:

Oficial: Por lo menos una cosa, ¿hace años qué es lo que pasó
exactamente?

Voz:

Oficial: ¿Una sospecha, nada más?

Voz:

Oficial: Pero explíqueme ¿qué es eso que Ud. le nota a veces?

Voz:

Oficial: ¿Cómo es una mirada de asesino?

Voz:

Oficial: Si el tema surge siempre que lo ve, trate de sonsacar
algo más. Aunque él se resista.

Voz:

Oficial: Está bien, la comprendo. No la justifico, digamos,

pero la comprendo. De cualquier modo si él se desahoga hablando con Ud., déjelo tomar más confianza, hasta que diga algo más, y después nos llama.

Voz:

Oficial: Si no quiere ser testigo, o cómplice, ayúdenos a evitar el delito. Por eso queremos protegerla y que nos dé ya los nombres, el suyo y el de él. Y el de la otra mujer.

Voz:

Oficial: A este mismo número, Ud. disca el número del conmutador y después pide el interno 31.

Voz:

Oficial: A toda hora, día y noche (su mirada cae sobre un titular del diario —"SEVERA ACUSACIÓN RUSA CONTRA PEKÍN"— y parte del texto que sigue)

Voz:

Oficial: No, aquí médicos no hay. Eso está a cargo de la Asistencia Pública.

Voz:

Oficial: ¿En el caso de un enfermo mental?

Voz:

Oficial: Psiquiatras... Sí, tenemos psiquiatras.

Voz:

Oficial: Sí, un médico asesor, pero no están aquí los médicos asesores, no están en el Departamento. Si Ud. me da su teléfono la podemos poner en contacto. Para que la llamen.

Voz:

Oficial: Depende de Ud.

Voz:

Oficial: ¿En qué ambientes es tan conocido?

Voz:

Oficial: Ud. trate de averiguar algo de este asunto que me nombró, de años atrás. Averígüele con disimulo el año y el mes, y aquí podremos ver si hay algo en el archivo. Si es posible también pregúntele el día.

Voz:

Oficial: ¿Yo tengo que prometerle a Ud?, ¿qué cosa? (su mirada cae sobre un titular del diario —"ESTUDIANTES DE LA PLATA GANÓ POR 3-1"— y parte del texto que sigue)

Voz:

Oficial: Ni siquiera sabemos el nombre de Ud., ¿cómo vamos a mencionar su llamado?

Voz:

Oficial: Aunque Ud. sea su única confidente, no importa. Inventaremos otra pista. Lo que necesitamos es algún dato preciso sobre el otro asunto, si hubo delito...

Voz:

Oficial: Exacto. Lo que Ud. tiene que averiguarnos es eso, la fecha, o el nombre de la víctima, si hubo víctima, de robo, de lo que sea, de homicidio.

Voz:

Oficial: ¿Segura que por lucro no fue?

Voz:

Oficial: Todo lo que sepa, después nosotros haremos ver que llegamos al acusado por otro conducto. Le prometemos que de Ud. no habrá ninguna sospecha.

Voz:

Oficial: Para eso necesita la licencia de portar armas (su mirada cae sobre un titular del diario —"ENTREVISTA ENTRE NIXON Y ROCKEFELLER"— y parte del texto que sigue)

Voz:

Oficial: No es burocracia, es ley. Para portar armas necesita la licencia.

Voz:

Oficial: Depende de qué clase de criminal se trate ¿comprende?

Voz:

Oficial: Sí, Ud. tiene razón, está el delincuente que si se le hace frente se asusta.

Voz:

Oficial: Sí, razones psicopáticas, como quiera llamarlas. Pero en estas condiciones, sin ningún dato ¿qué le puedo decir yo? Ud. antes que nada consíganos la fecha de ese delito. Pero espere un momento, él ya puede haber sido acusado de algo, dígame el nombre y buscaremos si hay prontuario.

Voz:

Oficial: Le aconsejo que me diga el nombre ya.

Voz:

Oficial: Se puede arrepentir cuando sea demasiado tarde, déme el nombre ya.

Voz: (la comunicación se interrumpe, la interlocutora evidentemente ha colgado el tubo)

Oficial: Hola... hola... (al asistente, mientras cuelga a su vez el tubo) Anote por favor esta llamada en el parte, con la hora, por si vuelve a llamar.

Asistente: ¿Transcribo la cinta?

Oficial: No, no vale la pena. Si la cosa sigue, sí. Pero tenga la cinta aparte y clasificada (su mirada cae sobre un titular —"FINALIZÓ LA REUNIÓN DE LOS GOBERNADORES — EL MINISTRO DEL INTERIOR LOS EXHORTÓ A TRABAJAR POR LA TRANSFORMACIÓN DEL PAÍS"— y recorre parte del texto que sigue sin concentrarse, todavía con la atención puesta en el llamado telefónico recibido).

Los titulares y partes de textos que el oficial leyó sin prestarles atención fueron los siguientes: 1) "ÚLTIMAS BAJAS DE ESTADOS UNIDOS — Saigón, 7 (UP) — Más de 30 helicópteros norteamericanos fueron derribados o sufrieron accidentes en Vietnam del Sur en las últimas dos semanas, pereciendo por lo menos 49 militares aliados en esos desastres, según se informó hoy en..." 2) "RECRUDECE LA TENSIÓN EN IRLANDA DEL NORTE — Belfast, 7 (UP) — Los protestantes desoyeron hoy las exhortaciones del nuevo primer ministro James Chichester-Clark y anunciaron que efectuarán manifestación este fin de semana contra el otorgamiento de mayores derechos civiles a la minoría católica de Irlanda del Norte para la..." 3) "NO ABRIRÁ LA OEA SUS PUERTAS AL COMUNISMO — RECHAZÓSE UNA PROPUESTA DE CHILE PARA INVITAR A LAS REUNIONES A PAÍSES ROJOS — Washington, 7 (UP) — Chile propuso hoy 'abrir las puertas de la Organización de los Estados Americanos, OEA, a los países del área socialista', pero fue derrotada en su esfuerzo en ajustada votación como lo..." 4) "SEVERA ACUSACIÓN RUSA CONTRA PEKÍN — Moscú, 7 (UP) — La Unión Soviética acusó hoy al máximo dirigente de China comunista, Mao Tse-tung, de utilizar la 'revolución cultural' china para preparar militarmente a su nación para una nueva guerra mundial. Una serie de artículos difundidos por la prensa soviética acusan a Mao de instaurar una sucesión 'monárquica' en el partido comunista chino y de utilizar 'las armas soviéticas destinadas a Vietnam del Norte' contra sus opositores políticos cuando..."

5) "ESTUDIANTES DE LA PLATA GANÓ POR 3-1 — Se jugó anoche en la capital de la provincia el segundo partido semifinal por la Copa Libertadores de América entre los equipos de Estudiantes de La Plata y de Universidad Católica, de Santiago de..." 6) "ENTREVISTA ENTRE NIXON Y ROCKEFELLER — Washington, 7 (UP) — La Casa Blanca informó hoy que el presidente Richard M. Nixon tiene planeado entrevistarse este fin de semana con el gobernador de Nueva York, Nelson Rockefeller, antes de que éste inicie su misión de estudio por 23 países latinoamericanos a comenzar el..." 7) "FINALIZÓ LA REUNIÓN DE LOS GOBERNADORES — EL MINISTRO DEL INTERIOR LOS EXHORTÓ A TRABAJAR POR LA TRANSFORMACIÓN DEL PAÍS — Alta Gracia (Córdoba) (De un enviado especial) — Con la asamblea realizada ayer, que comenzó a las 9.10, presidida por el primer mandatario de la Nación, teniente general Juan Carlos Onganía; las exposiciones del ministro del interior, doctor Guillermo Borda; del secretario de Estado del Consejo Nacional de Desarrollo (CONADE), doctor José María Dagnino Pastore, y del asesor de la provincia de Buenos Aires, almirante Muro de Nadal, finalizaron las deliberaciones de la Tercera Conferencia de Gobernadores que desde el lunes último estaba reunida en el Sierras Hotel de esta ciudad. Según se informó se cumplió sin mayores modificaciones el programa adelantado el martes a la noche por el doctor Díaz Colodrero a los periodistas, es decir, hubo una exposición del..."

VI

Abogado: Has hecho un gran trabajo como directora de este Asilo. Has solucionado muchos problemas. Pero ahora surge otro. El matrimonio Eldridge... quiere al pequeño Sam.

Greer Garson: (sus ojos bondadosos se vuelven duros como el cristal) No. A ese niño le devolví *yo* la vida, me quiere ¡y me pertenece!

Abogado: Sí, tú le devolviste la vida. Pero él necesita un hogar, una casa normal, con padres que considere suyos. Éste no es un hogar, es una institución.

Greer Garson: (apasionada) Entonces me iré de aquí, dejaré el Asilo. He encontrado padres para miles de criaturas ¡ahora quiero un niño para mí! Quiero a Sam. Aquí está mi renuncia al Directorio.

Abogado: Escucha, el día que tu marido murió me dijo algo que nunca te conté. Me dijo que él creía que Dios te había quitado a tu propio hijo en tu juventud para que miles de chicos sin hogar pudieran saber lo que era el cariño... (va hacia la puerta) En fin, tu marido tal vez se equivocó. (sale sin coraje para mirarla de frente)

Greer Garson: (está anonadada por el golpe asestado, pero trata de rehacerse y sube al cuarto donde duerme el pequeño huérfano, lo despierta y lo estrecha en sus brazos sedientos

	de cariño) Mi bien, de ahora en adelante... quiero que me llames mamá, no tía. Tú y yo... nos iremos de aquí. Tendremos muy pronto un hogar de verdad, juntos.
Niño:	¡Oh, tía... mamá! ¿nosotros dos solos?... ¿una casa con verja y todo?
Greer Garson:	(plena de esperanzas) ¡Una casa con verja y todo! (se oye el timbre de la puerta de calle, luego la voz temblorosa de la señora Eldridge en el salón, preguntando por la directora del Asilo. Ésta siente que todo está en peligro ¿se permitirá tal acto de egoísmo? ¿esa verja que había de separar del mundo a ella y el pequeño no existe? ¿nunca existió, ni existirá?)

(De *De corazón a corazón*, Metro-Goldwyn-Mayer.)

ACONTECIMIENTOS PRINCIPALES DE LA VIDA DE LEO

El 11 de enero de 1930 el matrimonio formado por Agustina Latiuh y Leopoldo Druscovich festejó la buena noticia recibida. Sus hijas Amalia, de 14 años, y Olga, de 7, ya se habían retirado a dormir. La cena resultó poco elaborada pues Agustina había regresado de la consulta médica ya avanzada la tarde. Según el diagnóstico la señora Druscovich estaba repuesta y ya no quedaban rastros de anemia, pero por falta de tiempo no se pudo preparar un banquete de celebración a gusto del señor Druscovich. Ya no tenían delante a las niñas y la doméstica lavaba los platos en la cocina, el matrimonio saboreaba el licor reservado para las visitas o las grandes ocasiones. El señor Druscovich no osaba preguntarle a su esposa si había discutido con el médico la posibilidad de tener otro niño, y la señora Druscovich temía que llegara esa pregunta desde que habían quedado solos en el cuarto. Pese a que su marido le había pedido repetidamente que hablara con el médico al respecto, ella había evitado tocar el tema durante la consulta. La señora Druscovich estaba cansada de análisis e interrogatorios clínicos, su temor inconfesado consistía en que el médico desaconsejara un embarazo y su marido la obligase a ver a otro médico. El señor Druscovich deseaba fuertemente el advenimiento de un hijo varón.

Cuando finalmente la señora Druscovich se vio ante la pregunta no se hallaba en condiciones de responder fríamente porque su marido la estaba fornicando con toda la ternura de que era capaz. La señora Druscovich sintió desmoronarse todas sus resistencias —el terror al debilitamiento y el tedio de reajustar el presupuesto— y arrollada por el apasionamiento marital susurró que ella estaba allí para cumplir la voluntad de su dueño. Éste interrumpió el acto para quitarse el preservativo y antes de volver a introducirle el miembro la besó conmovido en la frente, un beso largo y respetuoso. Durante un instante del orgasmo en que cerró los ojos, la señora Druscovich vio dunas del desierto continuarse hasta un horizonte que ella podía tocar con la mano, en el horizonte el aire era templado, la arena agradablemente tibia le abrigaba los pies, las estrellas brillaban en el cielo azul oscuro sin una sola nube y la mano suave que acariciaba las dunas era su propia respiración, en tanto que las dunas eran su garganta y el interior de su pecho. El aire provenía de su marido, si él permanecía a su lado podía prolongar ese placer y ese descanso eternamente.

La misma visión tuvo doce meses más tarde, poco antes de expirar, a consecuencias de una pulmonía contra la que no pudo luchar su organismo debilitado. Junto a la cama del sanatorio estaban su marido y su hija mayor, además del personal médico. La hija menor había quedado en casa, atendiendo con la doméstica a su hermanito de tres meses de edad, bautizado con el mismo nombre de su padre. Leopoldo Druscovich hijo fue criado por la doméstica y la hermana mayor y, según los vecinos, malcriado por la hermana menor.

Antes de cumplirse un año de la muerte de su esposa, Leopoldo Druscovich padre tuvo una ventajosa oferta y vendió su

81

taller de curtiembre. Temía la llegada de esa fecha como si para entonces hubiera de ocurrir otra desgracia y se trasladó a Mendoza para pasar algunos días en casa de su único hermano. Allí creyó hacer una buena inversión comprando una granja de miel, y el día de su regreso a Buenos Aires se vio pospuesto de semana en semana. Mientras tanto en Buenos Aires la hija de dieciséis años, Amalia, pronto impuso su buen sentido administrativo y los cheques que enviaba el padre resultaban sobreabundantes en sus manos. Pero del presupuesto desaparecieron los gastos prescindibles como el cine, los helados, la calesita, las revistas y los regalos para cumpleaños y Reyes. En esas fechas los homenajeados recibían ropas o útiles de colegio. Amalia guardaba el dinero sobrante, planeaba mostrárselo a su padre cuando regresara y estaba segura de que él no se casaría otra vez si encontraba la casa en orden y un ahorro inesperado como grata sorpresa.

Pero el padre no habría de volver por un largo tiempo y cuando la más condescendiente Olga quería alegrar al hermanito le daba para jugar prendas que su padre había dejado en el ropero: el pequeño se disfrazaba y arrastraba la ropa por toda la casa. Olga se ponía ropa de su mamá muerta y le pedían a la doméstica que los casara.

Padre e hijo

Leopoldo Druscovich hijo vio a su padre prácticamente por primera vez cuando contaba siete años de edad, estaba almorzando como de costumbre a las once y media de la mañana para entrar a clase una hora más tarde y la ausencia de sus dos hermanas esa mañana había redundado en un menú dictado por él mismo a la doméstica: dos huevos fritos con papas fritas, indigestos según Amalia. La puerta se abrió, entraron padre y tío seguidos de las muchachas. Los dos hombres se habían afeitado la tarde anterior en Mendoza y tenían la barba ya algo crecida, las ropas provinciales estaban ajadas, los ojos enrojecidos por la vigilia en un vagón de tren, el aliento cargado, y al abrazar al niño por entre el saco, el chaleco y la camisa percudida escapaban ráfagas de sudor axilar.

Habían de estar todos reunidos hasta las cuatro de la tarde, hora en que el señor Druscovich debía internarse en un sanatorio para tratar su fuerte angina de pecho; al niño se le permitió faltar al colegio. El padre lo miró en lo hondo de las pupilas como buscando la serpiente oculta que había picado a la desaparecida, y le preguntó qué quería ser cuando llegara a grande. El niño respondió que quería ser aviador y casarse con Olga. El padre respondió entonces que entre hermanos no había casamiento y el pequeño Leo, como lo llamaban en casa, repitió un gesto que había observado en chicos más grandes del colegio cuando decían "me caso con tu hermana, que es más baquiana". El gesto consistía en formar un aro con el pulgar y el índice de una mano y atravesarlo con el índice rígido de la otra mano. El niño nunca había pronunciado esa frase anteriormente, pero sintió como si alguien se la dictase al oído y no resistió la tentación de repetirla, sin tener idea de lo que significaba todo ello. El señor Druscovich alzó la voz, ordenó al niño no decir semejante cosa nunca más. El niño no comprendía el porqué de esa orden y repitió que él se iba a casar con Olga. Amalia notó la cólera de su padre y dio una fuerte bofetada al niño para hacerlo callar.

Durante el almuerzo de sus mayores a Leo se le permitió ir a la vereda. Leo salió y vio pasar por enfrente a una mujer con delantal blanco. Era una de las maestras de su escuela. Leo pensó que ella podía verlo y contarle a su maestra que cierto niño había faltado a clase sin estar enfermo. Inmediatamente subió al departamento, pero a pocos pasos del comedor se detuvo, oyó que en la mesa hablaban de él. Las muchachas contaban al señor Druscovich las anécdotas más notorias del niño, y se reían con afecto, pero Leo se sintió humillado ante la complicidad de hermanas y padre. Entre otras cosas comentaban que: a) evidentemente Leo sería buen comerciante porque las muñecas y demás juguetes viejos de sus hermanas desaparecían periódicamente y Leo aparecía con soldaditos de plomo, pelotas desinfladas, revólveres de cebas, todo en base a canjes realizados en la acera o la plaza; b) un amigo de la casa —Amalia prefirió no aclarar que era su festejante— había enseñado a Leo a soltar golpes y atajarlos, y en una ocasión en que Olga había intentado abofetear al niño éste no sólo se había atajado sino que con fuerza había colocado su puño cerrado en el estómago de la hermana, cortándole la respiración; c) a Leo se le decía que debía portarse bien porque en Mendoza su padre veía a su madre muerta que bajaba del cielo y le podía contar todo, a lo que el niño un día respondió que si la madre bajaba un día del cielo a Buenos Aires, él le iba a pedir que lo llevara para ver de cerca los aviones que volaban.

Algo más tarde Amalia regañó a la doméstica por haberle dado huevos fritos al niño que vomitaba en el baño. Antes de salir rumbo al sanatorio Amalia acostó a Leo y le puso una bolsa de agua caliente en los pies. Olga quedó encargada de cuidarlo. Antes de salir, el padre besó al niño con ternura y en voz baja le dijo que los hombres podían decir malas palabras, pero nunca delante de las mujeres, y le guiñó el ojo. Leo no entendía nada de lo que se le decía, en lo único que podía pensar era en que todos habían de salir y él se quedaría jugando con Olga.

Olga y Leo

Olga tenía quince años y conocía todos los juegos imaginables, pensaba Leo. Había un juego que lo divertía mucho más aún que el de los fantasmas. Era un juego que tenía lugar de noche cuando Olga acostaba a Leo, o de día, si el pequeño estaba en cama enfermo. El juego consistía en lo siguiente: Olga decía "había una vez una hormiguita que iba paseando, paseando..." y con las yemas de sus dedos índice y mayor tamborileaba desde la muñeca hasta la axila del niño y allí le hacía cosquillas, el niño se contorsionaba y ambos reían, pero la culminación del juego venía después, cuando Olga empezaba a tamborilear por el pie del niño e iba subiendo por la rodilla, donde hacía una pausa, para después continuar el ascenso por el muslo hasta llegar a la rosada ingle infantil donde los tamborileos se multiplicaban y Olga exclamaba "...y la hormiguita encontró un ratoncito y asustada se escapó...", a lo cual seguían cosquillas en la barriga, "...pero después la hormiguita volvió y vio que no era un ratoncito, era una campanita, y empezó a tirar de la campanita, tilín, tilín...", y Olga tironeaba del diminuto miembro viril, haciendo reír convulsivamente al niño.

Leo esperó pacientemente a que su hermana terminara de hablar por teléfono con una compañera de liceo que la ponía al tanto de lo acontecido en su día de ausencia a clase. Olga colgó el tubo y fue a mirarse al espejo del baño. Leo la llamó a jugar. Olga respondió que jugarían a leer cuentos. Sin saber por qué Leo enrojeció y dijo que quería jugar a la hormiguita. Olga respondió negativamente, porque su papá se enojaría. Leo no se animó a insistir, sintió en la boca rastros de jugo gástrico y en vez de retener la materia fecal que repentinamente bajaba por su intestino, temblando de rabia cedió al impulso incontrolable de evacuar en la cama. Olga se negó a limpiarlo, y mientras la doméstica cambiaba las sábanas Leo le contó que su hermana no quería jugar más a la hormiguita. La doméstica riendo le propuso que él le tirara de la campanita a Olga, y Leo corriendo fue hacia la adolescente e intentó subir la mano por debajo de la falda. Olga se apartó y le dijo que era un niño bocasucia y desobediente, por eso ella no jugaría más con él.

Cuando Amalia llegó más tarde no contestó a ningún saludo y fue corriendo a su cuarto a llorar. Los médicos se habían referido a la salud de su padre en términos poco alentadores, pero el niño creyó que su hermana lloraba porque él se había portado mal. Más tarde, ya de noche, en su cuarto del sanatorio el señor Druscovich se remordía por haber dejado tanto tiempo solas a sus hijas —las había encontrado vestidas con poco recato a su parecer, y demasiado pintadas— y clamaba en silencio por la ayuda de su esposa muerta, necesitaba de su consejo, mientras que en el departamento Amalia lloraba desconsolada a causa del diagnóstico y Leo lloraba arrepentido de su desobediencia. Olga y la doméstica dormían.

Al día siguiente Leo espió por la cerradura del baño y vio a Olga desnuda por primera vez, sólo a la doméstica se animó a comentarle el hecho. "Olga tiene una plantita", la doméstica se reía a carcajadas y lo contó a las hermanas. Amalia enojada dijo a Olga que como castigo ese fin de semana no le daría dinero para el cine y que si los veía jugar una vez más lo contaría todo a su padre. Olga descargó su rabia en una fuerte bofetada a Leo. Amalia a su vez dijo al niño "la tenés merecida, con el pobre papá enfermo grave y vos te seguís portando mal. Ay, Leo, vos sos muy chiquito, pero todos tenemos que rezar para que papá se salve". El señor Druscovich volvió a Mendoza una semana después y falleció en casa del hermano, a consecuencia del cáncer de tráquea descubierto durante su internación.

Problemas de adolescencia

a) Leo dejó de comulgar a los catorce años, cuando le dio vergüenza hablar durante la confesión de sus masturbaciones.

b) Por su desarrollo prematuro era uno de los más fuertes de la clase y su sola presencia imponía respeto. Además por el tamaño de su órgano sexual era admirado y celebrado por sus compañeros, quienes lo obligaban a exhibirse cada vez que llegaba un nuevo inscripto al colegio. Leo también tenía fama de protector de los más débiles, por eso nadie comprendió su reacción cuando un compañero enclenque, y muy apreciado por él, durante un recreo en broma dijo que la joven profesora de Historia había perdonado el aplazo por estar "caliente" con Leo. Éste le pegó una fuerte trompada, sin motivo aparente. Arrepentido se fugó del colegio y por ello casi fue expulsado.

c) A los dieciséis años con compañeros de clase fue a una obra en construcción donde los esperaba una prostituta y su empresario. Era la primera vez que Leo iba a tener relaciones sexuales y se cohibió cuando llegó junto a la mujer; salió de la habitación y pidió al empresario que le devolviera el dinero, a lo cual el hombre se negó maltratando de palabra a Leo: para estupor de sus compañeros el muchacho no reaccionó ante el atropello y se retiró con la cabeza gacha.

d) Ese mismo año un compañero de clase llevó a Leo a la reunión en casa de un ex profesor de la facultad —cesante por su filiación socialista—, durante la cual se hicieron apasionadas acusaciones de nazista al gobierno del General Perón, recién electo. Leo halló fundamentadas dichas acusaciones y frecuentó esas reuniones semanales durante cierto tiempo, si bien le preocupaba su imposibilidad de concentrarse en lo que se discutía.

e) A los 18 años entró a la Facultad de Arquitectura. Durante las clases tenía dificultad en seguir la exposición del profesor y no lograba tomar los apuntes completos. A pesar de sus esfuerzos en plena clase solía distraerse y temía que el motivo fuese la masturbación que no lograba evitar cada noche. Se acostaba y la erección se adelantaba al pensamiento: el pensamiento era casi siempre el mismo, cierto incidente en un gimnasio del Ministerio de Educación. Había sucedido el año anterior, él se había retrasado haciendo ejercicios de barra y había entrado a la ducha cuando ya todos sus compañeros habían partido; se dio cuenta de que había olvidado el jabón cuando ya estaba desvestido, miró por el piso y no encontró ningún resto. Pensó que a pocos pasos estaba la ducha de las alumnas, desierta. Se arriesgó a cruzar el pasillo. Encontró un trozo semiderretido de jabón blanco. Además en un rincón yacía un bolso olvidado. Cedió a la curiosidad y lo abrió, contenía un equipo femenino de gimnasia escolar. Se oyeron pasos, la puerta había quedado abierta y una jovencita entró desprevenida. Ambos quedaron inmóviles, la jovencita miró el rostro de Leo y contra su voluntad descendió la mirada hasta el miembro viril. En seguida salió y desde afuera pidió con voz ahogada que le alcanzara el bolso. Leo tenía ya el miembro erecto. No sabía si salir y mostrarse a la joven o si sacar tan sólo el brazo por la puerta entrecerrada. Dudó un instante, pegando su cuerpo contra la pared. Entreabrió la puerta y sacó el brazo con el bolso. Los pasos de la joven se oyeron rápidos y huidizos. Pero Leo todas las noches volvía a sentir la mirada de la muchacha sobre su miembro y no podía perdonarse a sí mismo el haberla dejado escapar. Se revolcaba en la cama arrepentido y para calmarse imaginaba de muchas maneras diferentes el desarrollo de la escena, la cual terminaba invariablemente en una sangrienta desfloración. Leo cerraba los ojos y al rato su semen se mezclaba en el pensamiento con la sangre de la muchacha.

f) Las exigencias de la Facultad eran mucho mayores que las del colegio nacional y un día Leo decidió pedir ayuda para completar los apuntes a la salida de clase. Se trataba de una muchacha que ya lo había mirado varias veces por los pasillos, no era por cierto la más linda del curso, vestía pobremente, tenía la figura algo pesada y dientes con manchas verdosas. A quien Leo codiciaba era a Carola, la más atractiva y elegante, una muchacha de dinero, pero se acercó a quien le había dado muestras de interés y pidió ayuda para completar los apuntes de esa mañana. Decidieron alguna vez estudiar juntos en casa de ella. Ese día Leo venció el asco que le daban los dientes de Susana, que así se llamaba, y la besó. La abuela estaba en la otra pieza, pero Leo intentó de todos modos levantarle la falda. Susana le ordenó que se fuera, Leo se levantó para irse y Susana riendo burlona le dijo que volviera a sentarse junto a ella. "Veo que sos un buen chico", agregó Susana y Leo le pegó fuertemente en la mejilla con el revés de la mano, llevado por un impulso que no comprendía. Susana empezó a murmurar insultos, entre sollozos contenidos para no alarmar a la abuela. Leo se le arrojó encima y empezó a besarla con furia. Más lo insultaba Susana y más deseo sentía él: tomó por la fuerza una mano de la muchacha y la puso sobre su miembro erecto. Le alzó las faldas. Susana aferró sus calzones para impedir que se los bajara. Leo enardecido abrió tres botones de la bragueta y colocó su órgano entre los muslos de Susana. Así llegó el orgasmo. Este simulacro de acto sexual se repitió varias veces sin mayores variantes, hasta que un día al entrar en casa de Susana y comprobar que estaban los dos solos Leo sintió un raro desagrado. Se sentaron a estudiar y la maniobra de siempre recomenzó: con sorpresa Leo palpó que Susana no tenía calzones. Inmediatamente su erección amainó. Se sintió mal y fue al baño a vomitar. Al salir del baño vio que Susana estaba acostada en la cama de la abuela. Susana habló con voz melosa: "Quiero ser tuya, Leo. Abuelita se fue a ver una parienta enferma en Mercedes y no vuelve hasta mañana". Leo se desnudó junto a Susana pero no logró la erección. A medianoche se despertó y pudo penetrar a Susana. Sintió desprecio por ella al terminar el acto, y se prometió a sí mismo no volver a verla.

Juventud de Leo

Al día siguiente la repulsión fue reemplazada por el deseo habitual y mientras estudiaban Leo puso su mano por debajo de los calzones de Susana. Por miedo a la abuela debieron salir a la calle y en una vereda oscura volvieron a fornicar, de pie.

Al volver Leo a su casa —el mismo departamento donde seguía viviendo con Amalia, Olga y el marido de ésta— encontró a su cuñado solo, leyendo el diario bajo la lámpara de la sala. El nombrado contó a Leo que las hermanas habían ido juntas al cine y le estaba por decir el nombre de la película cuando notó en el pantalón del joven manchas blancuzcas. Lo reprendió por descuidado, ya que esas manchas habrían revestido un carácter verdaderamente obsceno ante los ojos de las hermanas. Leo en seguida fue al baño, se quitó los pantalones y frotó las manchas con un cepillo humedecido; la reprimenda de su cuñado en vez de molestarlo hizo que su sensualidad se volviera a desatar, y esta vez mucho más fuertemente que junto a la muchacha en la calle oscura. Leo se volvió a poner los pantalones pero la erección no desaparecía. Su miembro marcaba una recta por debajo del pantalón. El muchacho esperó un momento pero la situación no cambiaba, y no podía detener el desfile de imágenes eróticas que pasaban por su mente: la muchacha del vestuario, Carola, las muchachas desnudas de los documentales cinematográficos *Sífilis, el infierno del sexo* y *Cómo se nace y cómo se muere*. Ante la imposibilidad de pasar junto a su cuñado en esas condiciones volvió a bajarse los pantalones y se masturbó sumergido en un vaho caliente que brotaba de su piel. Al alcanzar el orgasmo imaginó que la abuela de Susana abría la puerta cancel del zaguán donde la pareja estaba fornicando, y debido a la sorpresa Leo sacaba su miembro de la vagina para espanto de la anciana que miraba dicho objeto como un arma del diablo. Apagado el orgasmo Leo tuvo la impresión de haber gozado plenamente por primera vez en su vida, y decidió que la vagina de Susana había sido la fuente de su satisfacción.

Al día siguiente Leo concurrió a la reunión semanal en casa del profesor socialista y su compañero habitual le dijo que estaba harto de oír hablar tanto sin poder pasar a la acción. El compañero se despidió porque iba a visitar a una prostituta para aplacar su enojo. El compañero estaba llegando a la esquina cuano Leo lo alcanzó; juntos entraron al departamento que ocupaba el portero de un edificio nuevo, administrador de la prostituta era el mismo portero. Primero pasó al dormitorio el amigo, quince minutos más tarde Leo. La prostituta tenía un aire de cansancio y desaliño, le pidió a Leo que terminara pronto porque tenía prisa. Cuando Leo la penetró empezó a quejarse y acusarlo de bruto, "todos se creen que las putas tienen una cacerola ¿no sabés que una puta puede ser estrecha?" Leo se enardeció, la prostituta volvió a urgirle que no demorara. Leo terminó de introducirle el miembro mediante un empujón seco y ella empezó a chillar de dolor y a pedirle que fuera más suave. Leo atinó solamente a redoblar su brutalidad y la mujer trató de desligarse. Forcejeando Leo alcanzó un orgasmo pleno como el de la noche anterior en el baño. Se vistió embargado por una nueva felicidad y abrazado con su amigo fueron a tomar una gaseosa al bar de la esquina.

El domingo siguiente Susana le telefoneó extrañada por la ausencia del muchacho. Le hizo saber que la abuela había ido a Mercedes nuevamente; Leo se dirigió de inmediato a su casa. Susana le abrió la puerta y fueron sin trámite alguno al dormitorio. La muchacha no ofrecía la menor resistencia, Leo la penetró sin dificultad. De pronto su erección amainó y pese a todas las tentativas esa tarde no fue posible completar el acto. Leo no fue nunca más a casa de Susana.

El siguiente domingo, 4 de octubre de 1949, la muchacha

lo llamó pero Leo hizo decir que no estaba, solo en su cuarto intentó retomar el texto que estudiaba cuando una erección repentina se lo impidió. A la media hora salió rumbo al departamento de la prostituta. Debió esperarla largos minutos pues ella había ido a visitar un pariente internado en el hospital. Cuando la mujer volvió se negó a atenderlo. Leo salió a la calle sin poder responder una sola palabra, su deseo era insultarla pero tenía una laguna total en la cabeza. Iba a tomar el subterráneo con rumbo a su casa pero se detuvo, como si alguien le hablase al oído y le indicase caminar en vez unas cuadras para calmar los nervios. Leo obedeció, no bajó al subterráneo, pero nada en la calle parecía ayudarlo, la moda de las faldas ajustadas —marcando el trasero— que adoptaban las transeúntes no le permitía pensar en otra cosa.

Había caminado doscientos metros por esa avenida cuando un sujeto rubio de caminar delicado se dio vuelta repetidas veces para mirar a Leo. Con aire distraído miraba cada vez el suelo y raudamente después la bragueta del muchacho. Éste no pudo reprimir una nueva erección, subió a un colectivo. El sujeto también. El colectivo estaba lleno, el sujeto se pegó al cuerpo de Leo. Éste bajó y el otro también. Leo repentinamente se dio vuelta y con mal tono le preguntó qué quería. El otro le dijo que si Leo no se enojaba él le podía succionar el miembro: Leo no pudo contener una sonrisa de alivio ante la cercanía de una descarga sexual. El sujeto tomó coraje y dijo que también se dejaría penetrar, si así le proporcionaba más goce. Caminaron en silencio algunos minutos, se presentó un baldío oscuro, cercano a la casa de Leo. En un momento que no pasaba nadie entraron, Leo abrió su bragueta y sacó el miembro erecto. El sujeto empezó a succionar. Leo se separó y le pidió que se bajara los pantalones. El sujeto se negó porque el miembro era muy voluminoso. Leo le agarró un brazo con toda su fuerza y le repitió la orden. El sujeto se bajó pantalones y calzoncillo. Leo trató de penetrarlo. El otro se debatía y trataba de soltarse. En un momento consiguió desprenderse y se tocó el esfínter: mostró sus dedos ensangrentados a Leo. Éste le pidió que se diera vuelta, esta vez tendría más cuidado. El sujeto se negó. Leo le rogó que se diera vuelta. El

91

otro entonces empezó a correr con los pantalones semicaídos por entre los altos yuyos hacia la salida. A mitad de camino tropezó y cayó. Leo se le echó encima y lo inmovilizó. De un solo golpe le introdujo la mitad del miembro. El sujeto no pudo reprimir un alarido de dolor, Leo interrumpió sus movimientos. Esperaron unos minutos en silencio, ambos temerosos de que un policía viniera atraído por el grito. Leo no pudo contenerse y recomenzó el vaivén, tapando la boca del otro con una mano. El sujeto se debatía. Leo comenzó a sentir su placer en aumento, le acarició el pelo de la nuca. El otro no soportó más el tormento e hincó los dientes con todas sus fuerzas en la mano que lo amordazaba. Leo desesperado de dolor por el mordisco que no cedía vio un ladrillo al alcance de su mano y se lo aplastó contra la cabeza. El otro aflojó la presión de los dientes y Leo prosiguió el coito, la estrechez del conducto anal le proporcionaba un deleite nuevo, en seguida le sobrevino el orgasmo, murmurando "decime que te gusta, decime que te gusta". No obtuvo respuesta, el sujeto echaba espuma por la boca. El placer de Leo, ya en las vetas supremas, se empañó muy pronto falto de un ulterior rechazo por parte del otro. Salió despavorido, en la bragueta tenía manchas de sangre, se quitó el saco y lo llevó en la mano para cubrirse. Entró a un bar y buscó el número de la Asistencia Pública. Cuando estuvo seguro de que nadie lo oía llamó y ahuecando la voz avisó que había un herido en el baldío de Paraguay al 3300.

Al volver a su departamento encontró al cuñado escuchando radio en la sala, con el volumen muy bajo para no molestar a los demás, transmitían un partido de fútbol nocturno. Leo estaba evidentemente alterado y su cuñado le preguntó si tenía "líos con alguna pibita". Leo asintió. El cuñado respondió que "el hombre que se deja basurear por una mujer está listo. No dejes que te manejen nunca, aunque un pelo de concha tira más que una yunta de bueyes". Leo se retiró sin contestar. Las pesadillas lo asaltaron toda la noche. A la mañana siguiente entre las noticias policiales del diario figuraba el caso de un amoral encontrado en fin de vida en un baldío, por aparentes motivos de hurto. Nunca apareció crónica referente a la captura del culpable. Tampoco se publicó la noticia de la muerte de la víctima.

Actividades políticas

Al año siguiente, un compañero de Facultad informó a Leo sobre una manifestación en la que se planeaba protestar por la reciente cesantía de un profesor que en clase se había declarado contrario al Presidente, General Perón. Leo se sintió solidario y de ese modo entró en contacto con miembros del Partido Comunista. El muchacho admiraba la valentía de sus compañeros y trató de unirse a la organización, si bien le pareció encontrar resistencias. Éstas eran reales, algunos de los afiliados desconfiaban de Leo por su físico sobredesarrollado, que les hacía pensar en un agente de la policía secreta. La insistencia del muchacho logró vencer la desconfianza y al tiempo le fueron encomendadas misiones menores.

Pocos meses después, en circunstancias comprometedoras, fue apresado por la policía: dos individuos vestidos de civil lo habían seguido desde la puerta de la imprenta donde se imprimían panfletos antigubernamentales. Leo se percató e intentó despistarlos cuando ya era tarde. La policía quería ante todo descubrir el lugar donde los panfletos serían depositados por Leo, y al no lograr que el muchacho inadvertidamente los llevara hasta allí lo sometieron a torturas. La sesión tuvo lugar en una comisaría del barrio sur, el cuarto era pequeño, Leo alcanzó a ver un camastro, una mesa con radio, una especie de caña y un cable arrollado, en seguida cayó al suelo a consecuencia de un puñetazo en el vientre que sin proferir palabra le aplicó uno de los policías vestido de civil. La radio a todo volumen transmitía animadas canciones del litoral. Durante la segunda sesión se le amenazó con aplicar la picana eléctrica en la ingle, y el acusado contestó en seguida a las preguntas que se le habían estado formulando. Echado en el camastro, desnudo, con las comisuras de los labios ensangrentadas, los párpados ennegrecidos, Leo claudicó ante el terror de quedar sexualmente inválido. Cuando vio que uno de los agentes volvía a enrollar el cable, Leo pensó si el sujeto del baldío antes de morir habría sufrido tanto como él. Se preguntó si con la tortura recién infligida habría ya pagado en parte por el crimen cometido, y se respondió a sí mismo que ahora además de asesino era delator, las lágrimas fluyéndole gruesas como gotas de glicerina. Fue sintiendo un alivio creciente, pensó en la satisfacción que los mártires cristianos habrían experimentado en medio de sus peores sufrimientos.

Los compañeros denunciados lograron de todos modos escapar, pues al notar el retraso de Leo se fugaron encontrando refugio en el interior del país. Uno de ellos habría de tener figuración política tiempo después. La reticencia que encontró Leo entre sus compañeros de militancia al volver a la Facultad hizo que cesaran sus relaciones con el partido.

Actividades laborales

1951 – Después de abandonar la Facultad de Arquitectura por su dificultad creciente para concentrarse en el estudio, Leo entró como ayudante de diagramación en una revista de fotonovelas e historietas, por recomendación de un amigo de Olga, su hermana menor. A los pocos meses descubrió por indiscreción de una secretaria —dejó a su alcance libros de contabilidad— que allí en realidad se encontraba como aprendiz sin sueldo y que el dinero cobrado provenía del bolsillo de Olga. Leo perdió control de sus nervios, abordó a su hermana y la acusó de humillarlo. Ella respondió que de ese modo había querido proporcionarle un oficio ya que no había sido capaz de terminar una carrera universitaria. Se acercó a Leo y lo acarició, "tuvimos que hacerte de madre, y las madres a veces nos equivocamos". Leo sintió la caricia como el roce de un bicho viscoso: su hermana había obrado bien, él lo comprendía, pero ello no impedía que su caricia le resultase repulsiva.

Leo se fue de la casa ese mismo día y se instaló en una modesta pensión con clientela del interior. Se trataba de jóvenes de ambos sexos, procedentes del litoral y del norte. Venían a trabajar a las fábricas nuevas —abiertas en base a créditos del gobierno de Perón—, escapando ellos a los magros sueldos agrícolas, y ellas a la desocupación que en sus tierras sólo se evitaba entrando en el servicio doméstico. En la pieza había dos camas, su compañero ya estaba durmiendo cuando la dueña de la pensión introdujo a Leo, pero se despertó y entablaron conversación, se trataba de un albañil correntino. Leo le contó que estaba sin trabajo y el compañero contestó que en su obra había vacantes para peones sin especialidad. A la mañana siguiente se presentó y trabajó allí dos meses, como si se tratase de un entrenamiento gimnástico. En cuanto a la pensión, allí se produjo una situación favorable a Leo puesto que los provincianos eran mayoría y el porteño minoría —tan sólo Leo—, lo que los llevó a adoptar al minoritario y protegerlo. En la mesa le servían el mejor trozo de carne de puchero, al baño lo dejaban pasar primero cuando había mucha gente esperando turno, y otras amabilidades similares. El muchacho se sintió íntimamente conmovido.

La simplicidad de Aureliano, su compañero, también le resultó beneficiosa, ya que tenía preocupaciones muy diferentes, por ejemplo mandar dinero a Corrientes para su madre enferma y cuatro hermanos menores. Leo consideró que ésos eran problemas reales y no los propios. Cuando cobró la segunda semana de trabajo sintió el impulso de darle una parte a Aureliano, pero decidió guardar el excedente para un caso de enfermedad y postergar el regalo para la semana siguiente. Antes de cumplirse ese plazo, de un departamento vecino a la obra pidieron a Aureliano hacer un arreglo en el balcón y Leo se desempeñó como ayudante. Aureliano le dijo que con ese dinero inesperado se iba a dar un gusto: llevaría una prostituta al cuarto, la había visto hacía tiempo y no la podía olvidar. La mujer los visitó la madrugada del jueves. Leo esperaba en el patio oscuro y silencioso de la pensión. Aureliano salió radiante de felicidad y le dijo que la prostituta lo encontraba muy buen mozo y le prestaría sus favores por pocos pesos. Leo entró, la muchacha era atractiva y le dijo "estoy podrida de cabecitas negras, a vos te cobro la mitad, o lo que tengás". Leo sufrió dificultades de erección y no pudo alcanzar el orgasmo. Dos días después cobró la tercera semana y no hizo a Aureliano el regalo previsto.

La semana siguiente tuvo un altercado con otro pensionista por motivos políticos; Leo se había cuidado de no manifestar su antiperonismo, pero estaba nervioso y dijo que la clase dirigente necesitaba preparación y el gabinete de Perón era improvisado. Leo creyó que el incidente estropearía la buena relación con el grupo pero a los pocos días todo estaba olvidado. En cambio otro episodio, aparentemente sin importancia, tuvo mayores consecuencias: una de las muchachas pensionistas, roja de vergüenza le puso cierta mañana una carta en la mano. En la misma se declaraba enamorada y le daba cita en su pieza a medianoche, pues sus dos compañeras tenían horario nocturno en una fábrica. Leo no apareció, por temor a que el encuentro fuera poco satisfactorio y ella lo comentara a los demás. Pocos días después Leo salió del baño y una muchacha que esperaba lo miró con gesto agrio y le dijo que "algunos se creen quién sabe qué, que los otros no valen nada y pueden esperar una hora". Leo notó que en el grupo femenino la hostilidad crecía, temió que el fenómeno se propagara al sector masculino y a fin de mes se mudó a una pieza de inquilinato, donde no tenía contacto obligatorio con los vecinos. También abandonó la obra en construcción y buscó otro trabajo.

1952 — Previa afiliación obligada al Partido Peronista entró como diagramador en un diario oficialista de la tarde. Allí conoció a un dibujante que lo introdujo al ambiente de los artistas plásticos, netamente antiperonista, pues era la convicción general que "Perón se sirve del pueblo ignorante para cumplir sus propósitosególatras de poderío". Dos años después sobrevino una denuncia al respecto y ambos quedaron cesantes. Ciertos aspectos de la vida íntima de Leo en el ínterin habían entrado en una faz estacionaria.

Faz estacionaria

De sus experiencias había deducido que los goces sexuales

menos conflictuados los lograba con prostitutas, a las que evitaba ver por segunda vez. Prefería en ellas la actitud desconfiada que adoptaban en una primera cita, mientras que le repugnaba la aceptación lasciva que expresaban en un reencuentro. Pero este sistema presentaba dos inconvenientes, era caro y llevaba tiempo encontrar constantemente caras nuevas. Por ello Leo trató de reducir los encuentros a uno semanal.

En una primera etapa buscó mujeres los sábados, pero pronto descubrió que ese día estaban más solicitadas y los precios por ende subían. Los miércoles era más fácil, las encontraba y las llevaba tarde a su cuarto, además era un modo de dividir la semana laboral en dos partes. Iba a buscarlas a estaciones ferroviarias o a la zona de los bares portuarios. Pero esos siete días tardaban en pasar, a la noche no podía dormir, erecciones implacables lo mantenían insomne hasta que su orgullo cedía y se masturbaba, cosa que según él sólo le estaba permitido a un adolescente. Trató de evitar el hábito, y para ello comenzó a anotar en una libreta sus masturbaciones. Se propuso pasar dos noches entre una eyaculación y otra, pero no pudo. Se conformó con caer en la tentación día por medio —viernes, domingos y martes— aunque detestaba el efecto posterior, a la mañana siguiente le atacaban indefectiblemente dolor de cabeza y depresión anímica. Los domingos se quedaba en su cuarto y comenzaba la masturbación ya al despertarse, pero cuando sentía el orgasmo muy próximo interrumpía la acción e iba a almorzar a la calle, después volvía y retomaba el acto, alargándolo hasta las cuatro o cinco de la tarde: lo importante era eyacular una sola vez, porque dos veces le producía jaquecas decididamente insoportables. Finiquitado el trámite, hacia las seis, se encontraba con algún amigo para ver un espectáculo o iba solo, retirándose a dormir antes de medianoche. La alternativa era siempre la misma, cine o teatro. Si no tenía compañía para esa tarde desechaba la idea de ir al teatro porque lo humillaba estar solo en los entreactos, siendo su temor máximo que lo sorprendiera allí algún conocido. En cambio yendo al cine podía tomar la precaución de entrar a la sala cuando ya las luces estaban apagadas, y se levantaba de la butaca unos momentos antes de terminada la proyección; desde la última fila de platea leía la palabra fin. El hecho de ser visto solo en una sala de espectáculos para Leo constituía una condena: quien no tenía compañía los domingos había fracasado en la vida.

Su hermana mayor

En su primer día de desocupación, al quedar cesante como diagramador del diario, Leo decidió visitar a Amalia, su hermana mayor, en el sanatorio donde estaba internada. Llegó al segundo piso decidido a no hablar de su despido para evitar preocupaciones a la enferma. En el pasillo la hermana menor lloraba sostenida por los brazos del marido: Amalia, 38 años de edad y soltera, estaba en peligro de muerte, a la simple operación de apéndice había sobrevenido una embolia. Leo fue a la capilla del sanatorio y rezó después de muchos años que no lo hacía, lloró largamente pidiendo morir él en lugar de Amalia, y por primera vez desde el día de la tortura policial alcanzó una total calma de espíritu, una sensación de justicia, entregado ya a la muerte de todo corazón. Esa misma noche Amalia superó la crisis que se suponía fatal y Leo se sintió algo contrariado por la buena noticia. Se percató de la dualidad del sentimiento y se avergonzó de sí mismo.

1955 — Después de meses desocupado, Leo entró como redactor y experto gráfico en una agencia de publicidad. Nuevamente Olga había intervenido con sus amistades influyentes. Allí se encontraba cuando cayó el gobierno de Perón. Leo sintió un inmenso júbilo al pensar que aquellos policías torturadores ya no tenían más poder. Pero al rato recordó las palabras de otro detenido —"juro que el día que caiga Perón, y que va a caer por más cabecitas de mierda que lo vayan a defender, ese día voy a venir a esta comisaría para hacer justicia con mis propias manos"—, y sintió piedad por los policías, estaba decidido a ir él a la comisaría y avisarles del peligro que

98

corrían. Una celebración con champagne en la agencia lo detuvo.

Nueva fase

Cierto aspecto de la vida íntima de Leo, en el ínterin, había entrado en una nueva fase. Un compañero de la agencia le habló de un bar elegante donde se encontraban a la hora del té mujeres de pequeña y alta burguesía —algunas de ellas casadas—, dispuestas a pasar un momento agradable en compañía masculina sin especulación pecuniaria. La operación se efectuaba de mesa a mesa mediante miradas, al rato salían por separado y el encuentro se producía finalmente en la vereda. El éxito de Leo fue inmediato y sostenido. Evitaba el segundo encuentro con excusas y si el muchacho volvía a ver a alguna de sus conquistas, con un saludo seco evitaba cualquier complicación.

Europa, enero de 1956 — El nuevo Ministro de Relaciones Exteriores designado por la revolución llamada Libertadora, en base a importante recomendación nombró a Leopoldo Druscovich tercer secretario de la Embajada Argentina en un país escandinavo, donde habría de desempeñarse hasta 1962. Para entonces un poco deseable traslado a Sudáfrica lo obligó a renunciar a su cargo.

De 1956 a 1962 por lo tanto permaneció en Europa y dos hechos tal vez relacionados entre sí, se perfilaron como importantes durante ese período. A) Leo se sintió molesto ante la presencia de un empleado de la Embajada que debía actuar como secretario suyo. Se trataba de un joven de ese país con perfecto conocimiento del castellano y bien relacionado en las esferas culturales. Pero era obviamente homosexual y, desde la llegada del nuevo funcionario, el subalterno no había podido quitarle la mirada de encima. Leo soportó la situación algún tiempo, pero más allá del segundo mes no pudo sobrellevar la veneración que se le profesaba. Pidió que el secretario fuese trasladado a la oficina consular, pero como el empleado se negó fue despedido. Leo se sintió en falta una vez más. B) La semana siguiente, hacia fines del gélido invierno nórdico, Leo contrajo pulmonía. Después de la internación en un sanatorio pasó a convalecer en su departamento, bajo el cuidado de una anciana ama de llaves. El médico le había recetado descanso, sobrealimentación y total abstinencia sexual. Leo obedeció al pie de la letra. Fueron las semanas más felices de su vida. En ese departamento que alquilaba con muebles había una rica biblioteca de arte. Leo logró después de mucho tiempo concentrarse en la lectura y las horas pasaban con toda rapidez. En esas semanas leyó y estudió todo lo que encontró sobre artes plásticas y esbozó un programa de visitas a museos europeos durante fines de semana y vacaciones. Además, ya repuesto, como medida higiénica, decidió apelar a los servicios de prostitutas que le practicaran felacios, contacto sexual que no le traía complicaciones y le permitía mantener el despejo mental necesario para cumplir su plan de estudios. Pero es preciso agregar que sus necesidades sexuales eran menores a las acostumbradas en él, pues el entusiasmo por el estudio le absorbía muchas energías.

Cuando seis años después terminó su misión diplomática, Leo volvió a la Argentina con un profundo conocimiento de la materia estudiada.

Regreso de Europa

En base a sus importantes ahorros, el ex funcionario Leopoldo Druscovich abrió una galería de arte en Buenos Aires y poco después la vendió porque le aburría la parte mercantil de la empresa. Además de ese modo podría dedicar todo su tiempo a una revista de informaciones donde estaría a cargo de la sección de artes plásticas. Se trataba de su primer desempeño como redactor.

Estado civil

Leo cumplió los 31 años, ya de vuelta en su país, sin haber tenido nunca una relación sexual que fuese al mismo tiempo afectiva. Por eso ante la insólita estabilidad de sus relaciones —espaciadas, es preciso acotar— con la señorita Amalia Kart, diagramadora de la revista, Leo decidió casarse esperanzado en poner fin a sus trastornos sexuales. Éstos consistían en el perturbador accidente de siempre: su erección cedía durante el coito y no alcanzaba el orgasmo.

Poco tiempo después de casado, el accidente —que nunca se había producido durante meses de esporádicas relaciones premaritales— se produjo por primera vez con su esposa. A la semana siguiente se repitió y un mes después la dificultad se tornó crónica. Ella al principio colaboró aportando paciencia y ternura, pero llegó un momento en que sus nervios no resistieron la prueba: era de mañana, un oportuno resfrío de Leo había servido de excusa para cancelar durante varios días los encuentros sexuales, y cuando la esposa quiso incorporarse para tomar su bata Leo la agarró de atrás con brutalidad haciéndola caer sobre la cama. Lo que siguió ella no habría de perdonárselo nunca, porque su actitud esquiva desencadenó insultos, empellones, forcejeos, un escupitajo, rodillazos y un golpe de puño que le quebró el canino superior izquierdo. Al ver la sangre Leo detuvo la agresión y quedó jadeando echado en la cama. Ella se arrastraba por el suelo en dirección al cuarto de baño. La amenazó: "si no decís lo que pensás en este momento te voy a dar una patada en el estómago". Ella, en el suelo, titubeó y después arriesgó una contestación: "impotente, sos un impotente". Él quiso cumplir la amenaza de patearla pero sus miembros no respondían, se sentía paralizado por esas palabras. La esposa se vistió mientras él miraba fijo los cables que iban del velador y el ventilador al tomacorriente. Ella salió.

Al aeropuerto de Ezeiza fueron a despedirla sus padres cuando, indemnizada con los seis mil dólares que guardaba Leo en el banco, emprendió un largo viaje por Europa, donde se afincó.

A partir del infeliz suceso, Leo vio totalmente interrumpidas sus relaciones sexuales. Volvió a la masturbación, como terreno más seguro, y solamente cuando el hastío de la soledad le impedía eyacular recurría a una prostituta —aunque ese tipo de profesional por entonces le producía repulsión en la Argentina, donde hablaban castellano como él– para que le practicara un felacio calmante.

Éxito profesional de Leo

El trabajo en la revista absorbió su tiempo, y la trascendencia de sus críticas fue aumentando. Un industrial en busca de buenas causas para inversiones de dinero le propuso en 1966 fundar otra revista de informaciones, similar a la que se valía de su colaboración, pero con más espacio dedicado a artes y espectáculos. Leo aceptó. Cuando se iniciaba la temporada artística de 1968 la nueva publicación estaba ya consagrada como la más importante en su género, y era bien sabido que para imponer un producto en el campo plástico, musical, teatral o literario era imprescindible su apoyo. Para asumir plenamente la responsabilidad que ese prestigio implicaba, Leo decidió iniciar tratamiento psicoterapéutico, en nombre de la revista más que para beneficio personal.

VII

Madre: (muy elegante, como todo lo que está a la vista; sentándose en la cama de su hija divorciada) ¿Lindo libro?

Norma Shearer: (recostada leyendo, íntegra y frágil a la vez, bella) No sé, Nancy me lo acaba de pasar. Trata de amor, son versos (lee) ..."Si el Amor te hace una seña, síguelo, aunque sus senderos sean escarpados. Y cuando sus alas te envuelvan, entrégate a él. Aunque su voz quebrante tus sueños como el Viento Nórdico devasta el jardín".

Madre: En fin, qué te puedo decir... Nancy no ha tenido gran tacto (repentinamente) Ay, querida ¿no podrías encontrar...?

Norma Shearer: (cerrando el libro secamente) ...un hombre bueno. Ya hemos tratado el tema, mamá. Yo encontré al único hombre que quise. Y lo perdí.

Madre: Bueno, no te aflijas, hijita. Vivir sola tiene sus compensaciones. Puedes ir adonde quieres, vestirte y comer como se te antoja. ¡Yo tuve que esperar veinte años para ordenar un menú a mi gusto! Para tu padre era alpiste. Y además, es divino poder desparramarse en la cama, como una esvástica. Buenas noches, querida.

Norma Shearer: Buenas noches, mamá.

Madre: No leas con esa luz. Te hará mal a la vista (sale; la hija acomoda la almohada, recomienza a leer).

Norma Shearer: "Mas si por miedo has de buscar
en el Amor sólo paz y placer, entonces mejor será que pases de
largo por su umbral, rumbo al
mundo sin inviernos ni primave-
ras ni veranos, donde reirás, pero
no a carcajadas, y llorarás, pero no todas tus lágrimas".

(De *Mujeres*, Metro-Goldwyn-Mayer.)

Buenos Aires, abril de 1969
mis uñas cuidadas, no largas, esmaltadas de rosa ciclamen, limpias, sanas y fuertes, tienen el borde limado pero no
filoso y la sábana cuyo color es imposible recordar en la penumbra cubre los dibujos del colchón. Esos dibujos tal vez re-
presenten penachos de casco romano imperial, escudos y lanzas asomadas entre la fronda espesa de ciertos árboles que
también figuran a menudo en los gobelinos, la tela de colchón con penachos, lanzas, escudos, espesa fronda toda en
blanco y azul o blanco y rosa son las telas para colchón, las
uñas se hunden lentamente en la sábana y hunden la tela que
encierra vellones de lana cardada. Un pompón de lana cubre
cada una de las puntadas que se introducen entre leves lomas
iguales ¿hundir las uñas? porque cede la tela pero el filo no
llega a cortar, apenas marca la sábana y soplando ligeramente
sobre la palma de la mano la bocanada de aliento es tibia
como la lana y como el aire encerrado entre las dos sábanas.
El muslo y la rodilla corren lentamente por la sábana hacia un
borde de la cama que confina con la pared, se detienen un
instante y vuelven a su lugar. La piel está algo más fresca que
las sábanas tibias, y de la piel hacia adentro la pulpa más y
más tibia por contacto con huesos calientes y las instalaciones
de la calefacción no se pueden tocar porque queman, y el régimen apropiado de productos lácteos da la fuerza del calcio
para el organismo. El radiador de la calefacción está formado
por una red geométrica de caños recorridos por agua hirvien-
te, una rosca regula el ingreso mayor o menor de agua y por
allí se escapa una gota constantemente y un sordo chirrido de

vapor, alguna bocina y motores del tráfico desde la calle traspasan los vidrios de las ventanas y poniendo el reloj contra la oreja se puede oír el tictac. Cerrando los ojos es posible también que se escuche algún leve jadeo, no, en este momento se hallan en reposo los dos cuerpos. La sangre que circula por el cuerpo de él, y también por el mío, cumple su recorrido a velocidad pasmosa pero en total silencio, y por momentos a más velocidad todavía, el corazón late más que nunca y el pecho se dilata para no comprimirlo y permitir que la sangre silenciosa —y no por ello fría—, a una temperatura tal vez superior a la de la piel, dilate a su vez el corazón y ya no se puede pedir otra cosa que descansar, del diafragma va subiendo una ola que de los pulmones henchidos desalojan el bostezo bien ganado, la cintura fatigada por quietos esfuerzos tendientes durante una hora larga hacia el cuerpo de él, que estaba erguido. En el desierto se producen espejismos, al borde de esta cama tan ancha si cierro los ojos no lo veo durmiendo a Leo Druscovich, pero oigo —si no pasa un coche por la calle tocando bocina— su casi imperceptible respiración. Y si no llego a oír eso tampoco, sin hacer el más leve ruido puedo incorporarme y de este extremo de la cama ancha casi cuadrada puedo desplazarme hacia él y tocarlo. ¿Y si se despierta? tal vez se irrite porque el descanso es necesario, los ojos cerrados no pueden ver nada. Si continúa durmiendo y mantiene los ojos cerrados no verá nada feo, como si estuviera ciego. ¿En qué piensa la gente cuando ya tiene todo lo que quiere y no puede pedir más nada? Lo mismo que en el cielo, no piensa en nada y se duerme, descansa, aunque sería lindo pensar en algo. ¿En qué piensa la gente en el cielo? nada más que en cosas lindas

Entrevista que una reportera de la revista neoyorquina de modas Harper's Bazaar *hizo a Gladys, según imaginación de esta última mientras reposaba junto a Leo dormido*

Reportera: Para ganar absolutamente su confianza —lo sé, Ud. es una tímida— le permitiré elegir el nombre de este artículo.

Gladys: No sabría qué responder.

R: ¿Qué le parece *Gladys Hebe D'Onofrio está en el cielo?*

G: Me parece un título realista y acertado. Pero a sus lectores dirijámonos en un lenguaje chic e internacional, *The Buenos Aires affair* será el título.

R: Por su talento sin precedentes Ud. ha pasado a ser una luminaria de las artes plásticas en pocos meses ¿Considera que ha logrado de este modo lo que más ambicionaba?

G: No, mi mayor ambición es realizarme como mujer en el amor, y vaya la paradoja, en mi caso al amor me condujo la carrera.

R: Esto será difícil de creer. ¿Acaso todas las mujeres de carrera no cuentan lo contrario?

G: Que lo cuenten.

R: Mi intención no es discutir, sino lograr que Ud. nos narre a nosotras, lectoras de *Harper's Bazaar,* cómo es un día en la vida de la mujer del año.

G: Me niego, los minutos más interesantes del día de la mujer del año son de índole escabrosa.

R: Conque ésas tenemos. Pues bien, ya que no quiere contar su historia, empiece por contarnos la historia de amor que habría preferido vivir.

G: Imposible. Considero que mi propia historia de amor es insuperable.

R: Ya que nos niega el ingreso a su fuero íntimo ¿se prestaría a contestar nuestro test de la mediocridad?

G: Sí, me prestaré, aunque en este momento lo que ansiaría es pasar por mi piel el perfume corporal polinesio que recomienda una página entera de su revista, porque esta noche quiero sorprender a alguien con una nueva fragancia.

R: ¿Qué la llevó a reparar en nuestra sugerencia de un mejor perfume?

G: El dibujo de muchachas polinesias, se las muestra frescas como la brisa que nace de la marejada, como suaves también son los pimpollos que caen en la arena húmeda, y cálidos los llameantes atardeceres de las islas. Perfume de esencia de perla para el cuerpo.

R: Exacto. Y ahora la primera pregunta: cuando tiene que

elegir un regalo ¿tiende a comprar algo que le guste a Ud. misma, o bien se decide por algo que el susodicho *debería* tener?

G: Compraría algo que me gusta a mí.

R: ¡Perfecto! Lo supermediocre habría sido comprar algo mencionado tiempo ha, y lo mediocre comprar algo considerado útil. Segunda pregunta: si en París este otoño deciden implantar como último chic el casco y la coraza de las walkirias ¿sería Ud. la primera en soportar un atavío que pesa 10 kilos o correría a comprarse el clásico tailleur de Chanel o bien soltaría una sonora carcajada?

G: Soltaría una sonora carcajada.

R: ¡Perfecto! La mediocridad no es su fuerte, Gladys Hebe D'Onofrio. Tercera y última pregunta: si una jovencita amiga —flamante bachiller— le pide consejo, ¿le indicaría Ud. ingresar a la Facultad de Arquitectura, viajar como enfermera voluntaria a Biafra o poner proa hacia la India para estudiar con el Maharishi?

G: Biafra.

R: Qué pena. Se salvó de lo supermediocre, pero no eligió al Maharishi, que es *lo* apasionante y nuevo.

G: Mi promedio no es malo ¿verdad?

R: Muy bueno.

G: ¿Y a mí qué me importa? Lo que sí me importa es que a las once de esta mañana a mi puerta golpearon nudillos de hierro. Antes de abrir pregunté quién era, pensando en cualquiera menos en él... Lo conocí hace pocos meses, en una playa donde yo trataba de reponerme, un surmenage minaba mi organismo... Cierta noche yo me había cruzado hasta el mar, vistiendo el modelo denominado "pantera acuática", adquirido en Nueva York al costo de casi un mes de sueldo. En la playa no había nadie, ¡pantera acuática!, traje de baño y soirée, todo en uno, seda negra, iluminada con lágrimas de acrílico, pedí que llegara alguien y me viera, luciendo elegante como nunca. Los tonos perfectos de la noche, el negro del agua, el negro del cielo, puntos incandescentes en los faroles de la costanera marítima, puntos incandescentes en la cresta de las olas negras, en las gotas de acrílico, en las estrellas del cielo.

R: Y esa noche lo conoció a él, la respuesta a su pedido.

G: No. Esa noche me sentí más sola que nunca, presa de la desesperación volví al chalet y tuve, entre desvaríos, la inspiración. No pude dormir, a las cinco el amanecer me sorprendió en la playa, recogiendo por primera vez los desechos que había dejado la marejada sobre la arena. La resaca, me atrevía solamente a amar la resaca, otra cosa era demasiado pretender. Volví a casa y empecé a hablar —en voz muy baja para no despertar a mamá— con una zapatilla olvidada, con una gorra de baño hecha jirones, con una hoja rota de diario, y me puse a tocarlas y a escuchar sus voces. La obra era ésa, reunir objetos despreciados para compartir con ellos un momento de la vida, o la vida misma. Ésa era la obra. Entre mi último cuadro y esta nueva producción habían pasado más de diez años. Ahora sé por qué no había pintado o esculpido en todo ese tiempo: porque los óleos, las témperas, las acuarelas, los lápices de pastel, la arcilla, los bastidores, todo ello era un material precioso, de lujo, que a mí no me estaba permitido tocar, a un ser inferior no le está permitido gastar, desperdiciar, jugar con objetos valiosos. Por eso durante años no hice nada, hasta que descubrí las pobres criaturas hermanas que rechaza cada mañana la marejada...

R: No se detenga.

G: No sé, me parece que todo lo que siguió fue un sueño, y que continúo tan desvalida como entonces.

R: Su realidad de hoy es distinta.

G: Sí, es verdad... Como iba diciendo, a partir de ese descubrimiento continué trabajando, hasta que un día a la playa llegó el primer grupo de veraneantes de diciembre. Oí decir que los hombres llevaban el pelo muy largo y que junto a ellos las mujeres se bañaban con los pechos al aire. Las ventanas de mi improvisado cuarto de trabajo daban a un pinar, subido a una rama un joven de barba y pelo muy largo estaba mirando, oyendo mi diálogo con la resaca, juzgando mi obra. Cerré las cortinas. La tarde siguiente golpearon a mi puerta tres hombres —de pelo muy largo—

y dos mujeres con —bajo las blusas de cloqué, de gasa, de rafia tejida— los senos libres. A veces, después de trabajar todo el día, yo cerraba los ojos contenta con lo que había hecho y me atrevía a pensar que la gente vería y oiría mis obras y las elogiaría hasta el delirio. Abrí la puerta y entraron los desconocidos, pidieron ver y escuchar. Aquellas alabanzas soñadas por mí en la soledad de Playa Blanca brotaban ahora de los labios de los desconocidos, pero esto es lo más sorprendente: repetían adjetivo por adjetivo, tal cual, todo lo que yo había anhelado escuchar. Sentada en mi banco, un banco que antes había estado en la cocina, sentados en el suelo a mi alrededor mis cinco primeros amigos me preguntaban quién era yo y se preguntaban a sí mismos por qué no me habían conocido antes. Decían que mis obras querrían ellos haberlas realizado, y esa tarde fuimos todos juntos al mar. Leo Druscovich, lo único que lamentaban era que con nosotros no estuviera Leo Druscovich. Leo Druscovich, ¿quién es?, y todos soltaron la más bonachona de las carcajadas. "El zar de la crítica plástica", nada menos, y de ese modo quedó bien sentado hasta qué punto yo me encontraba ajena al movimiento de artistas plásticos en la Argentina. Fogatas a orillas del mar hasta la madrugada, después sueños serenos prolongados hasta mediodía, el pensamiento que podía desvelarme era uno solo: dos muchachas y tres hombres que me invitaban a permanecer con ellos por la noche en sus carpas, pero eran tanto más jóvenes que yo. Casi dos semanas de alegría apenas enturbiada. Partieron.

R: ¿Es verdad que las mujeres comemos más cuando nos acucia una frustración carnal?

G: Sí, pero en este momento me cuesta recordar lo que siente una mujer con frustración carnal.

R: En esos momentos de psicopática glotonería ¿prefiere lo dulce o lo salado?

G: No recuerdo si es en una página de su revista que aparecen, contenidas en copas de cristal, innumerables confitados a base de crème-en-boîtes Poitiers.

R: Mi revista no publicita productos que engordan. Pero creo recordar algún fino baccarat de pie corto labrado y boca muy ancha, pleno hasta la mitad de crema caramelo y cerezas que emergen en racimo: como remate un pico nevado de merengue.

G: Y la otra copa de tosca base está cargada de crema oscura de chocolate con una simple estrella figurada por cinco blancas almendras sin piel. Y la copa para champagne contiene cuatro pequeños melocotones enrojecidos de angostura casi ahogados en crema amarilla clara.

R: Diferentes cremas envasadas, al chocolate, a la vainilla, praliné, moka, caramelo.

G: También una crema licorada, que se llama al Grand Marnier.

R: Hábleme de Leo Druscovich.

G: Mamá jugaba esa tarde canasta, yo trataba de retomar el trabajo después de la partida de mis camaradas. Golpearon a la puerta. A ese hombre sin haberlo visto nunca ya lo conocía: lo había imaginado.

R: ¿Por qué no se atreve a decir que lo había soñado?

G: Porque nunca tengo sueños felices, pesadillas sí. Pero en el desvelo de más de una noche lo había... visto, conduciendo el coche sport descapotado, rumbo a algún club nocturno de la ribera del Plata, la piscina refleja la orquesta, una piscina cristalina gélida color verde mar. Baila con una modelo que logrará retenerlo sólo pocas horas. Y días más tarde el viento arrecia, Leo solitario en la pampa abierta la gruesa bufanda le protege el cuello, ¿de qué es la campera?, ni de cuero ni de corderoy, debe ser de esa tela áspera militar, forrada en cuero de cabra, desciende de la rastrojera con un fusil de dos caños, el humo de la pipa le calienta el pecho, necesita escapar por unas horas de sus problemas urbanos cazando perdices y martinetas, tiene que matar para distraerse. Nunca entenderé a los hombres ¿y Ud.? ¿entiende por caso el placer que les da el box y el catch-as-catch-can? ¿Ud. ha visto el goce en sus rostros expectantes cuando las facciones del boxeador ya han terminado de transformarse en una masa informe?

R: Ello quiere decir que el hombre no le teme al dolor como

nosotras, no se deja intimidar, porque el hombre de verdad ante el peligro... se agranda.

G: ¿Ud. está segura de lo que dice?

R: No se detenga, continúe con su relato.

G: ¿En qué estaba? Ah, sí, después de haberse condenado por horas al viento pampeano y a la soledad, vuelve a la ciudad, huye de una estanciera neurótica y posesiva, la esposa de su mejor amigo. Con ellos tendría que pasar el week-end, pero hay que amarrar ya los caballos al sulky para conducir a Leo hasta la no muy distante estación ferroviaria. Y avanzan los vagones de tren por la pampa, Leo vuelve a su prisión de cemento, tráfico, incesantes señales luminosas y vanidad: la capital de la República Argentina, Santa María de esos Buenos Aires cargados de gas homicida. Leo, amado por demasiadas mujeres y envidiado por demasiados hombres... Así imagino yo tus días y noches, hasta mi irrupción en tu vida. Pero era sábado, y la restante jornada de descanso la dedicará nuestro héroe —encerrado en su biblioteca— al estudio de los grandes de la historia del arte, su gran pasión blanca.

R: Pasiones blancas. ¿Las hay violáceas?

G: Sí, quien ama hacer sufrir se apasiona por los cuartos sin ventanas, los rostros asfixiados son violáceos. ¿Ud. no lo sabía?

R: Voy aprendiendo a conocerla, Gladys Hebe D'Onofrio, a tal punto que cuando un día él golpeó a su puerta sé cómo Ud. querría haber estado ataviada: tan sólo reminiscencias de una pastora de Dresden, cuyos encajes ya no están figurados en porcelana, el organdí transparentando una piel oscura, dorada. Transparentes insidias del organdí.

G: Sólo comparables a las temibles astucias del encaje... Y es cierto, porque el atuendo elegido era blanco como una camelia.

R: Sus bordes, en cambio, se embebían en tintas casi anaranjadas.

G: Hasta ahora va acertando. Continúe.

R: Soberbiamente exenta de alhajas.

G: Error, habría estado ostentosamente cargada de ellas. Abrí

111

la puerta y lo hice pasar.

R: ¿La puerta de este cuarto de hotel?

G: La puerta del cottage en Playa Blanca. Sus amigos le habían hablado de mí y había viajado especialmente para conocerme. Me miró apenas y pidió ver las obras. Las vio, y las oyó, dijo que yo era su elegida para representar al país en el próximo encuentro de San Pablo. Recién entonces me miró de frente para sorprender mi descontada reacción de Cenicienta. Yo no exterioricé la más leve emoción, y no me costó ningún trabajo contenerme, porque San Pablo carecía de toda importancia después de ver entrar por mi puerta a un ser semejante. Lo único que importaba después de haberlo visto era tratar de pasar el resto de mi vida cerca de él para mirarlo. Pero aquí sobreviene el conflicto, porque a Leo sólo consigo verlo en su totalidad cuando él me mira.

R: ¿Cómo es la mirada de Leo Druscovich?

G: No sé, un ciclón me arranca de la tierra y me lleva a zonas desconocidas, donde me alcanzan rayos que leen el pensamiento, o electrizan, o matan, o dan la vida. No lo sé.

R: Dígamelo, debo saberlo.

G: Punto y aparte. El crítico sin par creyó que yo era una artista imperturbable, íntegra, sorda a los halagos de la fortuna y sintió que su admiración por mis obras se duplicaba.

R: Repítame las palabras del crítico.

G: "Ud. tal vez no me haya oído bien: soy presidente del comité que elige las obras a presentarse en San Pablo y acabo de designarla representante oficial de la Argentina". Yo —imperturbable, sin tiempo más que para observar cómo las ondas de su pelo le acariciaban el cuello toruno— le contesté que ya lo había escuchado. Él agregó: "No la comprendo. ¿Por qué no salta de alegría? ¿Por qué no grita?" Yo le miré las manos para ver si llevaba anillo de compromiso, no lo tenía. Pensando en que ese hombre —culto, poderoso, dueño de mi destino artístico, apuesto, temperamental, neurótico, misterioso— estaba todavía esperando a la compañera ideal, pensando en todo eso me distraje y no oí lo que él dijo y no respondí. Él se irritó.

"Le repito ¿por qué no le interesa semejante oportunidad? La justifico solamente si es por afán de trabajar, de no interrumpir su creación." Yo tenía la respuesta servida: "Sí, es por eso, estoy trabajando bien y no quiero interrupciones por el momento". Dio media vuelta y desapareció. El portazo nos hizo temblar, a mí y a mis obras. Como es natural esa noche no pude dormir y aún no clareaba el alba cuando llegué a la playa en busca de basuras para la confección de nuevas obras. Lejos en el mar luces mortecinas de barcas pesqueras, en la arena húmeda latas oxidadas, en las dunas una sombra y una roja señal de alarma: un cigarrillo encendido. Temblé de miedo, la sombra se movía. Venía en mi dirección. ¿Quién podía estar en la playa a esa hora sino un loco, un desequilibrado? Yo en la mano tenía un guijarro puntiagudo recién recogido, única arma. Correr era insensato. Empecé a temblar, el control sobre mi cuerpo estaba perdido, la sombra se detuvo, a la distancia se perfilaban los pantalones claros, el torso estaba envuelto en una tela más oscura que no alcanzaba a ocultar la fuerza brutal de músculos abultados. De mi mano trémula cayó el guijarro. Muda rogué que ese hombre me dejara escapar, o que pasara alguien por la carretera de la costa. Miré hacia el norte y hacia el sur, los dos confines esfumados de la carretera, ni un solo vehículo a la vista... A un hombre fuerte le basta con sus manos para destrozar el cuello débil de una mujer, bajo la presión de esas garras los huesos se quiebran como cartílagos, la piel se desgarra como papel. Dueño del cuerpo femenino agonizante, ese monstruo de rostro deforme —los ojos casi no pueden abrirse bordeados de grandes verrugas— puede acercar su piel viscosa a la de ella, que muere ya de asco... Todo eso me pasó por la mente como un rayo oscuro y el nuevo día de un instante para otro arrojó una luz casi diurna. El fuego del cigarrillo se tornó menos brillante, la sombra adquirió los contornos y colores de Leo Druscovich. Contornos fuertes, colores amables.

R: ¿Como en aquellos paisajes nizardos del bueno de Henri Matisse?

G: Traslúcidos, empapados de blanco. "¿Ud. sola puede llevar tanto peso hasta su casa? Si me permite la ayuda". Durante la marcha hablamos del buen tiempo reinante en la costa, junto a mi puerta se quedó callado un momento, yo por temor a reacciones ridículas de mi madre no mencioné la posibilidad de entrar y tomar algo caliente juntos. Él cesó de mirarme de frente, sus ojos de pronto tristes y esquivos parecían los de un niño reprendido por alguna travesura, se despidió dándome cita para comer juntos esa misma noche. Me acosté sin sacar de la bolsa todo lo juntado en la playa, me acuciaba una pregunta: ¿qué hacía él en la playa a esa hora? Al cabo de un sueño corto me desperté, tensa, y en vano traté de retomar el sueño, la causa de mi insomnio no podía ser más frívola esta vez: para la cita de la noche no tenía literalmente qué ponerme. Mi deseo hubiese sido presentarme radiante de lujo.

R: ¿Y qué es para usted el lujo?

G: Mi idea del lujo entre otras cosas implica dormir hasta mediodía, envuelta en el lino de sábanas livianas, finas, suaves y frescas. Todos los días sábanas frescas recién perfumadas.

R: ¿Perfumadas?

G: Sí, en un prado sábanas extendidas al sol que las calienta, y cuando se las devuelve al interior del cuarto retoman la temperatura del ambiente, pero el calor no se va, no se pierde, se transforma en perfume de sol.

R: En fin... ¿Cómo se presentó vestida esa noche?

G: Comimos langosta marina, el vino blanco es color ámbar, no sé por qué entonces lo llaman así. Cuando yo era niña un deseo secreto era el de apresar en la mano el fuego, son fascinantes las llamas pequeñas rojas traslúcidas que se desprenden de las brasas.

R: ¿Y las llamas verdes con puntas amarillas de los calentadores a kerosén?

G: ¿Y las lengüetas azules todas perfectamente iguales de la hornalla a gas? Fuego líquido color ámbar en mi copa, quise inyectar esa noche el fuego dentro de mí bebiéndolo como él, pero no me fue posible porque había ingerido antes del encuentro barbitúricos calmantes. Tengo terror

114

de morir un día por descuido medicamental.

R: Alcohol y barbitúricos, las luces del tránsito se han tornado, rojas.

G: Fue un día muy largo el que precedió a esa cena, consumí doble dosis, triple, de calmantes. Cuando llegué al restaurante se me cerraban casi los ojos de sueño. Él me preguntó en seguida por qué se me veía tan cansada. Respondí que había creado todo el día. Le pedí que me contara cómo era su vida en Buenos Aires, esa ciudad que yo no comprendía. Él tomaba vino, comía muy poco, y hablaba, de sus proyectos, de la importancia del movimiento plástico argentino. Yo sentía que los ojos se me cerraban, trataba de prestar atención a lo que decía Leo pero al peso de mis párpados se sumaba el hipnotismo de su boca, de su bigote que se agitaba, el bigote se extendía y volvía a su cauce, y sus ojos me clavaban contra el respaldo de la silla alta, en ese vasto comedor renacentista.

R: Dígame algo de la boca de ese hombre.

G: No escaparé al lugar común: su boca es sensual.

R: Y Ud. muy pronto se quedó dormida.

G: En efecto. Mientras él hablaba y me miraba yo lograba mantener los ojos abiertos, pero el momento en que bajó la vista para preparar un habano y encenderlo me fue fatal.

R: ¿Quién la despertó?

G: El maître. Leo había pagado y se había ido. En el restaurante ya no quedaba nadie, un lavaplatos vino desde la cocina con un balde de agua y apagó el fuego de la salamandra.

R: ¿Quién la acompañó hasta su casa?

G: Algunos días después recibí una carta expreso desde Buenos Aires. Sin mencionar para nada el incidente del restaurante, me preguntaba si en mis planes inmediatos figuraba un viaje a Buenos Aires para discutir mi presentación en San Pablo. ¿Pero no cree Ud. que nuestra charla indiscreta puede despertar a Leo?

R: Hablemos en voz baja.

G: Le escribí anunciándole mi llegada a Buenos Aires, sin darle fecha. Ya instalada en este hotel, con todo mi material cuidadosamente arrumbado en un depósito, lo llamé por teléfono. A los veinte minutos, alquien que había escapado a la vigilancia del conserje golpeaba a mi puerta. Abrí, de la emoción no pude hablar. Todo eso sucedió ayer.

R: ¿Cómo estaba vestida?

G: Me acababa de lavar la cabeza, la toalla blanca anudada a modo de turbante ocultándome el cabello. Y esa bata que Ud. puede ver ahora tirada en el suelo, de género de toalla color amarillo patito, color que favorece cuando se está tostada por el sol.

R: Y sus consabidos anteojos negros.

G: Ninguno de los dos pronunciaba palabra. Finalmente él dijo: "Déjeme entrar, si me ven en el pasillo me echarán a la calle". Entró. Me abrazó. Me besó. Yo no me resistí. Seguimos de pie en la habitación besándonos en silencio varios minutos más, no nos podíamos despegar. Agotada ya por la excitación y el goce le retiré mi boca y apoyé la frente en su hombro. El turbante se deshizo y cayó al suelo. Quiso besarme de nuevo. Yo mantuve mi rostro esquivo. Buscó mi boca. Me resistí. Se enardeció. Forcejeé para liberarme. Aprisionó mis manos en sus manos grandes, me dobló los brazos contra mi espalda y me ciñó más que nunca contra él. Su fuerza era muy superior pero yo seguía debatiéndome. Empezó a besarme el cuello y con su hocico fue retirando la bata hasta descubrir un hombro, de allí bajó al seno. De repente su fuerza se triplicó, me levantó en vilo y me depositó en la cama. Yo estaba exhausta, pero no sabía cómo ceder dignamente. Me quedé inmóvil. Él se quitó el saco y empezó a desanudar la corbata, sin quitarme la mirada de encima. Estaba bellísimo. Yo cerré los ojos para grabar en mi memoria esa mirada de deseo. Y no me animé más a abrirlos, oí sus pasos que iban hacia la ventana, el rumor de la persiana que descendía, sus pasos que se acercaban. Cuando abrí los ojos, los suyos me estaban mirando fijo, quiso quitarme los anteojos negros, le pedí que no, me quitó la bata, le dio mucho que hacer el botón interno del cinturón. Me besó, me apartó las piernas

116

y me acarició en lo más íntimo... Cuando se pretende asir leños encendidos rojos cuarteados chisporroteantes de oro, cuando se quiere apresar la llamarada más alta y trepidante de la hoguera es tan fuerte el dolor de las heridas que olvidando todo ese esplendor de coloridos con un grito huimos. Pero si se está prisionera, enredada en la zarza, sujeta por esas dos fuertes ramas de roble ¿o brazos? que nos detienen, no resta más que esperar que la piel arda hasta consumirse...

R: ¿Por qué calla? ¿En qué está pensando?

G: Recordé algo curioso. En brazos de él pensé que si era tan bello era gracias a mí, que había sabido dibujarlo a la perfección en el Instituto "Leonardo da Vinci".

R: Continúe.

G: Me preguntó si lo quería. Yo temí decirle la verdad, que lo había adorado desde el primer instante en que lo vi. Preferí callar. Fumó un cigarrillo en silencio. Se vistió y se fue.

R: Y hoy volvió a venir.

G: Cuando los nudillos de hierro hicieron oír su golpe temblé de pies a cabeza.

R: De acuerdo, pero antes dígame qué hizo Ud. entre ayer y hoy.

G: Dormí muchas horas, despertándome a cada momento con la impresión de que él estaba en la habitación y que se podía aburrir si yo no le conversaba o le mostraba algo que le interesase. Y además de dormir pasé algunas horas en la bañadera. Y esta mañana fui a la peluquería.

R: ¿Su encuentro sexual de hoy fue menos o más intenso que el de ayer?

G: Cuando estuve en San Francisco me costó creer que esa áurea ciudad moderna estuviese construida sobre las ruinas y el pánico de un terremoto.

R: La última pregunta me será tan difícil formularla a mí como fácil contestarla a Ud. ¿Cómo podría expresarme?... Un hombre da en su paso por la calle, o en un salón, o en el trato más íntimo del diálogo, una imagen de sí mismo, la cual a veces no coincide con la otra imagen que proyecta carnalmente en el contacto total de la alcoba.

G : Comprendo.

R : Más vale así. ¿La imagen mental que Ud. tenía de Leo armoniza o choca con la imagen del Leo carnal?

G : Abrí la puerta y entró sin mirarme en los ojos. Le pregunté si me acompañaba con una taza de té. Como Ud. verá, en este cómodo hotel cada cuarto cuenta con una primorosa kitchenette. Y bien, dijo que sí, y me cedió el paraguas y el impermeable que yo le estaba pidiendo. Me preguntó si tenía ganas de salir, de ver alguna exposición, o alguna película. Le contesté —dándole la espalda, ocupada preparando el té— que no había nada que me atrajera en particular. Cuando me di vuelta lo vi que estaba ya casi desnudo en el centro de la habitación, en el suelo tirados los pantalones, el saco, los zapatos y el chaleco. Se estaba desanudando la corbata. Tal insolencia me indignó y le ordené que se vistiera inmediatamente. Rió y se quitó el calzoncillo. No pude retirar la vista a tiempo y vi su falo tieso, a la luz del día sus dimensiones me asustaron, pensé en mis órganos todavía resentidos por el ataque de la víspera, pensé en una lámina de mi libro de lectura de tercer o cuarto grado con dibujos de cepos, mazmorras, los instrumentos de tortura con que los españoles martirizaban a los patriotas criollos de 1810. Se arrojó sobre mí y me empezó a besar por la fuerza. No me animé a gritar pidiendo auxilio a los sirvientes del hotel. Pero seguí negándomele —¡ningún hombre puede respetar a una mujer que se deja tomar por asalto!, decidí en mi fuero interno— y continué debatiéndome hasta que mis brazos perdieron la fuerza. Hasta entonces mi negativa era de orden moral, impuesta, pero cuando lo sentí chorreando sudor me dio verdadera repulsión. Este último convulsivo estremecimiento encontró mi cuerpo sin defensas, el llanto fluyó y empezó a sacudirme como a una hoja muerta la sacude el viento. Sus manos con firmeza apartaron mis piernas, le rogué en un susurro casi ininteligible que no lo hiciera. Lo demás lo recuerdo vagamente, tal vez haya sido el miedo de sufrir lo que me provocó el desmayo, sólo sé que al recobrar el conocimiento y sentirlo desplazarse acompasadamente dentro de mí, apenas atiné a buscar mis propias manos —yertas en cruz pendiendo a los bordes de la cama— y abrazar su torso. Tenía la piel de la espalda húmeda, palpé buscando una punta de sábana y lo sequé. Me besó tiernamente. Ya no despegamos más las bocas. Esperaba que fuera él quien retirara primero los labios para entonces decirle que sí lo quería, según me había preguntado la tarde anterior. Pero no alcancé a emitir la voz, el placer fue subiendo de mi vientre hasta la garganta. Abrí los ojos, vi sus pestañas, una sien, un mechón de pelo rubio oscuro.

R: ¿En qué pensó en ese momento culminante?

G: No pensé en nada.

R: Según las últimas corrientes psicoanalíticas quien logra hacer el amor sin pensar en nada puede considerarse sano.

G: Entonces no soy una mujer sana, porque ahora recuerdo que cuando el placer me obligó con su mano sedosa y estranguladora a cerrar nuevamente los ojos, pensé que el cielo existía. Que Dios me quería y por eso me había premiado después de tanto sufrimiento, con un amor de veras. Dios me preguntaba si yo estaba dispuesta a cualquier sacrificio por amor a mi futuro compañero. Respondí que por supuesto sí, más aún, sería mi placer doblegarme a la voluntad de Leo.

R: ¿Recuerda el vestido que tenía puesto en ese momento? En el cielo, quiero decir.

G: Creo que llevaba el atuendo de pantera acuática, pero no podría jurarlo.

R: ¿No cree usted que las mujeres somos más valientes de lo que creemos? Piense en lo que significa encerrarse en un cuarto con un ser de triple fuerza.

G: Fuerza que necesita para proteger a la mujer amada. ¿Qué sería de nosotros si en medio de la jungla el brazo potente de él no asestara el hachazo mortífero al leopardo agazapado?

R: ¿Tendría algo más que contarme antes de despedirnos?

G: Sí, que cuando él se despierte le diré... que lo quiero, que de ahora en adelante su voluntad será la mía. Él hasta ahora me ha juzgado como fría y altanera, y por eso ha creído necesario tanto ímpetu. Cuando me conozca tal cual soy, me querrá más aún.

R: Se está moviendo. ¿Lo habremos despertado con nuestra charla? Me voy...

G: Antes de que se vaya quiero yo hacerle una pregunta. ¿Cuándo saldrá en su revista el anunciado artículo sobre las llamadas raíces de la belleza femenina?

R: He visto esos anuncios, pero no es en mi revista donde aparecerá esa patraña.

G: Me encantó el planteo del anuncio: "¿Su belleza tiene una raíz instintiva o cerebral? ¿Un origen existencial, físico o de guardarropa? Averígüelo". Quiero saberlo, porque desde que me siento bella me acucia la curiosidad ¿soy una bella instintiva o una bella existencial?

VIII

El ladrón: (durante años escondido de la policía en los vericuetos de la casbah) De modo que decidió volver por aquí, y dar otro vistazo a la fiera... ¿Qué le parece mi jaula?, ¿qué le parece la casbah de Argel?

Hedy Lamarr: No me gusta viajar, me pone nostálgica. Si cuando abro los ojos por la mañana no veo París, de buena gana volvería a cerrarlos. ¿Ud. conoce París?

El ladrón: (con orgullo) Piedra por piedra, calle por calle, boulevard por boulevard.

Hedy Lamarr: (mirando la mísera taberna en que se encuentran) ¡Qué lejos estamos de todo aquello!

El ladrón: (señalando las joyas que ella luce) ¿No la inquietan lugares como éste?

Hedy Lamarr: No si estoy con Ud., Pepe Le-Moko.

El ladrón: (estrechándola en sus brazos) ¡Eres hermosa! Pero eso es tan fácil decirlo... Te lo habrán dicho hasta el cansancio. Lo que yo quiero expresarte es diferente. Para mí eres más que hermosa. Durante dos años me he sentido perdido, como caminando con los ojos cerrados, dormido. Y de pronto me despierto —porque tú apareces— y ya no sé cómo pude soportar tanto tiempo esperándote. ¿Sabes lo que eres para mí? ¡París!... Eso eres tú ¡París entera!

Hedy Lamarr: (tiernamente) Es hora de irme... Trataré de volver mañana. Temprano. Pero... ¿y si no me fuera posible?, ¿no podrías tú salir de esta casbah para ir a mi encuentro, Pepe?

(Del film *Argelia*, producción Artistas Unidos.)

CURRICULUM VITAE

(formulario que retiró la artista plástica María Esther Vila para presentar a la Comisión Organizadora de la Muestra Interamericana, a realizarse en San Pablo durante el mes de julio de 1969).

Nombre:
Lugar y fecha de nacimiento:
Estado civil:
Domicilio:
Estudios:
Antecedentes artísticos:
Premios:
Obras propuestas para la Muestra de San Pablo:
Fecha de presentación del presente informe:

Divagaciones de Leopoldo Druscovich durante una visita a su médico, el día 24 de abril de 1969

...en el sueño yo estaba aquí y Ud. me mostraba esas láminas con manchas de tinta impresas, que antes se usaban para tests, simétricas, ¿se acuerda? Y en el sueño eran todas mariposas, ninguna entera, todas tenían algún defecto, y claro, repetido el defecto de los dos lados, porque son manchas de tinta simétricas. Las alas estaban siempre rotas. Y yo buscaba la mariposa que tuviera rota un ala sola. Y no había modo de encontrarla pero Ud. se enojaba. Y de repente el sueño pasaba a mi oficina, y el jefe me llamaba y yo estaba dibujando una mariposa, pero había empezado por el cuerpo y el jefe me llamaba y yo tenía que interrumpir y quedaba dibujado ese cuerpo que sin alas parece una lombriz, un pene de chico, carcomido. Y nada más. El jefe me llamaba...

...no, hace tiempo que no discutimos... Bueno, en realidad esta semana misma. Pero no fue discusión...

...yo estaba terminando una nota muy importante sobre pintura naïve y él me mandó a llamar. Le contesté que no podía ir porque estaba ocupado ¿acaso no tuve razón? Yo estoy al servicio de la empresa y no del dueño. Interrumpir el trabajo en aquel momento podía dañar la nota... porque me sentía realmente inspirado en aquel momento. Pero, cuando colgué el tubo y quise seguir haciendo la nota no pude, estaba tenso, nervioso. Siempre que debo defenderme después quedo mal, ¿a todos les pasa igual o es que yo estoy enfermo?

...es una tontería... pero qué pasaría si en la oficina estuviésemos desnudos, si el director viese que yo tengo un falo que él no tiene. A Ud. ya le he explicado, que tengo un falo superior a lo normal... ¿qué pasaría entonces?, ¿yo me quedaría más tranquilo mostrándole mi superioridad? no sé qué pasaría... porque yo soy superior a él en físico y capacidad de trabajo, pero las dos superioridades están encubiertas, una por la ropa, y otra porque él es el dueño y yo nada más que el director de una sección de la revista. Y la revista viene a ser microcosmo ¿no? en la que se supone que el patrón es superior a los demás...

...las mariposas eran repulsivas, creo. Una vez, hace tiempo, tuve una pesadilla con un murciélago, de eso sí me acuerdo, pero hace mucho. Pero no me acuerdo de lo que pasaba, me daba mucho asco...

...sí, para mí es un pájaro inmundo, pero siempre me llamó la atención. Ahora que lo pienso lo repulsivo es el cuerpo, porque las alas tienen carácter, como las alas del diablo, que están copiadas del murciélago. Y claro, por eso da más asco: lo miramos por las alas que nos atraen, y después descubrimos que es una rata, que como todas las ratas siempre está entre la mugre y nos da rabia haber mirado a un bicho asqueroso, que habría que extinguir... Son ciegos de día, duermen como los vampiros. Y con alas que sirven para golpear a la víctima, cuando vuelan aletean con fuerza y las alas grandes tendrían que servir para volar alto y no para atacar, qué aborto de la naturaleza es el murciélago. Es un ser imperfecto, monstruoso, habría que extinguirlo...

...sí, tengo los ojos cerrados, pero no me pasa ninguna imagen por la mente...

...un soldado en una cama de hospital, la cabeza totalmente vendada, apenas los ojos descubiertos, como una momia. Es una foto que vi en la redacción hoy, de un soldado en Medio Oriente, quemado vivo, pero se va a salvar...

...ni el padre ni la madre pueden ir a verlo, pienso que han muerto en un bombardeo. Pero tiene visitas, son damas de Caridad...

...se queda frente a mi cama la más vieja. Es del Ejército de Salvación. No, es una mujer ni vieja ni joven, me pregunta si quiero algo. Le pido que cante. Me pregunta qué. Yo le pido algo que les cantan a los soldados cuando van a entretenerlos al campo de batalla. Me parece que es inglesa, me canta en inglés lo que siempre cantan a los soldados. Hay una canción que ahora no me acuerdo cómo era... (abre los ojos)

...no, en Túnez, en Libia, en la segunda guerra mundial, iban artistas inglesas y americanas, para cantar a los soldados...

...no, qué se le ocurre, "Lili Marlene" es un lugar común de grueso calibre. Ud. me subestima diciéndome eso, ve, en ese sentido Ud. está condicionado por su información artística limitada, y no me puede comprender...

...no me interesa discutirle, yo lo que quiero es acordarme de la canción aquella, había una revista yanqui durante la guerra que se llamaba *En guardia*, era gratis, de propaganda norteamericana, y a veces me parece que traía piezas para piano, y en casa las cantaban...

...no, no cantaban "Lili Marlene"...

...con mi hermana más chica al piano...

...a ella tampoco le gustaba. No está bien que Ud. se empeñe en irritarme, tengo que hacer un esfuerzo para...controlarme. No me irrite por favor...

...sí... déjeme pensar... Yo y mi hermana cantábamos "Lili Marlene", yo era chico, de pantalón corto. Pero después la empezó a cantar todo el mundo y nos hartó escucharla tanto...

...sí, tengo que admitirlo, es poco democrático, pero me irrita que algo que a mí me guste mucho se haga popular...

...no me acuerdo...

...cuando era chico eso de "Lili Marlene". Y con eso ya se puede dar una idea... Después cuando tenía pantalones largos me molestó que se pusiera de moda Toulouse-Lautrec, porque los americanos hicieron una película sobre la vida de él (cierra los ojos). Y me da miedo que una cosa hermosa pueda un día cansar. Quiere decir que no se puede estar seguro de nada. Ni de la obra maestra guardada en un museo. Un momento... ya me acuerdo de la canción que cantaba esa mujer en el hospital, y ella es una gran dama, pero para que los soldados le tomen más cariño..., o mejor dicho confianza...

...sí, cariño, por qué no... Le toman cariño casi desde que la ven entrar en la sala. Pero le tienen un poco de miedo, que sea una de esas aristócratas frías, rancias. Pero ella se saca el sombrero, no, no trae sombrero, se me pasó la reina de Inglaterra por la cabeza, la madre de la actual reina, pero no, no se parece a la reina de Inglaterra ¿a quién se parece? ni bien entra todos se dan cuenta de que es una mujer muy buena, un poco vieja para ser la novia de ellos, y demasiado joven para ser la madre... no sé cómo explicar... Las camas son camas de hospital, con barrotes de hierro pintados color blanco, y ella se toma de los barrotes delanteros de la cama del más grave de todos, y canta con voz de soprano, la letra dice que detrás del horizonte oscuro se oculta el nuevo amanecer. La mirada de ella está perdida en el infinito. Es una de las canciones más lindas que hay...

...me parece que no, ella alcanza a hacerlo sonreír por última vez. El pensamiento que tiene ese pobre muchacho antes de morir es el de un día nuevo que está por empezar. Ella termina la canción y al darse cuenta de que él se ha muerto con los ojos abiertos le baja los párpados, con toda la delicadeza de que es capaz... En este momento deseo que la mano de ella me baje los párpados a mí también...

...y quiero que me acaricie, yo estoy vendado totalmente, apenas se me ven los ojos, quiero que me acaricie en la frente...

...yo me he muerto, antes de verla acercarse, apenas alcancé a sentir la mano suave y tibia a través del vendaje. Las yemas de los dedos de ella. Y mi cara en seguida se vuelve fría, y se va a secar, y cuartear, como ceniza...

(abre los ojos) ...hoy leí que en Santa Fe y parte de Córdoba la sequía se está agravando, y que si no llueve pronto se va a perder la cosecha y me alegré... La tierra seca se va a rajar, y el viento la empieza a desprender como arena y vuela, hasta que queda nada más que el fondo de roca, de piedra. Y esa noticia me alegró...

...yo no le deseo a nadie la muerte, pero sí he deseado a alguien que padezca...

(vuelve a cerrar los ojos) ...no sé qué pasa cuando queda al descubierto la piedra... Quisiera llorar, toda la tarde, no moverme de aquí y llorar...

...no. Por mí mismo no. Llorar por mí no. De eso estoy seguro...

...por ese soldado muerto...

...yo no. Pero hubo alguien que se encargó de matarlo...

...no. Ningún compañero mío ha muerto...

...no. Nadie de mi generación...

...sí. Le hice mal a alguien, y después me arrepentí...

(abre los ojos) ...una vez... lastimé a un muchacho, sin querer...

...no, ...con un ladrillo...

...de forma accidental, jugando, yo tiré ese ladrillo al aire, no pensé que él estaba tan cerca... y él estaba ahí, ...y lo lastimé en la nuca...

...sí. Me acusaron de hacerlo a propósito... No, no es cierto, no me acusó nadie...

...nunca más lo volví a ver...

...nada en especial, era un amigo, como todos. O mejor dicho un conocido... (se incorpora) Creo que voy a elegir como representante para la Muestra a la mujer con quien me acuesto...

...no, porque no quiero ser corrompido, como todos los jurados. Hasta que yo no sepa si la elijo porque vale realmente no me voy a decidir...

...otras opiniones. Antes que nada tuve la opinión de amigos, que respeto. Ellos me hicieron ir a ver las obras. Tal vez me influyeron, eso es lo que no sé. Conocí a la autora y las obras al mismo tiempo... Aunque ella es parte de la obra también, porque habla con sus objetos. Ésa es la obra, la relación de ella con sus cachivaches...

...¡qué me importa lo que piensan ellos! ¡Lo que importa es lo que piense yo!...

(no obedece, sigue con los ojos abiertos) ...Yo de golpe prendí la luz del velador para verle el ojo que lleva siempre tapado...

...en ese momento la tenía agarrada, no se podía mover...

...porque a mí no me gusta que me oculten nada...

...y yo estaba nervioso por cosas de la revista. Y nada más...

(silencio, camina por el cuarto, mira al médico) ...a veces se siente frío en esta pieza. Es como una celda esta pieza, con las cortinas corridas (se acuesta en el diván y cierra los ojos). Me parece que me voy a pasar la vida con los ojos cerrados, no hay cosa mejor... Ahora recuerdo la tonada de la canción...

　　　　　　　...la de la segunda guerra mundial,
que dice que detrás del horizonte azul se esconde el sol, pero
no a la hora del crepúsculo, dice que es de noche y el cielo está azul, pero en realidad la noche es negra ¿verdad?, dice...
detrás del horizonte azul, y que hay un sol por salir pronto
aunque todavía esté totalmente oscuro, es lo que le canta la
dama de beneficencia al soldado moribundo, lo debo haber
visto en alguna película, de hace no sé cuántos años, y puede
ser que ahora esté muerta ella también, han pasado veinticuatro años después de la guerra, cuando mi hermana tocaba esa
pieza, y la más grande le daba vuelta a la página y yo... ¿qué
hacía? ¿qué es lo que hacía yo?...

　　　　　　　...yo tenía pantalones cortos (el
ceño se crispa, sigue con los ojos cerrados). No veo nada...
No me imagino nada...

　　　　　　　...no veo nada, apenas el borde de
esas plantas blancas de coral, del fondo del mar, cartilaginosas,
me dan ganas de tocarlas, de ver si son ásperas, si raspan, parecen encajes, puntillas suaves de ropa antigua, son plantas, no,
son piedras, ...a una rama de una planta si la muerdo sale un líquido, como un juguito muy dulce, algo hay que corre como
agua adentro de una planta, si estoy muerto de sed la puedo
masticar, aunque sea una mísera gota, pero una piedra no me
da nada, le hinco los dientes y se me parten los dientes. Hay
plantas de piedra, las vi en alguna parte, en las piedras fósiles,
quedaron marcadas las hojas sobre las piedras, es de noche,
...yo estoy en mi cama... y a veces estiro la mano y toco una
piedra filosa, está seca, y la empiezo a frotar y empieza a soltar
polvo, arena, en el desierto, si se levanta viento la arena va a
volar y entrarme en los ojos, tengo que tener cuidado de no
rozar más las piedras porque se están volviendo arena, al fondo del horizonte se levanta aire, de color negro, el viento negro se acercó a tanta velocidad que me entró arena en los
ojos, no tuve tiempo de cerrarlos, antes de que la arena em-
pezara a soplar... pero cuando murió mamá ella estaba adentro
de una casa, de un sanatorio con las ventanas cerradas para
que la arena no le entrase en los ojos, adentro de una carpa de

oxígeno me contaron, no, papá murió en una carpa de oxígeno, pero yo no lo vi, mi hermana mayor fue a Mendoza y lo
vio. Pero yo no, no pude abrazarlo antes de morirse...

(después de una pausa prolongada)
...Tengo que decidir el voto, ayúdeme...

...no sé... les falta un sustento, un
planteo teórico...

...sí, ella hace las cosas sin saber por
qué las hace, no tiene un planteo previo. Y ahora además se
ha presentado otra candidata, con más claridad en sus cosas.
Mientras que la otra no sabe por qué las hace, y hasta es posible que haya acertado de casualidad...

...no, no me contradigo, yo le he di-
cho a Ud. que el artista plástico debe dejarse llevar por sus in-
tuiciones más oscuras para crear algo nuevo. Pero... es difícil
explicarlo, ...y lo único evidente es que a ella lo que le interesa
es la Muestra... (se interrumpe)

...es una expresión porteña, muy
grosera, me repelen ciertas expresiones del lunfardo, pero me
vienen a la mente...

...que un pelo de concha tira más
que una yunta de bueyes...

...le empecé a tomar asco...

...le empecé a tomar asco. Porque a
su modo, tímidamente, me quiere manejar. Yo ahora le tengo
asco...

...no sé... la segunda vez que nos
acostamos juntos creí que todos los problemas se habían terminado... y por primera vez logré algo que nunca había podido hacer: después de que todo había salido bien... me dormí
abrazándola, yo que si no estoy solo en mi cama no puedo
nunca quedarme dormido...

...¿al despertarme? No sé... empezó
a agasajarme... yo le sentía en la voz que no era sincera, que
fingía. Se levantó para traer cosas para mí, para comer, cosas
de afuera, para adularme, sentí que una babosa me subía por
el cuerpo. Porque empezó a adularme... para asegurarse el
premio...

...pasaron muchas cosas...

...me dio cada día más asco...

...es hipócrita...

...ayer encendí la luz... y le abrí ese párpado que tiene cerrado sin nada dentro... y se lo dije, que... la culpa no es mía...

...no, cuando eso empieza... ya no hay remedio...

...con ella no quiero saber más nada...Y a Ud. le he mentido. El jurado ya eligió al candidato. Yo voté por ella. Y ella ganó. Es ella la elegida para San Pablo...

...cuando eso empieza ya no hay remedio...Y la última vez no pude. Yo ya le he dicho a Ud. cómo es. ¡No puedo eyacular! Primero parece una cosa pasajera, pero después se repite...

...es de ella la culpa, ella que es un murciélago... se lo dije y se quedó callada, si me decía algo la deshacía de un golpe...

(obedece y vuelve a cerrar los ojos) ...no, no veo nada, no pienso más que en esa sirena de bomberos que está pasando en este momento por la calle, o de una ambulancia, no sé lo que es...

...me llevan a mí, estoy por morir...

...no, voy solo...

...¿por qué? quiero morirme solo, no quiero a nadie conmigo en esa ambulancia...

...no sé por qué...

...no sé. No sé si lo merezco o no...

...¿si fuera grave ella en la ambulancia, y no yo?...

...sí, va ella, se está por morir...

...sí, me da lástima y la acompaño en la ambulancia...

...se muere antes de llegar la ambulancia al hospital. Yo la estoy mirando y se muere. Yo le tengo la mano, fría, ya no puede retirarla ni defenderse, si quiero me puedo aprovechar. No sé si los muertos sangran. Si se le corta la carne a un muerto, con un bisturí, abriéndole un tajo largo, y hondo, no sé si le saldría sangre...

...tengo ganas de llorar...

...tengo ganas de llorar porque ella se murió, y no tenía la culpa de nada...

...me da mucha lástima...

...ahora que está muerta me da lástima, si yo hubiese sabido que se iba a morir le habría dicho que la quería, cualquier cosa, para que se muriera en paz...

...se murió por culpa mía...

...está muerta...Yo me dormí al lado de ella. Nunca me había pasado...

Del despacho médico Leopoldo Druscovich fue directamente a su casa, quería estar solo. Bajo la puerta lo esperaba como de costumbre el diario de la tarde. Una noticia acaparó su atención: en un terreno baldío de las afueras de Buenos Aires se había encontrado el cadáver de un hombre. Desaparecido dos semanas atrás, se había temido el trágico desenlace dadas sus actividades políticas subversivas. Estaba vinculado a un grupo activista que propugnaba el regreso al país del ex presidente Perón como único medio de devolver el gobierno a la mayoritaria clase trabajadora. El cuerpo había sido abandonado entre altas matas y presentaba huellas de torturas.

SEGUNDA PARTE

IX

Enfermera: (alcanzando un whisky a su paciente, futura alcohólica) Escuche querida, quiero que tome un traguito, no es lo más indicado pero le hará ver las cosas un poco mejor.

Susan Hayward: (sin consuelo desde la muerte de su prometido) No, gracias.

Enfermera: Tómelo, tómelo de un trago si no le gusta.

Susan Hayward: ¿Para qué voy a tomar?

Enfermera: (con buena intención) Le hará dormir toda la noche.

Susan Hayward: No me gusta el alcohol.

Enfermera: Es bueno, ayuda a olvidar.

Susan Hayward: ¿Olvidar?, ¿qué es lo que debo olvidar?, ¿el amor de David?, ¿su sonrisa?, ¿su comprensión? ¿Ud. no se da cuenta de que ya estoy olvidando, y es eso lo que me mata? A veces pasan tres días... ¡y no puedo recordar su rostro! (perdiendo el control de sus nervios) ¡¡Y Ud. quiere ayudarme a olvidarlo!!... (histéricamente) ¡¡¿Qué clase de persona es Ud.?!! (solloza hundiendo la cabeza en la almohada, poco a poco se calma) Perdóneme, pero es que me siento tan mal, tan confundida... a veces de noche me despierto y no puedo creer que sea verdad, pienso que no ha muerto, que todo ha sido una pesadilla, no es posible que lo único bueno que me pasó en la vida se haya terminado para siem-

pre, ...pero estiro la mano para
tocarlo y en la oscuridad no hay
nada... no puedo tocar nada, y esa
nada no es él, esa nada soy yo... (la
enfermera acerca el vaso a los labios de la paciente, ésta bebe con
esfuerzo todo el contenido)

(De *Mañana lloraré*, Metro-Goldwyn-Mayer.)

Recapitulación — La lectura del suelto periodístico perturbó a
Leopoldo Druscovich, quien durante su insomnio decidió,
primero, acercarse a la familia del muerto para ofrecerles lo
único que podía dar, ayuda económica, y segundo, convocar
la presencia de la artista plástica que había resultado finalista
—a continuación de la ganadora Gladys Hebe D'Onofrio— en
el concurso para representar a la Argentina en la Muestra de
San Pablo. Tanto en el primer caso como en el segundo pro-
curaba reparar una injusticia.

A la mañana siguiente en las oficinas de la revista se hablaba sobre el delito del baldío. Leo oyó que casi todos coinci-
dían en atribuir la muerte del activista a las torturas infligidas
en sedes policiales, después de lo cual las autoridades habrían
debido desembarazarse del cadáver.

Horas más tarde, como representante de su revista, Leo
tuvo acceso al domicilio del desaparecido. Su viuda agradeció
el ofrecimiento de dinero pero lo rechazó, prometiendo tener
en cuenta ese recurso en caso de extrema necesidad.

Oficina de redacción de Leopoldo Druscovich, 22 de abril de 1969

Leopoldo Druscovich: De sus obras lo que más me llama la
    atención es la solidez, como si estuvieran sustentadas por
    cierto planteo teórico... muy firme.
María Esther Vila:
LD: ¿Es decir que Ud. no daría una sola pincelada o definiría
    un solo volumen sin saber por qué lo hace?

MEV:

LD: O sea un planteo previo.

MEV:

LD: No comprendo.

MEV:

LD: ¿Cómo? ¿El artista "existencialmente" implica que su planteo sea original?, ¿qué es eso?

MEV:

LD: ¿Original y previo a la obra?

MEV:

LD: ¿Existencialmente? ...Pero cuando está trabajando, ¿no le sucede —yo he leído de otros artistas, muy célebres— que Ud. se sienta llevada por una fuerza misteriosa que le va dictando cosas que no sabe bien adónde la llevan?

MEV:

LD: ¿Cómo?... Es decir, Ud. no creería en la intervención del inconsciente como motor principal de la creación artística.

MEV:

LD: En fin... todo esto tiene que ver con su presencia hoy aquí. Ud. sabe ya por supuesto que se ha elegido al candidato para San Pablo, pero lo mismo... Es un asunto para el que le solicito la mayor reserva.

MEV:

LD: Tal vez un poco apresuradamente el jurado... ya eligió a Gladys D'Onofrio como representante argentina, como Ud. sabrá. Bueno, el caso es que yo he empezado a dudar... sobre todo después de hablar mucho con ella y notar la total falta de eso que estamos hablando... un planteo.

La misma oficina, 27 de abril de 1969

MEV:

LD: Porque me siento responsable de un error.

MEV:

LD: Sí, sé que justamente a vos no te voy a decir que soy yo quien más lo siente, la parte más damnificada sos vos. Pero en el caso D'Onofrio estoy sinceramente arrepentido.

MEV:

LD: No es porque ya tengas toda una carrera detrás, eso no importa.

MEV:

LD: No, tampoco importa que tengas casi 60 años, lo que importa es la obra propuesta al jurado.

MEV:

LD: Me hacés sentir muy mal, no deberías decirme eso.

MEV:

LD: Pero yo he tratado por todos los medios de convencer a los jurados, y no me hacen caso, ya está tomada la decisión y no pueden cambiarla. El único modo de arreglar las cosas... sería otro. Yo voy a seguir tratando.

MEV:

LD: Sí que lo hay.

MEV:

LD: El modo es que ella renuncie a ir con sus obras a San Pablo.

MEV:

LD: No, no es demasiado tarde.

MEV:

Departamento de Leopoldo Druscovich, 5 de mayo de 1969

LD: (por teléfono) Soy yo. ¿Te desperté?

MEV:

LD: Por la voz me parece que estabas durmiendo.

MEV:

LD: Perdoname, pero necesitaba hablar un poco, no me siento bien.

MEV:

LD: ¿Tan tarde es? (mira el reloj) Tenés razón, qué animal.

MEV:

LD: ¿Qué viste?

MEV:

LD: ¿Era buena ?

MEV:

138

LD: Yo la quería ver, leí en una entrevista a Rauschenberg que su favorita era Streisand, que es lo único nuevo. Quiero ver *Funny girl*.

MEV:

LD: No, es un asco, no la veas. No entendieron a Poe, el episodio de Fellini es el peor, porque es el más pretencioso.

MEV:

LD: ¿Qué genio? Ahora no, es todo viejo lo que hace, simbología freudiana de bolsillo, dejame de embromar...

MEV:

LD: No fui a ninguna parte, tenía muchísimo que hacer y lo mismo no hice nada.

MEV:

LD: Me quedé por eso, para trabajar. Tengo un artículo largo que hacer y me parece que no lo voy a poder entregar. Un domingo todo el día encerrado y lo mismo no adelanté nada.

MEV:

LD: Sí, el viernes llegó una copia a la redacción y leí tu entrevista.

MEV:

LD: Me extrañaron esas declaraciones que hiciste.

MEV:

LD: Me parecieron totalmente reaccionarias. ¿Cómo a esta altura de las cosas vas a dudar sobre el divorcio y el aborto? No entiendo...

MEV:

LD: ¿En qué quedamos?

MEV:

LD: ¿Nunca en la vida te has arrepentido de algo?

MEV:

LD: Es decir que si la misma situación se te presentase, estás segura de que harías lo mismo...

MEV:

LD: Me da miedo lo que decís.

MEV:

LD: ¿Nunca le hiciste mal a nadie, mucho mal?

MEV:

LD: No sé... ¿Nunca le pegaste a nadie, o lastimaste a nadie?

MEV:

LD: ¿Nunca deseaste que se muriera alguien? Porque yo sí.

MEV:

LD: ¿Nunca tuviste ganas... de matar a alguien?

MEV:

LD: Sí, vos misma ¿nunca tuviste?

MEV:

LD: ¿Por qué no creés en el arrepentimiento?

MEV:

LD: Te mentí. La verdad es que la voté a ella porque en esos días teníamos una relación. No es cierto que le di el voto antes.

MEV:

LD: ¿Y adónde voy a ir a esta hora? Si quiero aire fresco abro la ventana.

MEV:

LD: Charlá un ratito más, después seguís durmiendo.

MEV:

LD: No me cuelgues.

MEV:

LD: Me da la impresión de que no creés nada de lo que digo. ¿Por qué no me creés?

MEV:

LD: Te quiero contar una cosa.

MEV:

LD: No... no me animo.

MEV:

LD: No, no cuelgues.

MEV:

LD: Yo le deseo la muerte.

MEV:

LD: No, era otra cosa que quería contarte.

MEV:

LD: De veras, es algo de lo que no me puedo olvidar.

MEV:

LD: Pero te aseguro que siempre que me acuerdo... me arrepiento.

140

MEV:

LD: Sí... una mujer. ¿Cómo te diste cuenta?

MEV:

LD: Le hice mucho mal. Yo tenía apenas 17 años.

MEV:

LD: Pero no lo tendrías que contar a nadie.

MEV:

LD: No, entonces mejor no.

MEV:

LD: Tenés razón, no está bien.

MEV:

LD: Te lo prometo.

MEV:

LD: Nunca más te voy a sacar el tema. Te lo prometo, de veras.

MEV:

LD: Bueno, hasta mañana.

Un bar, 7 de mayo de 1969

MEV:

LD: Un poco mejor me siento. Ya fiebre no tengo. Debe ser tu compañía.

MEV:

LD: No, no tengo ganas de volver a casa.

MEV:

LD: Si vos venís conmigo, sí. Y podemos charlar y escuchar música, si querés. Tengo una cinta grabada en África Central, música de una tribu. Antes de que me olvide, te queda bien ese color.

MEV:

LD: ¿Tenés miedo de que me tire un lance?

MEV:

LD: Bueno, tan vieja no sos. No exageres.

MEV:

LD: Bueno, pero si como decís vos ya un hombre te da igual que una planta o una silla, vení a casa.

141

MEV:

LD: Bueno, paseamos si querés.

MEV:

LD: No, estoy bien abrigado, no me hace nada.

MEV:

LD: De veras, te invito a ver algo, vamos a un cine.

MEV:

LD: Yo sí ¿pero vos la verías de nuevo?

MEV:

LD: ¿No tenés ganas de ver alguna otra?

MEV:

LD: Como quieras, nada entonces. Tal vez tengas razón.

MEV:

LD: Sí, me voy para la cama.

MEV:

LD: Tendría que ir a casa de una gente que les prometí pasar, pero estoy cansado.

MEV:

LD: No, pero tengo que ir. Acompañame vos.

MEV:

LD: No los conocés, les prometí una plata y me llamaron que la necesitan. Murió alguien y hay que ayudar a la mujer y los hijos. Pero voy a pasar otro día. Si vos me acompañás sí.

MEV:

LD: Tenés razón. No me conviene cansarme, mañana hay tiempo.

MEV:

LD: Pero si llego a casa y estoy desvelado te llamo por teléfono, así que prometeme que no te vas a quejar si te despierto.

MEV:

LD: Bueno, pero te llevo con el auto hasta tu casa.

MEV:

LD: ¿No vas a tu casa?

MEV:

LD: ¿Entonces por qué no querés que te acompañe?

MEV:

LD: Bueno, llamame vos entonces. Llamame antes de dormirte.
MEV:

Departamento de Leopoldo Druscovich, una hora más tarde

LD: (por teléfono) No, hoy ya es tarde, no va a llamar.
MEV:
LD: Sí, llamó ayer, no te lo dije. No sé por qué, no te quise
sacar el tema.
MEV:
LD: No, ya se ha dado cuenta.
MEV:
LD: No tiene coraje para eso.
MEV:
LD: No va a ir a San Pablo, no se va a animar.
MEV:
LD: No, se me ocurre a mí. Ella no dijo nada.
MEV:
LD: Ayer a la mañana. Lloraba, es lo único que hizo, no dijo
nada.
MEV:
LD: ¿Lástima de qué? Lo que quiere ella es usarme, de mí
qué le importa.
MEV:
LD: Qué le interesan a ella mis problemas.
MEV:
LD: Me decía a todo que sí.
MEV:
LD: No, eso es para los locos, que quieren que les digan a
todo que sí.
MEV:
LD: Mis problemas le molestaban, nada más, a todo me decía
que sí.
MEV:
LD: No se anima a contradecirme por eso, porque tiene mie-
do de que me enoje, y no le dé lo que ella quiere, tiene

143

miedo de que no la deje usarme.

MEV:

LD: Ella está siempre en sus cosas. Pero perdida. Está en lo de ella pero perdida. Con sus pastillas para dormirse y para despertarse. Hasta que un día se las tome todas juntas porque eso es lo que va a pasar. Nunca vi una suicida en potencia como ella.

MEV:

LD: Vos me odiás, no me perdonás el voto en contra.

MEV:

LD: No me digas eso.

MEV:

LD: Siempre sos vos la que cortás.

MEV:

LD: Hasta mañana, entonces.

MEV:

Departamento de Leopoldo Druscovich, 8 de mayo de 1969

LD: Desde esta mañana. Y ahora a la tarde la fiebre me subió más todavía.

MEV:

LD: Hablemos de otra cosa. Explicame tu defensa del estilo de vida argentino, me parece un disparate. Todo lo que dijiste en esa revista.

MEV:

LD: ¿Por qué te la agarraste con los drogadictos?

MEV:

LD: María Esther... yo no puedo dejar que esa mujer siga adelante. No tolero la injusticia.

MEV:

LD: Si mañana me siento mejor... la voy a llamar, y le voy a hablar.

MEV:

LD: Sí, está loca, pero nadie quiere darse cuenta.

MEV:

LD: Vos tenés que ir y decírselo.

144

MEV:

LD: A ella misma. Le tenés que decir que está loca y que no está en condiciones de presentarse en público, y asumir esa responsabilidad. Parte de la obra es su diálogo improvisado con los objetos, y se va a quedar muda delante de toda la gente. Decile eso, que se va a quedar muda delante de toda la gente.

MEV:

LD: Tenés que ir a verla y asustarla.

MEV:

LD: Si no la ves te juro que te vas a arrepentir.

MEV:

LD: Te vas a arrepentir.

MEV:

LD: No te vayas... (corre a la puerta y cierra con llave por dentro)

MEV:

LD: Te vas a arrepentir, porque yo voy a hacer una locura, y vos la podrías evitar.

MEV:

LD: Peor, vas a ser cómplice.

MEV:

LD: Tenés razón, está mal esto... pero solamente vos me podés ayudar. No sabés cuánto te envidio que tengas cierta edad y no te hagas más problemas.

MEV:

LD: Que ya no tengas que refregarte contra nadie para calmar los nervios ¡eso te envidio!

MEV:

LD: No... no te dejo ir...

MEV:

LD: Prometeme.

MEV:

LD: Mañana sin falta.

MEV:

LD: En la oficina, donde quieras.

MEV:

LD: Pero si no estoy bien tenés que venir acá.

MEV:
LD: Mañana sin falta, entonces.
MEV:
LD: ¿Seguro que me vas a ayudar?
MEV:
LD: ¿Por qué te voy a creer?
MEV:
LD: (deja que MEV vaya a la puerta y abra) Prométeme.
MEV:

Oficina de redacción de Leopoldo Druscovich, 14 de mayo de 1969

MEV:
LD: Creí que no ibas a llamar más.
MEV:
LD: No cumpliste.
MEV:
LD: Es cierto, estás aquí.
MEV:
LD: ¿Te vas?, ¿por cuánto?
MEV:
LD: Te ruego que no te vayas.
MEV:
LD: Aunque sea cerca, no te vayas.
MEV:
LD: No me siento bien, ¿no me lo creés?
MEV:
LD: Tengo la impresión de que no me creés nada, lo mal que
     me siento.
MEV:
LD: Nada de lamerse las lágrimas. No seas injusta.
MEV:
LD: No, no te vayas, pasó una cosa... estuve con ella.
MEV:
LD: Lloraba.
MEV:
LD: Nada más, me dijo que yo no tenía la culpa si la había
     dejado de querer, ese tipo de cosas me dijo, esas cursile-
     rías.

146

MEV:

LD: Ella dice que a mí me sigue queriendo a pesar de como soy, ese tipo de imbecilidades me dijo, que me quería... Con esas palabras. Y se fue a Playa Blanca, se fue donde está la madre.

MEV:

LD: No, no vuelve.

MEV:

LD: Sí, y me encargó que quemase sus cosas, porque no las quiere ver más, sus basuras rejuntadas.

MEV:

LD: ¿Alegrarme de qué?, ¿no ves lo que hay detrás?

MEV:

LD: Todo es una trampa. Vos no te podés dar cuenta porque no la conocés.

MEV:

LD: Es ella la que tiene que terminar con toda la basura esa.

MEV:

LD: ¿Por qué no me lo creés? Es así, te lo juro.

MEV:

LD: Ella va a terminar mal.

MEV:

LD: Tenés razón, ni le puedo pronunciar el nombre.

MEV:

LD: ¡Gladys! ¡Gladys! ¡Gladys! Ese nombre ridículo.

MEV:

LD: Yo sé que va a terminar mal, se va a matar. Y ojalá se matase ya.

MEV:

LD: No, un día se va a matar, estoy seguro, pero después que pase todo esto, San Pablo. Me va a arruinar la vida mientras pueda.

MEV:

LD: ¿Qué tengo?

MEV:

LD: ¿Por qué no te gusta mi mirada?, ¿qué tiene mi mirada?

MEV:

LD: Debe ser la fiebre. Estoy todo traspirado.

MEV:
LD: Sí me acompañás, sí.
MEV:

Departamento de Leopoldo Druscovich, momentos después

MEV:
LD: No quiero té, tiralo.
MEV:
LD: No, tiralo.
MEV:
LD: No me va a hacer bien, tiralo te he dicho.
MEV:
LD: (al ver que MEV tira el té sobre la alfombra de yute) ¿Qué hacés?
MEV:
LD: Tengo que contarte una cosa: hay algo que me da miedo...
MEV:
LD: Que se descubra una cosa...
MEV:
LD: ...Algo que hice, pero que hice sin querer.
MEV:
LD: Tenés razón, si lo hice fue queriendo. O no sé, no, no es verdad, ¡no lo hice queriendo!
MEV:
LD: Me arrepiento de lo que hice.
MEV:
LD: Sí, adivinaste, otra piltrafa como ella. Hace mucho tiempo.
MEV:
LD: No, yo nunca estuve preso.
MEV:
LD: No, nunca nadie supo nada.
MEV:
LD: Pero lo mismo no estoy tranquilo...
MEV:

148

LD: No. Es que algo me dice que un día... va a surgir alguna
    complicación.

MEV:

LD: Te lo voy a contar...

MEV:

LD: No sé.

MEV:

LD: Te ruego que te acerques más. Sentate acá cerca...

MEV:

LD: Gracias, así... Dejame apoyarme contra vos, dejame po-
    ner la cabeza sobre tus faldas... Te voy a contar una cosa,
    pero prometeme que no le vas a decir nunca nada a nadie.

MEV:

X

La anciana del guardarropa:	(en el camarín de las coristas que debutan esa noche en las "Follies" de Ziegfeld) Se me considera infalible, y creo que tú eres sin duda la que escalará la fama.
Lana Turner:	¡Gracias! (vuelve a mirarse al espejo para retocar su extravagante atavío)
Corista:	Ahora tienes que beber de esa copa llena, como lo pide la costumbre.
La anciana del guardarropa:	Sí, bebe el champagne de esta copa, eres la elegida.
Lana Turner:	(sin querer al darse vuelta hace caer la copa de la mano de la anciana, las demás coristas lanzan una exclamación de espanto) Perdón, espero que esto no sea un mal presagio.
La anciana del guardarropa:	(tratando de ocultar su profundo temor) No querida, no es nada...
Lana Turner:	Estaba distraída, pensando... en el amor, pensando en por qué los hombres que queremos no son como queremos...

(De *Las Follies de Ziegfeld*, Metro-Goldwyn-Mayer.)

15 de mayo de 1969

La oficina del Departamento de Policía ya descrita. El oficial acaba de colocar sobre su mesa de trabajo el diario de la tarde recién aparecido, abierto en la sección de noticias policiales. Su asistente, de pie, mira también el diario, por encima del hombro del superior. Suena el teléfono, el asistente atiende por el aparato que le corresponde, colocado sobre el escritorio más pequeño. En seguida avisa a su superior que se trata de la misma mujer que días atrás había solicitado asesoría psiquiátrica. El oficial pide a su asistente que grabe la conversación y se dispone a atender la llamada por su propio teléfono. El asistente no logra poner en funcionamiento el magnetófono y sin perder más tiempo abre un cuaderno y empuña una lapicera para tomar nota taquigráfica de la conversación. El oficial da la señal de conformidad y empieza a hablar. Durante la conversación repetidas veces deja caer la vista sobre los titulares del diario —"Quemó la casa con la amiga adentro", "Fracasó un asalto y un maleante resultó muerto", "Audaz asalto en Rosario: roban 4 millones", "Detenidos en Tucumán", "Cuatro sádicos menores", "Crimen del estanciero", "Quitóse la vida tras envenenar a sus dos hijos", "Menú completo", "El operativo en Tucumán", "Un grupo extremista asaltó un banco en Villa Bosch", "Informe sobre un grupo de extremistas"— y parte del texto que sigue a cada titular pero sin concentrarse en la lectura, prestando atención sólo a su interlocutora. La versión taquigráfica tomada es la siguiente:

—Hola

—Ud. no acordar mí

—Acordar

—Muy preocupada

—Hablar confianza

—Recordar hablarle mi conocido, violento, considerar peligroso

—Sí

—Ahora datos precisos

—Venir aquí inmediato perder tiempo, nosotros ayudar posible

—No necesidad yo ir, datos alarmantes, puedo teléfono, Uds. decidir después hacer qué querer

—No, Ud. aquí, todo simplificar

—No, tiempo perder, vida persona juego, hombre peligroso, yo no más responsabilidades, vida peligro correr

—Decir nombre hombre, ya

—Yo contar sucedido, no imaginado, Ud. encontrar nombre, no delatar sangre fría, ser amigo enemigo después

152

—Hablar

—Hombre ya otro crimen, hace años

—Seguir

—Él casar 63 después relaciones prematrimoniales mujer 2 años, siempre dificultad llevarse bien gente, nunca poder convivir nadie, mujer trabajar redacción revista, buena prematrimonial, miedo convivencia recordar siempre miedo peleas cuando joven, que perder control lastimar gente compañero colegio, violencia antiviolencia

—No interrumpir

—Esto delatar

—¿Preso peleas?

—No, pero no estar segura

—Seguir, él haber casado

—Buena prematrimonial, amistad esta mujer, compromiso no, libres, pacto fidelidad nada, eso esperanzar, animado buen signo animar casar, trabajar juntos revista, pero convivencia, hombre nervioso, imposible vivir alguien 24 horas día irritar, poner loco

—¿Cómo todo esto Ud.?

—Porque él contar, yo dar cuenta es así

—Seguir

—Pocos meses, contactos matrimoniales mal empezar otra mujer, corista, con relación física, esta mujer especie cómo decir, mantenida, casi prostituta recibir otros hombres dinero, mayores, dinero y entrevistas mi amigo entorpecidas ir venir otro señor, que pagar cuentas

—¿Cómo llamar él?

—No coraje, consulta no ser delación, yo llamar él X, facilitar comprensión, X empezar sentir atado, carnalmente esta mantenida, no tolerar frustración no verla ella ocupada otro amante, día timbre casa sin avisar no encontrar

—¿Esposa saber otra mujer?

—Sí, X contar todo, separar esposa, ella dejar redacción ir vivir Europa, vivir Europa sola mejor morir, querer volver, X quedar Buenos Aires, obsesión mantenida aumentar estar solo, un día ir casa sin avisar no encontrar, portero cómplice no dar dato, X sobornar portero verdad, portero contar mante-

153

nida dar orden no dejar entrar X porque tomar miedo X celoso posesivo, detalle importante, hacer amor X marcas cuerpo mantenida y amante oficial percibir, suerte Ud. este momento no ver porque poner colorada

—Yo no escandalizar, seguir

—Esa noche X guardia frente casa mantenida situada barrio calles árboles oscuras

—Perdón ¿cómo X contar Ud.? ¿cuándo?

—Ya días empezar contar, amenazas contra otra mujer todavía no nombrar, ayer ir su despacho encontrar enfermo pedir acompañara casa, temor pero lástima, acostar preparar té caliente, contar historia, según X nunca saber nadie

—X mantenida puerta calle, continuar

—Sí, ella llegar taxi X abordar, mantenida decir no ver X porque miedo porque vida organizada y X complicaciones, preocupación no distracción, X abrazarla pero mantenida desprenderse tocar desesperación timbre portero, X sentir avergonzado salir correr llegar esquina doblar aflojar paso, una cuadra allí notar alguien seguir, una mujer, ex esposa

—¿No estar Europa?

—Sí pero volver incógnito esos días llamar redacción después casa sin dar nombre temor rechazada, no poder encontrar última tentativa ir casa mantenida ver allí vereda agazapado una fiera deseo, no animar acercar, ella testigo escena X mantenida, preferir no intervención hasta X salir correr, entonces ella seguir hasta alcanzar

—¿Ella no miedo?

—No evidente enamorada, X decir ella únicamente acostumbrada cuerpo X, evidente ella no poder olvidar volver para relaciones, caminar empezar acariciar calles oscuras X nervioso después escena mantenida, hablar nada miedo tocar temas no ofender sentimiento mutuo incluso, repente X decir mejor no tocar, despedir allí, ella tomar mano llevar mejillas mendigar caricia, X repulsión modo ella rebajar orgullo deseo, ella abrazar fuerza, pocos pasos un baldío sumido oscuridad, X debatir excitación física y repulsión, ella separar X y entrar baldío, matorrales altos cubrir, él no resistir seguir, ella arrojar suelo desabotonar ropa, X de pie mirar empezar des-

154

vestir, empezar amor, él apasionado pero silencio, repente ella desligar cuerpo, ella pedir él decir querer ella, él no decir, él abrazar nuevo, ella negar cuerpo volver pedir declaración, él tomar fuerza intentar continuar acto ella debatir él superioridad fuerzas dominar, ella gritar él asustar soltar, inmóviles momento él miedo algún vigilante ronda oír entrar baldío, pasar segundos ella acomodar ropa él también vestir esperar momento si alguien venir baldío pero silencio total nadie oír nada, ella aprovechar levantar querer correr salir tropezar algo caer suelo, él alcanzar volver sujetar ella vestida él rasgar ropa volver poseer, ella amenazar gritar él atar jirón vestido boca completo descontrol ella zafar mordaza amenazar gritar, él ladrillo alcanzar mano ella forcejear él querer aplastar ladrillo contra cara fuera sí, ella aflojar brazos terminar quitar ropa, él amordazar nuevo esta vez nudos más fuerza deseo destrucción o sea autodestrucción, ella no mover, él poseer nuevo, ella no resistencia ni modo alguno tener ojos abiertos muy nada más, terminar acto él quitar mordaza, mujer no respirar, haber asfixiado

—¿Qué hacer cadáver?

—Cuidar nadie ver buscar auto volver baldío, cargar cuerpo viajar horas delta arrojar cuerpo sitio fuerte correntada

—¿Nadie ocupar mujer desaparecida?

—Nadie saber llegada país, él contar todo revivir pesadilla volver morir gozar aliviar dormir terminar relato llorar convulsivo, todo tiempo durar confesión cabeza mis rodillas como chico, yo levantar preparar té ya preparar otra taza mi llegada él furioso rechazar, ahora calmo aliviado, colocar almohada debajo cabeza, él tirado sofá volver cocina él sofá sonrisa, tazas té pedir segunda taza, fumar uno sacar coche acompañar casa hablar nada todo caminar sonrisa, puerta casa besar frente, volver su casa tener sueño

—Hombre muy peligroso, deber dar nombre

—Llamar Leopoldo Trescovich

—Deletrear

—D David R Rosa U único S Susana C Carlos O Osvaldo V Victoria I Ignacio C Carlos H Homero (aquí comunicación fin interlocutora colgar tubo)

Los textos del diario que el oficial leyó sin prestarles atención fueron los siguientes: 1) QUEMÓ LA CASA CON LA AMIGA ADENTRO — Santa Fe, 15 (de nuestro corresponsal) — Un irascible sujeto, tras una discusión, intentó eliminar a su compañera incendiando la casa. Abelardo García, argentino, de 45 años, luego de un altercado con su concubina Ernestina R. de Peralta, argentina, 50 años, cerró las puertas y ventanas de la vivienda precaria que ambos ocupaban en Yatay 3457, y luego de rociarla con combustible le prendió fuego y huyó. Felizmente algunos vecinos... 2) FRACASÓ UN ASALTO Y UN MALEANTE RESULTÓ MUERTO — Sarandí — Dos individuos irrumpieron en la perfumería ubicada en Laprida 2378, propiedad de Ignacio Prado, y amenazaron a éste con sendos revólveres. Mientras realizábase esta operación y los malvivientes pasaban a las dependencias privadas y se apoderaban de joyas y dinero, recibióse en la comisaría 4ª una llamada telefónica anónima, por lo que una comisión policial salió para el local situado a ocho cuadras del lugar donde desarrollábanse los hechos, y arribó cuando los dos individuos aprestábanse a retirarse. Sorprendidos por la policía, los dos malhechores retrocedieron y comenzaron a disparar contra los agentes. Éstos repelieron la agresión y uno de los delincuentes cayó mortalmente herido al... 3) AUDAZ ASALTO EN ROSARIO: ROBAN 4 MILLONES — Tuvieron que dominar a unos 100 empleados — Rosario, 15 (de nuestro corresponsal) — Alrededor de las 10.40 de esta mañana, cuatro hombres y dos mujeres cometieron un atraco en los establecimientos Persano y Cía., ubicados en Av. Jujuy 1800 llevándose 4 millones de pesos moneda nacional, tras lo cual se dieron a la fuga, sin que hasta el momento hayan podido ser localizados. A la hora indicada los autores del hecho descendieron en el lugar al que habían arribado en un coche taxi modelo Chevrolet 1964, chapa R.A.3075, penetrando rápidamente en el edificio. Dos de ellos vestían uniforme de la policía provincial, usaban chapas de la Policía Federal y portaban metralletas, en tanto una de las mujeres llevaba peluca rubia. ...Los individuos se apoderaron del dinero y abandonaron luego el local ascendiendo nuevamente al taxi en el que

156

habían llegado. Antes de hacerlo repartieron profusamente volantes escritos con tinta roja y firmados por un Comando de Acción Revolucionaria Popular "Liliana Raquel Gelin", donde se dice, entre otras cosas, que "hay que expropiar al oligarca Persano para que sus bienes vuelvan al pueblo que él mismo...\ 4) DETENIDOS EN TUCUMÁN — Tucumán, 15 (de nuestro corresponsal) — Fueron detenidas, tras espectacular persecución, dos personas que el 12 de diciembre pasado asaltaron la estación local de NX5, Radio Güemes, y despojaron de su arma y uniforme al agente que la custodiaba. Se trata de Emma Laura Schultze, argentina, de 25 años, estudiante, y de Raúl Arturo Rauch, de igual nacionalidad y 26 años, también estudiante universitario. La mujer tenía captura recomendada por ser activa participante de una célula subversiva, y el hombre estuvo en prisión por integrar una guerrilla que actuó en Orán, provincia de Salta. Se les secuestraron numerosas armas, incluida la del policía asaltado, y se busca a otros cómplices que... 5) CUATRO SÁDICOS MENORES — Con la detención de sus autores, que resultaron ser cuatro menores de 17, 16, 15 y 17 años, la policía de Bella Vista aclaró un grave delito privado cometido en perjuicio de una mujer de 26 años, en la madrugada del 2 del actual. En esa fecha, la víctima, cuyo nombre reservamos por razones obvias, denunció que encontrándose en casa de una pareja amiga, a las 4 de la madrugada llegó a la finca un auto en el que viajaban cuatro muchachones, amigos de la pareja, e invitaron a los tres a que los acompañaran a visitar a un amigo en la localidad de Moreno. Aceptada la invitación, emprendieron el viaje en dos autos. En uno la pareja y otro amigo, en el otro —un Fiat— la denunciante y los cuatro muchachones. Efectuada la visita emprendieron el regreso a Bella Vista, pero en la ruta 5 al salir de Moreno, perdieron de vista al otro rodado. El conductor desvió el vehículo hacia una calle de tierra, deteniéndose posteriormente y ordenando que todos bajaran. Ya en el suelo, los muchachones atacaron a la mujer y luego de golpearla, la despojaron de sus ropas y la sometieron a vejámenes mediante amenaza de muerte. La policía detuvo a los depravados y secuestró el vehículo utilizado para... 6) CRIMEN DEL ESTANCIE-

RO — Un Avión y una Mujer, Claves del Misterio — Mar del Plata, 15 (de nuestro corresponsal) — En un marco de lógica reserva, se desarrolla la investigación que se practica en la órbita policial y de los servicios de seguridad del Estado, con el fin de aclarar los móviles reales del asesinato del hacendado Antonio Romano, de 53 años, quien fue ultimado en su estancia de 16.000 hectáreas, ubicada en Mar Chiquita, por el joven estudiante de abogacía Norberto Crocco, argentino, de 28 años, con domicilio en la Capital Federal. Especialistas de los servicios de seguridad del Estado intervienen en la investigación porque se está afirmando la convicción de que se está ante un suceso derivado de un plan trazado por una organización política extremista. En efecto, por sobre el hermetismo de los funcionarios a cargo de la dilucidación del enigmático hecho de sangre, ha trascendido que se considera que el objeto de los terroristas era perpetrar un atentado en la base de lanzamientos de cohetes de la Fuerza Aérea, instalada sobre la Laguna de Mar Chiquita; posiblemente, el objetivo que debía alcanzar Crocco era volar el polvorín de la base, con lo que se creía lograr un "impacto" sensacional en la opinión pública. Y Crocco habría llegado a la estancia de Romano porque este empresario y hacendado era la única persona —además de los militares— que tenía acceso a la base. Poseía una llave que le permitía el ingreso y este privilegio era consecuencia de la confianza que se le tenía, que partía desde la fecha en que Romano prestó toda su colaboración a la Aeronáutica militar, cuando se realizaba la construcción de la... 7) QUITÓSE LA VIDA TRAS ENVENENAR A SUS DOS HIJOS — Berazategui — En una precaria finca de la quinta colonia Del Carmen, Edelmira Barraza de Pintos hizo ingerir sulfato de nicotina a sus hijos Antonio Eufrasio y Froilán Pedro Pintos. Cuando se produjo el deceso de los niños la mujer tomó la misma droga que también le causó la muerte. En el escenario de la tragedia la policía halló una carta en la cual la mujer detalla los motivos que... 8) MENÚ COMPLETO — Un Comando Repartió Carne Gratis y Otro Hizo una "Donación" de Leche — Córdoba (de nuestra agencia) — Ayer, la leche; hoy, la carne, y mañana ¿qué? Los habitantes de un barrio de emergencia recibieron un reparto gratuito de carne, a primera hora de la mañana de ayer. Apenas clareaba cuando fuertes bocinazos alborotaron a los habitantes del barrio Güemes, una villa de emergencia. Al grito de *¡carne gratis para todos!* desde un camión se convocaba a la gente que no tardó en volcarse junto al vehículo, donde un comando extremista comenzó el reparto del producto. ...Sánchez conducía el camión de reparto de carnes, que pertenece al frigorífico "Albini", cargado de varias reses para distribuir entre su clientela cuando a la altura del kilómetro 3, camino a San Roque, cuatro individuos que descendieron de un automóvil Fiat 1500, a los que se unió después otro individuo, que iba en bicicleta, le interceptaron el... 9) EL OPERATIVO EN TUCUMÁN — En otro operativo realizado en Tucumán, por tres hombres y una mujer, fue asaltado el trasportista de un tambo que llevaba 220 cajones de leche, repartiendo luego el producto en una villa de emergencia junto a las vías ferroviarias, allí donde... 10) UN GRUPO EXTREMISTA ASALTÓ UN BANCO EN VILLA BOSCH — En un operativo de tipo comando, que demandó sólo cinco minutos, ocho hombres y una mujer, que se identificaron como integrantes del grupo extremista denominado Montoneros, asaltaron ayer de tarde la sucursal Villa Bosch del Banco de Hurlingham S. A. Tras herir a un oficial de policía que se hallaba de consigna, redujeron a alrededor de veinte clientes y a seis empleados y se apoderaron de... 11) INFORME SOBRE UN GRUPO DE EXTREMISTAS — Córdoba — Se conoció en esta ciudad el informe elevado a la superioridad por personal de la Seccional 10ª de Policía, relacionado con las actividades de la organización clandestina FAR (Fuerzas Armadas Revolucionarias), que ejecutó en esta capital diversos hechos, entre ellos el cruento asalto a la sucursal Fuerza Aérea del Banco de la Provincia de Córdoba. El extenso informe señala que como consecuencia del fracaso de un operativo realizado por el FAR contra la sucursal Quilmes del Banco de la Provincia de Buenos Aires, la dirección nacional de la organización subversiva dispuso el traslado a esta ciudad de uno de sus integrantes (identificado a raíz del frustrado atraco), quien asumió la personalidad de Jorge Pedro Camalot y se radicó en Castelar 833, en compañía de la llamada Laura Susana Kait (cuya verdadera identidad era Raquel Gelin). Ambos se dedicaron a la tarea de reclutar elementos para constituir células locales de la organización. Los nuevos adeptos recibieron como nombres de batalla los seudónimos de...

XI

Bette Davis: (imperativa mujer otoñal, se pasea nerviosamente por la sala de su mansión sureña, pocos años después de la guerra de Secesión, mientras su marido enfermo la mira desde la silla de ruedas) Ya sabes que por algo me casé contigo. Y el motivo al final resultó ser éste. (pausadamente) No era lo que yo pretendía, pero ahora debo conformarme. Nunca lo tuve muy claro, aunque (su marido se lleva angustiosamente la mano a la garganta) era fácil prever que tú morirías antes que yo. Pero lo que nunca se me ocurrió es que enfermarías del corazón tan pronto y tan gravemente. Soy una mujer de suerte, Horacio, siempre he tenido suerte (el marido con dificultad acerca la silla de ruedas a la mesa donde está el remedio). Y seguiré teniendo suerte (el marido la mira, parece faltarle el aire, extiende la mano para alcanzar el pequeño frasco medicinal, lo destapa, el frasco escapa de su mano temblorosa, cae al suelo y se hace pedazos; ella no se mueve, su marido se asfixia lentamente; ella lo mira sin moverse hasta estar segura de que ha muerto, después se levanta para pedir auxilio a la servidumbre)

(De *La Loba*, Samuel Goldwyn-RKO.)

161

Noche del 19 al 20 de mayo de 1969

A continuación se enumeran las principales acciones imaginarias de Leo durante su insomnio:

1) En el cuarto de estar de su departamento, sobre la alfombra, hay una mancha. Se trata de un charco de líquido blancuzco y pegajoso, pero esas particularidades se distinguen con dificultad debido a la penumbra. La puerta principal que da al pasillo del piso ha quedado abierta y se entrevé un galgo, con llagas de sarna en las patas, que se aleja y se vuelve a acercar. El galgo entra, exhala vaho caliente por el hocico, chasquea la lengua y descubre junto a la mancha a un hombre desnudo tirado en el suelo. El hombre no se mueve. Si el hombre se mueve el galgo puede abalanzársele y morderlo. El galgo mete la lengua en el charco, del hocico le gotea el líquido viscoso. El hombre desnudo acerca una mano a la ingle para cubrirla, el galgo gruñe, el hombre detiene la mano, con dentelladas filosas y rápidas el galgo podría arrancarle jirones de piel, produciéndole intensas hemorragias. El hombre observa una mancha oscura de sarna en las costillas del galgo. Éste saca la lengua, que a corta distancia revela brotes amarillos en forma de pólipos, y la acerca a la ingle del hombre desnudo. La puerta del departamento sigue abierta, desde el pasillo se podría observar lo que está ocurriendo. El hombre abre desmesuradamente los ojos al notar que el galgo tiene ubres negras y rugosas entre costras de sarna pegadas a la pelambre gris. El galgo saca aún más la lengua, le chorrea baba espesa como el líquido del charco, lame la ingle del hombre, después el vientre, el pecho y finalmente la boca. El hombre permanece inmóvil, observa que debajo del pescuezo es donde supura la llaga más grande, cargada de pus. Se oyen pasos en la escalera, el animal mira hacia la puerta; en el suelo, al alcance de la mano del hombre, yace una zapatilla, el hombre la ve, estira la mano, la aferra y descarga un fuerte golpe en las ubres del animal. Éste lanza un quejido apagado. Le manan gotas de sangre que pronto coagulan y se tornan negras como las ubres. El animal se agazapa en un rincón del cuarto, temblando. El hombre va a la ducha, abre el grifo, toma un trozo de jabón, produce espuma abundante y blanca, elimina cui-

dadosamente toda suciedad. El animal no se mueve del rincón, no sangra, un hilo incoloro de baba le cuela de entre las patas y ensucia el piso. Momentos más tarde por una vereda amplia y arbolada avanza una pareja de aspecto aseado. Es una tarde de sol. La pareja está próxima a llegar a la esquina. Debe atravesar la calle. El tráfico es continuo, es preciso esperar junto al cordón de la acera hasta que se produzca el cambio de luces en los semáforos. Los automotores de trasporte pasan veloces a pocos centímetros y si él le diera un empujón seco y decidido, tres segundos antes del paso de un ómnibus a toda marcha, la víctima sería arrollada. Pero en tal caso el conductor del ómnibus podría descubrir la maniobra.

2) Un cuarto de hotel, aparentemente su aspecto es aséptico. Un letrero de la calle se enciende y se vuelve a apagar. Una cama, esqueletos de peces, restos de naufragios, objetos diseminados en la oscuridad. Otros despojos: una pelota de goma rajada, piedras pulidas, un cuerpo fláccido de mujer tirado en el suelo. El letrero vuelve a encenderse, no hay rastros de violencia en el cuerpo de la mujer. El letrero se vuelve a apagar. En cambio a la luz cruda de la mañana el inspector de policía recorre al tacto el cadáver, camarera y conserje también notan que de entre las piernas se cuela un hilo de baba incolora que cae al piso. La mano del inspector palpa el cuerpo frío y cuando llega a la tráquea nota que está quebrada. Explica que ciertos golpes de karate quitan la vida sin manchar de sangre, ni a la víctima ni al criminal. Uno por uno los empleados son sometidos al interrogatorio, todos concuerdan en que no han visto a nadie subir hasta el cuarto. El criminal no ha dejado rastro alguno, existe la posibilidad de que haya sido un crimen por robo. Se archiva el caso.

Hasta que una denuncia sorprende a las autoridades policiales, durante una tarde de fuerte calor. Antes de la puesta del sol se enfrenta al autor de la denuncia con el acusado. Éste ve al fondo de un pasillo oscuro aparecer una figura conocida, de andar erguido. El acusado tiembla de rabia al verlo avanzar, lo insulta, lo llama traidor. Éste repite ante el acusado sus cargos, viola el secreto profesional y sin pruebas materiales, solamente en base a deducciones psiquiátricas, inculpa a quien en ese momento tiene las manos amarradas con grilletes. Los pesquisas escuchan atentos, el médico enarca una ceja, por último fija una mirada de índole mesmérica en el acusado. El crimen se dilucida. La condena es prisión perpetua, por homicidio premeditado.

En su celda sin luz, para el penado los días y las noches son iguales. Lentamente en la oscuridad las membranas de la retina se atrofian, hasta volverse duras y frías como vidrio. Pasan muchos años. El penado tiene las sienes blancas cuando llega el indulto por buena conducta. Se abren las puertas de la penitenciaría, un perro guía al ciego en su camino, hasta llegar a una casa muy humilde. Es campo abierto, un lugar totalmente solitario. Para el anciano allí también los días son iguales a las noches, hasta que comienza a diferenciarlos porque cuando sale el sol sus malestares se agudizan, sus dolores de cabeza se vuelven intolerables. El perro no se aleja del amo, parece saber que está enfermo y sufre. Bajo el sol de mediodía se intensifica el padecimiento y, como las retinas, también parte de su masa encefálica se está convirtiendo en vidrio. Se trata de una lesión cerebral, una deformación de las células, consecuencia de veinte años en la oscuridad total. El perro por primera vez se aleja de él y recorre kilómetros, ladra hasta despertar a los ocupantes de la casa más cercana. Médicos con casquete y barbijo manejan cuidadosamente el instrumental quirúrgico, tratan de extirpar de raíz el tumor. Se sabe que la intervención es riesgosa, debe ser realizada con precisión y suma rapidez. Las manos enguantadas accionan con ritmo acelerado. Pero promediada la operación el afán es inútil, un enfermero retira lentamente el cuerpo inerme del paciente. Los árboles de la humilde casa aislada en medio del campo están perdiendo sus hojas, los vientos fuertes del otoño las barren de un lado para otro, sin cesar. Algunas se acumulan al fondo del huerto, y por momentos cubren el montículo de tierra que rodea a una cruz de madera. Allí un perro lanza aullidos que nadie oye.

3) El avión despega con rumbo a San Pablo. Una de las pasajeras teme a las alturas y toma el brazo de su compañero. Éste con dificultad logra ocultar un gesto de repulsión. Se tra-

ta de un criminal peligroso. Ella no lo sabe. Ya alcanzada la altura de crucero, impasible él reclina el asiento para descansar. Minutos antes de aterrizar se divisan los rascacielos de San Pablo. El aeropuerto está colmado de gente, al pasar los trámites de inmigración, el viajero comprueba que un argentino entra a Brasil con cualquier documento de identidad, y ese documento no es sellado y fechado por nadie: deduce que lo mismo sucede de vuelta a Buenos Aires cuando se procede de un país limítrofe.

Anochece temprano en el trópico, el reloj del Pabellón Internacional de la Muestra indica las seis de la tarde. Esqueletos de peces, restos de naufragios, a la vista también una pelota de goma rajada, piedras pulidas, objetos diseminados. Después de horas de trabajo bajo la dirección de él, ha quedado listo el ángulo del salón donde la obra será verbalizada ante el público. Él mira a la autora y le dice que allí ya él no es imprescindible, su misión organizativa está cumplida. Ella empalidece al verlo partir sin otra explicación. Él llega al aeropuerto, presenta su boleto y el empleado retira el cupón correspondiente, sólo allí figura el nombre del viajero, el cual recibe a cambio la tarjeta de embarque. Un bulto de mano es todo su equipaje, faltan pocos minutos para la salida del vuelo, el viajero impasible compra un diario, por altoparlante una voz femenina anuncia en varios idiomas la salida del vuelo a Buenos Aires y la correspondiente puerta de embarque. El viajero se presenta y entrega como es debido su tarjeta, pero ya en la rampa, subrepticiamente, se aparta del grupo de pasajeros y se oculta en un hangar. La azafata avanza al frente del grupo y no advierte nada. El viajero oficialmente ha dejado el país a las veinte horas, el único control consiste en la tarjeta de embarque y el cupón donde figura su nombre.

El viajero pasa de ese hangar a un pasillo, de allí al restaurante de los empleados, deja el bulto de mano en un casillero automático del inmenso vestíbulo del aeropuerto, toma un taxi y se dirige al hotel en que ella se hospeda, él ha retenido la llave del cuarto. Pero debe pasar frente a la conserjería, subir por el ascensor, el ascensorista lo reconoce y se asombra al verlo de vuelta ¿acaso el viajero no debía partir en el avión de las veinte horas? El viajero pasa del hangar a un pasillo, de allí al restaurante de los empleados, deja el bulto de mano en un casillero automático del inmenso vestíbulo del aeropuerto, toma un taxi y se dirige al Pabellón Internacional de la Muestra. En la entrada hay un guardián. Da un rodeo y salta el paredón, todo está a oscuras, se oyen pasos, se entrevé el haz de luz de una linterna, por el pasillo se acercan ella y el guardián. Él se oculta tras una columna, el guardián descorre una de las pesadas cortinas de lona y entra la luz lunar, ella dice que le basta para efectuar la inspección deseada, el guardián se retira con su linterna. Ella está de pie inmóvil, mira fijo sus objetos diseminados. Él se acerca en puntas de pie y su figura se recorta contra un ventanal. Ella no puede verlo pues ha cerrado los ojos, tiene entre sus manos un resto de naufragio cubierto de herrumbre, lo lleva contra su pecho, murmura el nombre del criminal con acento afectuoso. Él le responde que allí está, presente, ella lo ve y se arroja a sus brazos. Él la empieza a desvestir, ella no ofrece resistencia, él la tiende desnuda sobre el mosaico, cubre la boca de ella por temor a que grite de dolor y alguien acuda en su ayuda. Ella no ofrece la menor resistencia, él la penetra y ella no intenta huir, pero inexplicablemente la erección cede y él no sabe qué hacer. Por el pasillo se acercan ella y el guardián. El criminal se esconde tras una columna, el guardián descorre una de las pesadas cortinas de lona y entra la luz lunar, ella dice que le basta para efectuar la inspección deseada, el guardián se retira con su linterna. Ella está de pie inmóvil, mira fijo alguno de sus objetos diseminados, comienza a hablarles, les dice que ha logrado su propósito valiéndose sólo de la ingenuidad de un hombre. Lanza una carcajada sarcástica, el eco la reproduce en las salas semivacías. La carcajada se corta, ella ha notado que falta de entre sus desechos un ancla pequeña de hierro herrumbrado, se estremece, ya es tarde.

El paciente nota una sombra de sospecha en la mirada de su médico. Este último no demuestra comprensión después de oír la confesión del crimen. El paciente está seguro de que el médico rumia un plan. El paciente cierra los ojos, el bullicio de la calle lo irrita, no le permite concentrarse en el fluir de su conciencia, se queja de ello al médico. Éste responde que al paciente lo perturban otras voces, en su conciencia, que no logra acallar. El paciente teme que el médico traicione el secreto profesional y lo denuncie a la policía. El médico le asegura total discreción, pero exige no ser tomado por tonto ya que el asesinato de la mujer nunca tuvo lugar y ella ha de estar escondida en algún paraje secreto, puesto que el cadáver hallado en el pabellón, carbonizado, no era el de ella. El paciente asegura que el cadáver no fue carbonizado. El médico cuenta que después del asesinato el criminal roció de alcohol el cadáver, lo hizo arder, y por eso nunca supo a quién mató, después de la violación en la oscuridad. El cadáver carbonizado, de una mujer o un hombre, no pudo ser identificado. El criminal le asegura no haber quemado el cadáver y vuelve a pedirle que no viole el secreto profesional. El médico enarca una ceja, fija en el paciente una mirada de índole mesmérica y agrega que ningún secreto profesional lo vincula a otro crimen, cometido hace mucho tiempo. El paciente finge no darse cuenta de nada, ante lo cual el médico se irrita. El paciente está inmóvil en su diván, el médico agrega que durante las sesiones de análisis ha logrado dar con la clave de la personalidad del paciente, y ello le ha llevado a descubrir un crimen perfecto, cometido en un baldío, muchos años antes. El médico va hacia el teléfono, da la espalda al paciente, toma el receptor. Junto al paciente hay un cenicero de piedra coloreada, cuarzo, más liviano que un ladrillo. El médico marca un número de las habituales seis cifras, segundos después la línea ya está formada y suena una campanilla en el otro extremo de la comunicación. El cuarzo en bruto presenta una superficie áspera, el brazo lanza el golpe con toda su fuerza y aplasta la nuca del médico, un oficial de turno contesta al otro extremo de la línea, el criminal toma el tubo y se disculpa por haber marcado un número equivocado. El cuerpo inmóvil del médico yace sobre la alfombra persa, el criminal rasga las ropas del médico, lo desnuda casi y se dispone a evacuar su intestino sobre el muerto. Pero en ese preciso momento se oyen pasos: por el pasillo se acercan ella y el guardián. El criminal se esconde tras una columna, el guardián descorre una de las pesadas cortinas de lona y entra la luz lunar, ella dice que le basta para efectuar la inspección deseada, el guardián se retira con su linterna. Ella queda de pie inmóvil, mira fijo algunos de sus objetos inanimados, lanza una carcajada sarcástica, el eco la reproduce en las salas semivacías, la carcajada se corta, ella ha notado que falta de entre sus desechos un ancla pequeña de hierro herrumbrado, se estremece, ya es tarde, no alcanza a darse vuelta, una mano crispada descarga el ancla con toda su fuerza en el cráneo de ella. El cuerpo cae sin vida, el criminal rasga las ropas de la mujer, aparecen a la vista órganos femeninos, el criminal se dispone a ultrajar las carnes de la muerta. La piel caliente de él entra en contacto con la piel fría de ella. El criminal tuerce la boca en un rictus de placer, agita las mandíbulas. Pero en ese preciso momento se oyen pasos, por el pasillo se acerca el guardián. El criminal se ve obligado a interrumpir el acto. Huye, salta el paredón, corre por las calles.

El aeropuerto de San Pablo se ve casi desierto, está por despegar el último avión de la noche, su destino es Foz de Iguazú, pequeño poblado brasileño junto a la frontera argentina. Se trata de un vuelo dentro del país, no hacen falta documentos, nombre, o dato alguno, el boleto se compra como si fuese para un viaje de ómnibus metropolitano, y aún no ha amanecido cuando el avión aterriza en la selva. A lo lejos como un trueno continuo se oyen las cataratas, a pocos pasos un río marca la frontera natural con la Argentina. Por pocos dólares el criminal la cruza en un bote precario de contrabandistas, mira fijamente las luces de la orilla opuesta. Son pequeños faroles coloreados que no se apagan en toda la noche, indican que allí se levanta un burdel tropical. El criminal entra, pide una copa mientras observa los rostros fuertemente pintados de las prostitutas. Pronto amanecerá, se oyen maracas lejanas y bongós. Una cama antigua de bronce, luces rojas mortecinas, desde su aro una cacatúa observa a la pareja. El criminal quiere poner fin a esa noche larga, la mujer se desnuda y se acuesta, no opone resistencia, las piernas están abiertas. El criminal la acaricia, las carnes de la mujer son fláccidas. El criminal le cubre la boca con una mano por temor a que grite de dolor y alguien acuda en su ayuda. Los ojos de la prostituta se abren desmesuradamente, faltan pocos minutos para que amanezca pero el cielo todavía está negro. Ella tiembla de miedo, pero sin motivo, porque él ya la suelta, las carnes fláccidas de ella le han dado asco. La mujer sale del cuarto con unos pocos billetes en la mano y deja la puerta abierta, él está sin fuerzas para intentar nada más, pero no puede dormir sin haber expelido de su cuerpo la sustancia que lo intoxica, mira la puerta abierta, no tiene energía para levantarse e impedir que entre el galgo. El criminal cierra los ojos, el galgo tiene manchas de sarna, el galgo le lame entre las piernas con la lengua amarillenta, la noche termina, sale el sol y las cataratas brillan, las pesadas cortinas de lona están descorridas, el sol ilumina el salón vasto donde hay disemina- dos objetos varios, tales como hierros enmohecidos, maderas carcomidas, una pelota rajada de goma, un ancla ensangren- tada, el cráneo destrozado de una mujer, manchas de sangre en el piso, un charco de líquido blancuzco y pegajoso. La no- che ha terminado, empieza el día, el galgo pisa el charco, en- sucia por donde camina, sale de la habitación.

XII

El joven compositor:	(recorriendo un bosque que se espeja en el lago Nahuel Huapi) Es extraño que este paisaje no la haga vibrar, porque su alma se reconoce en la belleza.
Mecha Ortiz:	(misteriosa mujer madura de la que sólo se sabe que enviudó hace tiempo y rehusa hablar del pasado) ¿Qué sabe Ud. de mi alma?
El joven compositor:	Creo empezar a conocerla.
Mecha Ortiz:	(hostil) Para conocer un alma es preciso dominarla.
	(De *El canto del cisne*, Lumiton.)

La oficina ya descrita del Departamento de Policía, 20 de mayo de 1969

Oficial: Y eso es todo. Nos tiene que perdonar por haberlo hecho venir hasta aquí.

Leopoldo Druscovich: No, no faltaba más. Yo les agradezco que me hayan puesto al tanto.

O: Imagínese, pese a que la denuncia era anónima creímos que había algo real detrás del asunto, y la investigación se hizo con toda urgencia. De modo que nos tiene que perdonar.

LD: No, al contrario, yo se lo agradezco.

O: Ayer llegó la comunicación de Interpol, y con eso pensamos que el caso se podía dar por terminado.

LD: Uds. trabajan también con Interpol...

O: Sí, nos manejamos también con comunicados por teletipo... En su caso fue así. Espere un momento. Tengo la traducción en uno de estos cajones... Disculpe un segundo.

LD: No, discúlpeme Ud. a mí. Busque tranquilo no más. Pero lo que no quiero es hacerle perder tiempo. Deje... si no lo encuentra.

O: No, estoy seguro de haberla visto hace un rato.

LD: Siento molestarlo tanto...

O: Aquí está... Se la leo: "San Pablo, 19.5.69. Respondiendo cable 438 de 16.5.69 referente Folio 38.967 comunicamos resultado investigación ciudadana Amalia Kart de Silveira residente Río de Janeiro actualmente en ésta por organización participación argentina en Bienal presente año mes julio stop documentación permitió corroborar trátase de la misma persona Amalia Kart ex de Druscovich stop matrimonio realizado en Carmelo Uruguay y disuelto mismo país por resolución Corte Civil de Montevideo legajo número 17.897 fecha 7.12.64 stop nuevo matrimonio celebrado Río de Janeiro 3.9.67 stop la nombrada declaró estar en relaciones amistosas con ex marido y desconoce razones denuncia efectuada ante Departamento Policía Buenos Aires y demostró con papeles fehacientes actual colaboración laboral con ex marido en relación Bienal stop".

LD: Es todo cierto.

O: Fue muy simple, entramos aquí en Buenos Aires en contacto con la familia de su ex esposa, ellos nos dieron el actual paradero e Interpol hizo el resto.

LD: Muy bien...

O: ¿Ud. nos puede dar alguna pista sobre la identidad de la falsa informante?

LD: No.

O: Piénselo bien. Si tiene la más mínima sospecha lo tiene que decir, que nosotros le podemos ayudar a aclarar del todo el caso, esa mujer ha incurrido en delito de falsa información. Y a Ud. lo puede seguir persiguiendo, le puede causar problemas. ...Ud. está en todo su derecho si se defiende. Incluso le tendría que seguir causa por difamación. Según ella Ud. es peligroso y ocupa un puesto que no le corresponde, que no está en sano juicio y vuelve todo lo que toca en... ¿cómo era que dijo? cómo era... No, no me acuerdo.

LD: No importa.

O: Si en este momento no se le ocurre quién puede haber sido, vaya y pase. Pero esté alerta y al primer indicio llámenos.

LD: Le agradezco mucho, le prometo... que si llego a saber algo los voy a llamar... ¿Ahora puedo irme?

O: Cuando guste, caballero.

LD: ¿Y la persona que informaba ya sabe lo de Interpol?

O: Sí, desgraciadamente no contamos con el progreso técnico debido, y no podemos situar una llamada telefónica, quiero decirle, descubrir desde dónde llaman. Lo único que pudimos hacer fue exponerle la verdad y amenazarla con una investigación si llegaba a insistir.

LD: ¿Puedo irme?

O: Cuando guste. Ud. es inocente de la muerte de su ex esposa, que por suerte goza de buena salud.

LD: Los saludo entonces, les agradezco que se hayan preocupado por mí.

O: Es nuestro deber.

LD: Buenas tardes, y gracias de nuevo.

O: Para eso estamos, caballero.

LD: Buenas tardes.

O: Muy buenas.

Leopoldo Druscovich salió del Departamento de Policía y caminó hasta su coche estacionado a poco más de una cuadra de distancia. Debía pasar por la redacción de la revista a buscar algunos papeles oficiales y de allí dirigirse a una repartición estatal para adelantar el trámite de la presentación argentina en San Pablo. Pese a la urgencia del caso Leo decidió que antes le era indispensable pasar por un espacio abierto donde respirar aire más puro. Se dirigió al puerto, pero una vez en la entrada vio que la policía detenía a los rodados que regresaban de la dársena y los revisaba en busca de posibles contrabandos. Retrocedió, tomó una larga avenida y después de treinta minutos de marcha obstaculizada por el tráfico llegó al límite de la capital con la provincia. Eligió una carretera amplia y se alejó 40 kilómetros. Bajó en un bar del camino y bebió una gaseosa. Pidió permiso para usar el teléfono privado, no había otro, y avisar a la redacción de la revista que se encontraba indispuesto, no se haría presente hasta el otro día. Pero la comunicación era de larga distancia y no había línea disponible. Volvió al rodado, estaba por arrancar cuando el mozo lo alcanzó para cobrarle la gaseosa que inadvertidamente había dejado sin pagar. Abonó la cuenta y dio una propina equivalente al gasto efectuado.

Manejó a muy baja velocidad de vuelta a la capital. Llegado a la avenida de cintura debía tomar a la derecha para dirigirse a su casa, pero sintió un rechazo incontrolable y dobló hacia la izquierda. Llegó a un barrio de clase media acomodada. Vio un garaje con letrero que garantizaba la limpieza del rodado en pocos minutos y preguntó cuánto tardarían en limpiarlo. La hora que tomarían la empleó en caminar por los alrededores. A varias cuadras sintió sed, entró en una heladería y pidió un cucurucho. El empleado le preguntó qué sabor prefería. El cliente sintió gran dificultad en concentrarse, miró la tabla que ofrecía veinte tipos diferentes. Estuvo a punto de decir que no tenía preferencia pero se abstuvo porque supuso que tal respuesta podría resultarle extraña al empleado. Volvió a mirar la tabla tratando de concentrarse, el primer nombre rezaba "limón". Lo ordenó, y en seguida pensó que nunca le había gustado, balbuceó entonces un principio de frase pero no la completó. El empleado lo volvió a mirar sin por eso detenerse en la confección del cucurucho, el cliente seguía mirándolo fijo, el empleado le pidió que fuera a pagar a la caja y volviera con el vale. Pero frente a la caja no pudo encontrar la billetera, en efecto la había olvidado dentro del rodado, después de pagar al mozo del bar provincial la había colocado provisoriamente en la guantera. Se quitó la chaqueta y dijo que la dejaba en prenda mientras iba a buscar el dinero. El cajero respondió que no hacía falta pero el cliente dejó la chaqueta junto a la caja registradora. Estaba ya en la vereda cuando el empleado del mostrador lo llamó para que retirase su compra. El cliente volvió atrás y recibió el helado, se alejó a grandes pasos. Tenía mucha sed, sorbió dos veces fuertemente, el frío le azotó las estribaciones nerviosas de la dentadura, se dispuso a sorber con más cuidado pero de la mano inclinada y temblorosa había caído la crema helada al suelo. Sus dedos sostenían sólo el cucurucho y la crema al caer le había manchado el pantalón. Un escalofrío lo sacudió al ver los rastros blancos algo más abajo de la bragueta y sobre la pantorrilla, los transeúntes podrían concebir algo obsceno. Buscó un pañuelo para limpiarse, pero el pañuelo había quedado dentro de la chaqueta. Trató de limpiarse con la mano. A paso cerrado llegó a la estación de servicio. En el baño limpió con agua los pocos rastros que quedaban, pero al quedar el pantalón mojado de la entrepierna para abajo parecía que se había orinado. Para evitar ocurrencias grotescas a quien lo viera mojó el pantalón también desde la entrepierna hasta la cintura. La limpieza del rodado todavía no había sido efectuada, decidió no esperar y volver a pie a la heladería. Pocos pasos antes de llegar pensó que toda su actitud había sido sospechosa, el cajero podía haber llamado a la policía en el ínterin, y cualquier interrogatorio ulterior podría serle adverso. Pero el coche policial no estaba estacionado en la puerta, aunque podría llegar de un momento para otro. Pensó que si se apresuraba podría retirar la chaqueta y salir corriendo, los dueños de la heladería no lo podrían detener sin orden escrita o sin un arma. Aceleró el paso y entró decidido. Pagó, retiró la chaqueta, dijo gracias y una vez en la calle caminó de prisa hasta la esquina, dobló y ya fuera del campo visual de los heladeros se dio a la carrera. En cada esquina volvía a doblar, así corrió tres cuadras sin parar. El cansancio lo obligó a detenerse, se reclinó contra un árbol. Por entonces sus razonamientos, en términos resumidos, eran los siguientes: María Esther Vila estaba a sabiendas de que él no había matado a una mujer; habiendo descubierto María Esther Vila que él no había matado a una mujer en un baldío, podía deducir que en un baldío él había cometido otro crimen, diferente; un nuevo llamado a los inspectores de policía los pondría en la pista; la investigación incluiría interrogatorios a sus conocidos, entre ellos a su médico, quien recordaría que el acusado cuando adolescente había actuado en forma violenta armado de un ladrillo.

Permaneció junto al árbol algunos segundos, recobró el

aliento y fue a buscar su coche. Manejó con extrema prudencia temiendo ser detenido por un agente de tránsito, lo cual implicaba exhibir los documentos de identidad. Al acercarse a la esquina de su casa aminoró algo la marcha, desde allí se dispuso a avistar vehículos de la policía estacionados junto a su puerta pero no divisó ninguno. De todos modos continuó el rodeo de la manzana entera antes de descender. Pasó a poca velocidad por la otra esquina repitiendo la operación desde el ángulo visual opuesto. No había evidencia de vigilancia policial. Estacionó el auto a dos cuadras y caminó aparentando serenidad hasta la puerta de calle del edificio de departamentos en que vivía. Por entonces sus razonamientos, en términos resumidos, eran los siguientes: si mataba a una mujer podría demostrar a María Esther Vila que siempre su intención había sido ésa, y una vez convencida de sus verdaderas intenciones la nombrada dejaría de indagar sobre el crimen del baldío.

En la puerta de calle no había nadie, después de las nueve de la noche el portero cerraba y se retiraba hasta el día siguiente. El ascensor estaba en el último piso, temió permanecer en el vestíbulo esperándolo y subió por la escalera hasta su departamento. Antes de entrar miró si pasaba luz por debajo de la puerta. Estaba oscuro. Se acercó sin hacer el menor ruido y pegó la oreja a la puerta. No se oían voces o pasos de presuntos pesquisas revisando sus pertenencias. Entró, no cerró con llave y pasador por dentro pues si debía escapar de improviso —alguien podía estar esperándolo escondido detrás de las cortinas, adentro de un ropero, debajo de la cama—, descorrer el pasador y dar vuelta a la llave le harían perder tiempo. Revisó la casa, no había nadie. Se preparó un whisky con hielo, estaba por tomarlo cuando pensó que tal vez esa noche habría de recurrir a barbitúricos para dormir, y mezclados con alcohol podían causar la muerte. Derramó el whisky en el lavatorio, dejó correr el agua para quitar el olor a bebida alcohólica. Por entonces sus razonamientos, en términos resumidos, eran los siguientes: debía convencer a María Esther Vila de que sus intenciones habían sido otras, para ello convendría que María Esther Vila llegase al lugar del crimen y lo descubriese a él con su víctima recién ultimada; mediante una maniobra podría hacer que la misma María Esther Vila fuese acusada del crimen, resultaría sin duda sospechoso que Gladys Hebe D'Onofrio fuera asesinada y su rival más obvia se encontrase en el lugar del hecho; pero si bien ese plan parecía lógico sería difícil urdirlo sin riesgo de ir a la cárcel para toda la vida.

De pronto advirtió que ya tenía su medicina para dormir en la mano, no recordaba haber buscado el frasco, haberlo abierto y contado la dosis habitual de pastillas. Se concentró y sí pudo recordar que después de enjuaguar el vaso de whisky había tomado un trago del mismo vaso. ¿Había tomado agua para tragar las pastillas que inconscientemente había llevado a la boca? Decidió abstenerse de una posible segunda dosis. Telefoneó al hotel de Gladys, le respondieron que la misma había vuelto a la costa hacía ya varios días. Preguntó finalmente lo que le interesaba, es decir si había alguna reserva de habitación indicativa de un pronto regreso, y le respondieron negativamente. Le preguntaron si quería dejar algún mensaje o simplemente su nombre, respondió que se llamaba Eduardo Ramírez y que la buscaba para proponerle una exhibición de arte en una galería de la ciudad de Rosario. Inventó esos datos por temor a resultar sospechoso si se negaba a dejar algo dicho. Colgó el tubo, recordó con alivio que en el Departamento de Policía le habían indicado la imposibilidad de rastrear llamados telefónicos. Por entonces sus razonamientos, en términos resumidos, eran los siguientes: si María Esther Vila llegaba al lugar en que el crimen estaba por cometerse —era él quien iba a matar a una mujer— y lo desbarataba —aparentemente— con su presencia imprevista, ella no dudaría más de la intención que él tenía de matar a una mujer; impidiendo de ese modo el asesinato de una mujer a manos de él, María Esther Vila terminaría por convencerse de que el crimen del baldío había sido de la misma índole.

El general austrohúngaro:	(en su garçonnière después del baile de máscaras) ¿Champagne?
Marlene Dietrich:	(extrae una pistola de entre la mostacilla del disfraz, le apunta) No.
El general austrohúngaro:	(de pronto dándose cuenta de que la muchacha es una espía y ha descubierto el mensaje secreto contenido en una insignificante boquilla) Supongo que el edificio ya estará rodeado por la policía.
Marlene Dietrich:	Lo siento, es mi trabajo.
El general austrohúngaro:	(sincero) Qué noche encantadora habríamos pasado si Ud. no hubiese sido una espía y yo un traidor.
Marlene Dietrich:	(nostálgica y desencantada) En ese caso jamás nos habríamos conocido.

(De *Fatalidad,* Paramount Pictures)

La noche del 20 de mayo de 1969 Leo concibió un plan de acción e inmediatamente se dispuso a ejecutarlo. Manejando a alta velocidad llegó a Playa Blanca antes del amanecer y estacionó el coche a veinte metros de la casa donde habitaba Gladys. Saltó la cerca del jardín sin ninguna dificultad y pasó a los fondos de la casa, hacia donde miraba la ventana con rejas de uno de los dormitorios. Las celosías estaban sujetas a las hojas de la ventana propiamente dicha, pero ésta se hallaba sólo entrecerrada. Leo pasó un brazo entre las rejas y empujó una de las hojas. Se oyó en seguida un ruido leve, Gladys se había incorporado en el lecho. Leo en voz baja le dijo que no se asustara pues se trataba de un amigo. Gladys había imaginado muchas veces que Leo un día se asomaría a su ventana. Él le pidió que saliera, no quería despertar a la madre. Gladys tampoco tenía interés en despertarla, pero prefería que Leo entrase. Además la proximidad de su madre evitaría que Leo sufriese un acceso de violencia, recordaba todavía la amenaza de golpes que le había hecho durante una de sus últimas entrevistas en Buenos Aires.

Gladys fue en puntas de pie hasta la puerta de calle y permitió a Leo que entrase, con un dedo sobre los labios en señal de silencio. Leo la siguió al dormitorio, pero ahí en voz muy baja le dijo que prefería hablar con ella en su automóvil, estacionado muy cerca. Gladys nunca había hecho el amor en un automóvil, sentía curiosidad y por eso accedió a salir. Temió hacer mucho ruido si se vestía y prefirió salir en camisón, buscó las chinelas pero en la semioscuridad no las encontró, prefirió salir descalza porque encender la luz resultaría peligroso. De la percha del vestíbulo descolgó un abrigo. Ya en el coche Leo desenfundó una cantimplora escandinava cargada con la bebida favorita de Gladys, el cóctel Planter's Punch, de origen antillano y compuesto por ron y jugo de frutas. Leo le estaba hablando de lo muy disgustado que se encontraba con todo lo ocurrido, Gladys cayó dormida. El cóctel, cuidadosamente preparado por Leo con somníferos disueltos, había surtido efecto. A continuación venía una maniobra arriesgada, trasladar a Gladys al asiento trasero. Leo miró en todas las direcciones y no vio acercarse a nadie. De todos modos era riesgoso sacarla del auto en brazos y colocarla atrás, decidió hacerlo al entrar en la carretera, desierta a esas horas de la noche.

A las nueve de la mañana ya estaba en la ciudad frente a su casa. Los pocos transeúntes no llegaron a ver en el asiento trasero a una mujer durmiendo en posición incómoda. El paso siguiente era el más peligroso, de la cochera subterránea del edificio debía subir a la muchacha hasta su piso. Ni bien hubo un momento de silencio en el tubo del ascensor, Leo apretó el botón de llamada. El departamento estaba casi a oscuras, Leo depositó a Gladys en la cama, la desnudó, la amordazó con un pañuelo de cuello y le ató las manos por detrás con una corbata que no pensaba usar más, una corbata de luto. El resto del plan preveía ante todo un llamado a María Esther. Pero en ese momento Leo vio complicarse su plan: le había asaltado un deseo imprevisto y difícil de controlar, ya que Gladys desnuda y drogada no podría oponerle ninguna resistencia. Le sobrevino una erección imperiosa. Fue al baño y empapó un algodón en cloroformo, lo aplicó a las narices de Gladys para prolongar su sueño. Se estaba quitando los zapatos cuando sonó el teléfono. Era María Esther, su voz sonaba temerosa y culpable. Leo achacó ese nuevo tono de su amiga a que ya sospechaba algo infame sobre el crimen del baldío y juzgó necesario completar el plan sin dilaciones. En efecto, le dijo que estaba junto a Gladys, que la muchacha yacía inconsciente y que él ya no respondía de sus actos. María Esther le preguntó por qué Gladys estaba inconsciente. Leo respondió con una evasiva: sólo María Esther podía impedir una desgracia, debía acudir a su lado.

Durante los veinte minutos que María Esther tardó en llegar Leo terminó de desvestirse, se arrolló una toalla a la cintura, preparó un algodón embebido en alcohol para despertar parcialmente a Gladys, colocó una ampolla roja de vitaminas sobre la planchada de la cocina, vació en la pileta otra ampolla también de vitaminas pero color amarillo y colocó la caja metálica de la aguja hipodérmica sobre una de las hornallas. María Esther debía alarmarse extremadamente. Volvió al cuarto único, en la penumbra divisó la cuchilla marroquí que María Esther le había elogiado en oportunidad de otra visita. Seguramente ella la recordaría y le echaría mano para defenderse. Leo la escondió debajo de la cama. El juego de agujas chinas en cambio no le serviría como arma de defensa, lo dejó sobre el escritorio. Olvidó en cambio esconder la tijera toledana, semioculta entre recortes periodísticos. Cuando oyó llegar a María Esther empuñó el revólver, hizo oler el algodón con alcohol a Gladys para despertarla y abrió la puerta, sin mostrarse. María Esther entró, parecía no traer armas con que defenderse.

Sensaciones experimentadas por Gladys, ante la presencia de Leo y María Esther — Un paisaje: cielo nocturno luminoso, de tono similar al aguamarina, es decir azul y transparente, la piedra preciosa que no obstante su densidad de color permite ver el interior del engarce y en último término la piel pálida del dedo, del escote o del lóbulo de la oreja. A pesar de su transparencia detrás de ese cielo no se alcanza a ver cosa alguna, tal como si detrás no hubiese nada. En primer plano están las estrellas de brillo insólito, no hay luna. La tierra no presenta rastros de vida, una meseta de granito y volcanes extinguidos. El granito es gris oscuro, con vetas más claras y otras negras, el cráter de los volcanes es blanco pero no de nieve, sino de una sustancia homogénea que refleja amortiguadamente el rayo luminoso, tal como la opalina. Pero nada se mueve, no hay viento, el polvo permanece inmóvil como las rocas y las estrellas. No hay bosques petrificados, bestias feroces putrefactas, o restos humanos, a la vista. Yacen sepultados bajo capas espesas de lava, posiblemente. Volviendo a mirar hacia el espacio se discierne que la luz de las estrellas es titilante y por lo tanto índice de energía. La total calma en que se halla el paisaje se ve acentuada por la música de cuerdas, en su mayoría violines. La tonada es pegadiza, romántica, pero con un trasfondo de oscuros presagios.

Sensaciones experimentadas por Gladys al notar que Leo empuña un revólver y María Esther permanece callada – Un peligro: en un tiempo no correspondiente al del paisaje, necesariamente anterior, una bella muchacha dibujada con pocos trazos de lápiz sobre fondo blanco, de melena rubia y mechón sobre un ojo, descubre que su vida está amenazada. Es la próxima víctima. La muchacha rubia se halla reparada de la lluvia bajo la marquesina de una tienda, a pesar de sentir muy cerca la presencia de fuerzas adversas no consigue detectar dónde se hallan corporizadas. Las víctimas anteriores tampoco lo lograron. La retina no acusa el resplandor producido en momentos aislados por una sustancia blanca homogénea que refleja amortiguadamente la luz astral, los cuerpos jóvenes pueden no percibir la posibilidad de una alternativa desfavorable, y se exponen. Se espera el momento en que la víctima señalada se encuentre a la intemperie. Repentinamente cesa de llover, el cielo está despejado por completo, brillan las estrellas. La muchacha decide retomar la marcha, por esa calle sin tráfico, sólo abierta a peatones. El asfalto mojado reluce, duplicando los letreros luminosos.

Sensaciones experimentadas por Gladys cuando Leo vuelve a aplicarle el algodón en la nariz ante lo cual María Esther no reacciona — La belleza de esas estrellas puede ser calificada de deslumbrante, sin que ello vaya en detrimento de su posible poder maligno. Tal vez conductor de la corriente venenosa sea el aire que entra en los pulmones. Las víctimas anteriores respiraron hondo la brisa de la noche, sus rostros se contrajeron en muecas inútiles, los ojos se inyectaron de negro y los labios se partieron. La sangre se había congelado y habían estallado las venas que no podían ya contenerla. La última víctima logró entreabrir los ojos, vislumbró la meseta de granito, un lejano resplandor de cráteres iluminó el último gesto, de dolor intenso.

Sensaciones experimentadas por Gladys cuando oye a María Esther preguntar a Leo "¿Qué vas a hacer?" — La muchacha rubia va caminando por la calle, el centro de la ciudad desborda de gente, piensa que si algo malo llega a suceder podrá pedir auxilio a cualquier transeúnte. Ya no le cabe duda de que la observan ¿desde dónde? Alguien debe impartir la señal, solamente quien sea capaz de reconocerla por la calle. La muchacha no teme por lo tanto a ningún extraño, en la ciudad nadie sabe quién es ella. Consiguientemente la muchacha teme hallar un rostro conocido. El alumbrado de esa calle céntrica es de efecto casi diurno, los faroles municipales de varios metros de altura se curvan en su extremo, la lámpara de mercurio está protegida por una pantalla de aluminio que multiplica el efecto lumínico. Los letreros de las casas de comercio en cambio son de tubos de neón. Los hay horizontales, como tope de los escaparates, pero estos últimos en general se hallan alumbrados por fuentes de luz ocultas tras elementos de la decoración. La muchacha rubia percibe un zumbido creciente, mira un letrero de zapatería y nota que entre dos letras se está por producir un cortocircuito, pequeñas chispas se desprenden con ciertas intermitencias. Entra al negocio y advierte de ello a un empleado, se le responde que hace ya días que se ha producido ese desperfecto, pero que no ofrece peligro, el servicio de luminotecnia pasará a repararlo tal vez esa misma tarde. La muchacha retoma la calle, le parece haber encontrado un parecido entre el empleado de la zapatería y alguien que no logra recordar ¿o tal vez ha visto ya en otra oportunidad al empleado? Se da vuelta, el mismo la está mirando desde la puerta de la zapatería, bajo el letrero luminoso, que se duplica en el asfalto mojado.

Sensaciones experimentadas por Gladys al oír que Leo responde a María Esther "La voy a matar" — Un trastorno físico: el frío que está generándose en la sangre —próxima ya al grado de congelación— equivale a la acción de millares de diminutas limaduras de metal —desplazándose hacia un imán determinado— diseminadas en el interior de su cuerpo, preferentemente en las sienes, la garganta y el corazón.

Sensaciones experimentas por María Esther cuando pregunta a Leo "¿Por qué?" y él se vira sin contestarle, mostrándole la espalda ancha y desnuda — Una figura geométrica: la altura es la tercera parte del ancho, no tiene bordes, la línea de la altura determina un ángulo de noventa grados con el plano o terreno sobre el que se levanta. El reverso del nombrado plano vertical se asemeja al de los bastidores utilizados para pintura tradicional al óleo. El anverso es pulido, blanco plomizo. El plano o terreno parece horizontal a primera vista, pero es realmente oblicuo, para permitir una mejor visión a millares de espectadores, ya que allí el tráfico fue cortado debido a un sangriento accidente automovilístico de pocas horas antes, y se ha decidido aprovechar la circunstancia para ofrecer en esa superficie o pantalla ocasional —cuyo uso tal vez se torne permanente— un espectáculo de masas.

Sensaciones experimentadas por María Esther cuando Leo le dice "Vos no vas a decírselo a nadie", y sacudiendo a Gladys para desper-

tarla agrega "Yo quiero que sepa que se va a morir" — Tal vez lo que se proyecte sea un programa inaugural en vivo, trasmitido directamente desde el lugar de la acción, a pocos kilómetros de allí. Las cámaras que registrarán el hecho ya se encuentran ocultas detrás de algún mueble de una alcoba en penumbra. Pese a insistentes rumores, el fatal accidente de tráfico no tiene que ver con el espectáculo, improvisado este último precisamente porque en el lugar se cuenta ya con un numeroso público presente, deseoso de ver íntimos detalles de la desgracia, y al cual podrá ofrecérsele una distracción extra, o compensatoria.

Sensaciones experimentadas por Leo, al verse en el espejo junto a Gladys, inmóvil en la cama, y junto a María Esther, la cual de pie en el centro del cuarto, bajo la amenaza de su revólver según lo previsto por el plan de acción, exclama "Por favor no hagas una locura" — Un documento de identidad: el papel es de buena calidad, cartulina con bordes levemente dentados, una hoja de tamaño algo menor al de un diploma. Dejando un margen de algunos centímetros, un recuadro de pequeñas hojas celestes de laurel enmarca el texto, compuesto por letras negras impresas en estilo redondilla. Las más grandes están en el centro del primer renglón y dicen Partida de Nacimiento. En los renglones siguientes se establece que el titular es hijo de un caballero y su legítima esposa. Los datos están agregados en tinta azul. Por la fecha y el lugar de nacimiento se deduce que el titular no debió participar en guerras, y que se vio beneficiado por un sistema educativo que le posibilitó formación universitaria gratuita. Además el cuidado con que se conservó el documento indica que al niño afortunadamente le ha tocado crecer en un hogar pulcro.

Sensaciones experimentadas por Leo al notar que el ojo de Gladys le mira el bulto curvo que su sexo forma bajo la toalla arrollada — Un engendro de la naturaleza: la vieja casona no tiene calefacción central y para el baño del bebé se toman precauciones especiales. Una hora antes ya está encendida la estufa a kerosén y se han cerrado las ventanas y puertas. Se oyen pasos prove-

185

nientes de la sala, se abre la puerta y entra una enfermera, o niñera, o tía muy joven. Detrás más pausadamente viene la madre mirando fijo hacia adelante con el niño en brazos; otra enfermera o niñera o tía muy joven completa el grupo y cierra la puerta tras de sí. La madre continúa con la mirada en el vacío, una de las enfermeras le toma el niño de los brazos para quitarle la ropa y colocarlo en la bañadera, acción que la madre no puede cumplir porque es ciega. La otra enfermera pone la mano en el agua para controlar la temperatura, hace un gesto afirmativo a la colega. Ésta observa la espuma blanca y mirando en otra dirección desnuda al niño y lo sumerge hasta los hombritos regordetes y rosados. La madre pide que la acerquen a la bañadera y le permitan frotar al bebé. Las dos mujeres se miran entre sí y le aconsejan que no porque el niño se mueve y puede resbalársele.

Sensaciones experimentadas por Leo, al notar que también María Esther mira en dirección del lugar ya señalado — La madre insiste, les asegura que tendrá cuidado. Una de las enfermeras la acerca a la bañadera y le coloca en una mano la esponja. La madre empieza a lavar la cabecita rubia con amantísimo cuidado, ni siquiera el agua jabonosa logra alisar del todo los rizos múltiples. Pasa a lavar los brazos y las graciosas axilas, adornadas por uno o dos pocitos, después las tetillas y el pequeño ombligo. Una de las enfermeras intenta quitarle la esponja, la otra le dice que así basta, el bebé ya está limpio. Pero la madre quiere terminar la labor y está decidida a oponerse a quien sea, porque oye que el niño ríe y reacciona gozoso a los cuidados de su madre. Una mueca de asco y espanto desfigura el rostro de la ciega, las enfermeras no pueden hacer nada más que aceptar lo irreparable. Una de ellas levanta al niño de la bañadera y lo coloca sobre las toallas ya preparadas, tratando de no mirar la monstruosidad que tiene frente a sí. Ese bebé no es normal, de su pubis poblado de vello encrespado penden órganos sexuales de hombre, y del pene enrojecido, algo confundidas con la espuma blanca, chorrean gotas espesas de semen.

Sensaciones experimentas por Leo, ante el movimiento sorpresivo de María Esther, la cual le toma bajo la toalla el miembro viril (llevada por un confuso intento de conciliación) y le dice "Qué tenés acá? ¿un pajarito?" — Una célebre pieza escultórica: el ideal de gracia y elegancia perseguido por el arte del siglo IV a. C., se refleja sobre todo en la escultura helénica. Una belleza sutilmente impregnada de melancolía caracteriza las imágenes divinas de Praxíteles. La luz resbala por la superficie de los cuerpos, Praxíteles prefirió usar el mármol por las posibilidades luminosas que le ofrecía. Entre las ruinas de Olimpia fue hallada casi intacta una de sus obras cumbres, la figura desnuda del dios Hermes. Primitivamente símbolo de la fecundidad, pasó a habitar el Olimpo como mensajero divino, para más tarde ser llamado Mercurio en la mitología romana. La representación dada por Praxíteles se caracteriza por una belleza tan perfecta que alcanza los límites entre la realidad y el sueño, el modelado es lánguido y mórbido. En la expresión del rostro hay una vacilación soñadora, como un oscilar apenas perceptible entre la imperturbabilidad y la meditación. En las obras de Praxíteles, especialmente en ésta, se advierte un espíritu desvinculado de las severas normas de vida que habían caracterizado a toda la civilización griega en su esplendor. Las proporciones del Hermes son perfectas, y la obra está casi intacta, falta solamente el brazo derecho y el miembro viril, mas por la realista dimensión de los testículos y la proliferación del vello púbico, se deduce que Praxíteles no habría seguido las normas de sus antecesores —las cuales pretendían que la representación minimizada de los genitales masculinos era signo de buen gusto— y por lo tanto habría dotado al dios de un órgano vigoroso. Pero dada la mutilación sufrida, este particular queda confinado al terreno de las conjeturas.

Sensaciones experimentadas por Leo al notar que su miembro, todavía en la mano de María Esther, entra lentamente en erección — Una célebre obra pictórica: el papa Sixto IV erigió una capilla en el Vaticano y sus paredes fueron cubiertas más tarde por frescos de Miguel Ángel. En uno de los sectores principales cuatrocientas figuras representan el Juicio Universal. Más de la mitad de su extensión está ocupada, en lo alto, por el mundo celestial, con Cristo juez en el centro, junto a la Virgen María; más abajo están las almas juzgadas que ascienden al cielo, y más abajo todavía, a la izquierda quienes son arrastrados al infierno, en el centro los ángeles que despiertan a los muertos en sus tumbas, y a la derecha la nave de Caronte. Cerca de Cristo, junto a otros santos, se ve a San Sebastián, caracterizado por un haz de flechas que empuña con su izquierda. El pintor de ese modo quiso representar su condición de soldado romano, jefe de guardias del cruel emperador Diocleciano. Su físico además es uno de los más fuertes del fresco, el tórax es macizo y casi cuadrado, los brazos y piernas muy anchos y no largos. El gesto de las manos también es indicativo de fuerza y decisión. En cambio el rostro es noblemente sensible, y los cabellos caen rizados sobre los hombros. Apenas el extremo de un lienzo le cubre parte de la ingle, pero toma la forma del miembro que oculta, de volumen decididamente mayor al de las otras figuras masculinas imaginadas por Miguel Ángel. San Sebastián se destaca como una de las figuras más bellas, potentes y bondadosas del Juicio Universal, pintado sobriamente en diversas tonalidades de ocre, junto a otras figuras abigarradas multicolores, y contra un fondo de cielo claro.

Sensaciones experimentadas por Leo cuando María Esther suelta su miembro ya tieso, no cubierto sino enmarcado por los pliegues de la toalla — La representación de una célebre ópera: en una caverna del bosque el enano malvado encuentra a un niño recién nacido y cree ver en él a quien los pájaros del bosque anuncian como vengador de los mortales. Sigfrido crece en el bosque y el enano le enseña las artes de la guerra. Para el muchacho forja en la fragua la espada invencible con el propósito de eliminar al dragón del bosque, custodio del tesoro de los dioses. El enano contempla al joven héroe, dotado de fuerza sobrehumana, y considera llegado el día del combate. En lo más negro del bosque se oculta la madriguera del dragón, un antro tenebroso; el enano explica a Sigfrido cuán sanguinario es el monstruo y cuán letal el miedo que inspira. Sigfrido pregunta qué significa la palabra miedo. El enano responde que el dragón se la hará conocer. El muchacho no se interesa en las habladurías del enano y le ordena que lo deje solo. Bajo la fronda de los árboles se echa a descansar, el silencio del bosque es total. Sigfrido se siente triste y no sabe por qué, tampoco entiende el significado de la palabra soledad. Nunca conoció a sus padres y piensa en sus rostros que no sabe cómo eran. Los pájaros del bosque se apiadan y empiezan a cantar para alegrarlo. El muchacho quiere acompañarlos en su canto y con una caña improvisa una flauta. Pero los sonidos resultan demasiado quedos. Entonces toma su cuerno de plata y hace oír una tonada. El alegre y estrepitoso canto despierta al dragón. Sale del antro para eliminar al incauto. Sigfrido lo ve aparecer, su pulso está firme como siempre, el héroe ignora lo que es temblar de miedo. Se acerca de un salto y hunde la espada en la garganta del monstruo. Éste, agonizante, refiere a Sigfrido que sobre su espada pesará siempre un destino falaz, puesto que hay alguien que sólo vive para procurar su muerte y recobrar la espada. El dragón muere, su sangre cubre las manos de Sigfrido y parece quemarlas. El héroe se lleva una mano a la boca, y entonces adquiere un nuevo poder: entiende lo que dicen los pájaros en su canto.

Sensaciones experimentadas por Leo al notar que María Esther le sonríe — Una alondra le canta desde su nido y le hace saber que en el tesoro custodiado por el dragón hay un anillo mágico. El héroe lo calza en su dedo y llama al enano para mostrarle el tesoro, pero los pájaros le anuncian que el enano es un traidor e intentará envenenarlo. Sigfrido se resiste a creerlo pero cuando lo ve acercarse ofreciéndole una bebida refrescante, el muchacho sospecha lo que hay detrás de ese gesto engañoso, acompañado de palabras cargadas de envidia. La bebida es un veneno destinado a matarlo para así el gnomo adueñarse de todo. Sigfrido no puede creer tanta ignominia y se da vuelta para no mirarlo, pero sin querer ve al enano reflejarse en su espada, con una mueca de odio en el rostro infame. Sigfrido, con un golpe sorpresivo del arma, lo mata. Las fieras del bosque lanzan un rugido de gozo. Los pájaros callan, el héroe está en medio del escenario, los focos más potentes del teatro de ópera lo iluminan, ante el estupor de los espectadores se quita la piel de león que lo cubre y queda desnudo, la magistral música de Wagner ahoga los ayes de admiración y escándalo de la platea. Sigfrido se bañará bajo la sangre del dragón y se tornará invulnerable.

Sensaciones experimentadas por Leo al acariciar una mejilla de María Esther — Son muy suaves los murmullos del bosque. El héroe vuelve a sentirse triste y pregunta a los pájaros por sus padres. Los pájaros responden que han muerto, pero que hay otro ser que lo espera. Es una mujer. Está dormida, rodeada de altas llamas en lo alto de una montaña. Sólo un hombre sin miedo podrá rescatarla. Sigfrido no sabe de qué se trata, nunca ha visto a una mujer. Un pájaro abandona su nido, describe un círculo con su vuelo y anuncia al héroe que le mostrará el camino. Pero también pide a Sigfrido que se cubra, porque su vigorosa, pujante, extrema masculinidad asustaría a la hija de los dioses. El ave busca el camino entre la espesura del bosque y el héroe la sigue, en pos de la felicidad.

Sensaciones experimentadas por Leo al depositar el revólver sobre la cama, junto a los pies de Gladys — Pero la noche está agitada por tormentas y el círculo de fuego crepita amenazante. Sigfrido se protege con el yelmo encontrado en el tesoro del dragón y atraviesa las llamas. Desde lo alto de la roca contempla al ser dormido y cubierto con un manto de guerrero. Se acerca y le quita el manto, es un cuerpo desnudo, distinto. Por fin sabe lo que es una mujer. Lo embarga una emoción para él totalmente desconocida. Tiembla. Una mujer le ha enseñado lo que es el miedo. Una mujer dormida. El muchacho le habla, le pregunta su nombre, pero ella sigue sumida en el sueño. La piel blanca y delicada de ella le recuerda ciertas flores del bosque bajo la luz de la luna, a las que se debe tocar muy suavemente, si no se las quiere deshojar. La toca, la acaricia apenas y descubre que sus labios son rosados como una fruta.

Para probar su sabor le acerca los propios labios. Sabor parecen no tener, pero son placenteros al tacto. Sigfrido entonces introduce su lengua para gustarlos mejor. Es entonces cuando ella despierta del letargo y mira en derredor el mundo que le fuera quitado, por mandato divino. Un hombre invencible la ha devuelto a la vida.

Sensaciones experimentadas por Leo al quitarse la toalla y mirar a Gladys — Sigfrido, dominado por un ímpetu ciego, intenta abrazarla. Pero ella se escurre de sus brazos. Ha sido una diosa y ningún hombre la ha tocado jamás. Ella ignora que el beso la ha transformado en simple mujer. Él la ve correr dentro del círculo flamígero y se extasía ante su gracia y belleza. Entonces decide quitarse la piel de león, para que las llamas iluminen los dos cuerpos diferentes. El público de la función de gala tiene la respiración cortada. La doncella se asusta al ver el cuerpo de un hombre, e intenta escapar, es liviana y puede correr veloz como una gacela. Pero Sigfrido la detiene y, mientras la besa, para sujetarla mejor le penetra, con suavidad, el cuerpo blanquísimo. La muchacha trata de soltarse pero ya es tarde. El público se siente ultrajado por tal obscenidad y quiere hacer abandono del teatro, pero Sigfrido lo impide, las salidas habituales no se hallan donde siempre, insensiblemente el teatro de ópera se ha convertido en otro recinto, a la vista no hay salida alguna, y ese lugar ahora se parece más a la carpa de un circo gigantesco.

Sensaciones experimentadas por Leo al estirar la mano y encender una lámpara que ilumina a las tres personas reunidas — Y los dos protagonistas se columpian desde los trapecios del circo, como si tuvieran alas, y miran el punto más alto de la carpa con curiosidad, quieren saber si allá la lona es fría como lo prevén. Siguen columpiándose y pasando con giros audaces de un sostén al otro. Finalmente él está de pie sobre el barrote del trapecio más alto, le hace señas a ella para que se le una. Ella tiene miedo, pero él le insiste. Ella toma impulso y se lanza al vacío, él deberá recogerla con una oscilación del trapecio perfectamente calibrada. De allí juntos se lanzarán al punto más alto que la vista alcance, girarán en el aire y alcanzarán a tocar la lona áspera pero tibia del circo más grande del mundo. Mas el precio de la hazaña puede ser muy elevado, porque la red protectora ha sido quitada y los cuerpos que caigan a la pista central pagarán con la vida.

Sensaciones instantáneas experimentadas por María Esther cuando Leo la toma de la mano y la lleva junto al lecho — Una aplicación del platino: a pesar de su elevado costo, ese metal es uno de los más empleados, ocasionalmente junto con el iridio, en la fabricación de aquellos satélites lanzados por empresas comerciales que giran a la misma velocidad de la tierra y se mantienen por lo tanto como una estrella fija sobre un determinado punto geográfico. El sol les renueva la carga necesaria, pues las células fotoeléctricas del caro metal captan los rayos solares, los transforman en energía eléctrica. El satélite se mantiene inalterable en su giro de velocidad regulada a la perfección, lanzado desde la tierra con un impulso que los expertos en física llaman fuerza centrífuga y que combinada con el propio peso del satélite determina una resultante, una ruta a recorrer.

Sensaciones experimentadas por María Esther cuando Leo desplaza a Gladys hacia el borde de la cama que linda con la pared — El nuevo cuerpo celeste es un punto de rebote, no servirá más que para recibir las ondas emitidas desde la tierra —han de ser siempre rectilíneas— y derivarlas a un centro receptor ubicado en otro continente, incluso en terreno enemigo. Dicho centro enemigo puede estar interesado en recibirlas o no. La estación emisora intentará por todos los medios efectuar el contacto. Pondrá al servicio de la antena trasmisora las imágenes más prestigiadas, y mediante la variación de su campo magnético producirá las modulaciones establecidas en acuerdos internacionales. Además esa antena emisora ha sido consagrada unánimemente por los expertos como una obra maestra de la electrotécnica. Sus dimensiones son gigantescas y por casquete parabólico se quiere designar a su concavidad especial, que en este caso está ocupada por una red de alambres dispuestos

192

al modo de las celdas de un panal de abejas. Pero ciertas potencias extranjeras se resisten todavía a un contacto.

Sensaciones intantáneas experimentadas por María Esther cuando Leo la recuesta junto a Gladys — Una repentina conmoción mundial: no se sabe quién ha dado la orden de iniciar la trasmisión, de pronto las celdas que estaban oscuras y vacías se ven iluminadas, los alambres se encienden hasta la incandescencia. Ante todo es preciso que el satélite no pierda su velocidad inicial y siga recorriendo su órbita, si se detiene caerá sobre la tierra como una simple piedra, obedeciendo a la ley de gravedad. En cuanto a la reacción enemiga, es imposible preverla.

Sensaciones instantáneas experimentadas por María Esther cuando Leo le levanta la falda, le baja el calzón y le acaricia el pubis — Pero en el espacio ya brilla una imagen. Debido a un desperfecto técnico los parlamentos no pueden ser oídos, un zumbido alcanza a cubrir las voces. A pesar de ello, es tan inteligente la expresión de la mujer madura conferenciante, que se descuenta el sabio contenido de sus palabras. En cambio las baratas muchachas echadas sobre el camastro que aparecen respondiendo en contraplano, informan sin necesidad de oírlas sobre la banalidad de lo que dicen. En estas circunstancias se puede establecer sin discusión la superioridad de lo que expresa la mujer madura, pues si se oyeran los parlamentos podrían surgir inútiles coyunturas dialécticas.

Sensaciones experimentadas por Gladys ante Leo que con suavidad y a la vez firmeza le separa las piernas, después de besar a María Esther levemente en la boca — Un paisaje: campo de lomas leves que configuran un horizonte de líneas onduladas. Tierra marrón claro, sin cultivar, posiblemente seca, arenosa. Una loma algo más alta que las demás impide ver con mayor alcance la comarca, lo que está a la vista es sólo la loma, y detrás el cielo despejado y rojizo del atardecer. Las pocas nubes que rodean el sol no anuncian tormenta, cumplen una función meramente decorativa, sus bordes son rojos y rosados con reflejos de oro. Es total la calma, la brisa cálida parece provenir del poniente. Se insinúa un murmullo, un piar de pájaros lejanos. Se espera que éstos pronto aparezcan, pero la loma sigue ocultándolos.

Sensaciones experimentadas por Gladys al ser penetrada compasiva pero dolorosamente por Leo — En lo alto de la loma aparece un labrador y la reja de su arado. Los pájaros lo siguen, revoloteando a su alrededor. La silueta del labrador se recorta contra el sol poniente, por el efecto de contraluz no se distinguen sus facciones, la expresión feroz o amistosa de su rostro. Las líneas de la silueta son fuertes y armoniosas, la cabeza está erguida. Otros detalles accesorios de una descripción concernirían a la camisa de mangas arremangadas casi hasta las axilas y el pantalón jardinero. Esa tierra de aspecto pobre y arenoso debería constituir su próxima tarea, pero es posible que la esquive por saberla estéril. El labrador inclina por primera vez la cabeza y observa allí donde está pisando.

Sensaciones experimentadas por Gladys al ceder el dolor y lograr un placer creciente — El labrador ya no está a contraluz, se distinguen claramente sus facciones. Sería difícil determinar si son agradables o no, porque la expresión que las anima en ese momento es tan cariñosa que iluminaría cualquier rostro. La reja del arado es afilada y tosca, imperfecta, hecha en la fragua a golpes de martillo. El labrador avanza decidido, con fuerza clava el arado. La tierra se abre, el arado avanza. ¡Oh buen hombre! labras con tu sudor el porvenir de nuestra patria... De la simiente que arrojarás en el surco recién abierto ha de brotar, tras la germinación, la endeble plantita de cereal que luego fructificará en espiga para alimento de la humanidad. Tú jalonas con tu arado la pradera, y le pides desde el fondo de tu alma que se cumpla una quimera. Yo, la tierra, estoy herida, sin quejidos me desangro, y en cebada, centeno, trigo y maíz doy mi vida. Quizá en tu modestia y virtud no alcances a comprender de tu labor la magnitud ¡tu siembras la semilla del amor y la amistad! ¡Gloria a ti labrador! ¡tú forjas con tu rudeza de mi país la grandeza!

XIV

Ginger Rogers: (se apresta a acostarse temprano pues trabaja en el primer turno de la fábrica de armamentos, como obrera; su bebé llora, lo toma en brazos, lo estrecha contra su pecho, sobre la mesa de luz está el retrato de un soldado de la Segunda Guerra Mundial, con serena tristeza lo muestra al bebé) Hijito, éste es tu padre... Chris, éste es tu hijo. Ustedes dos no van a conocerse nunca. Solamente por mí llegarán a saber algo el uno del otro. Por eso es que ahora los voy a presentar. Éste es tu padre, hijito. Tienes sus mismos ojos y los mismos remolinos en el pelo... Recuérdalo, mi bien, recuerda a tu padre mientras vivas. Él no te dejó ningún dinero, no tuvo tiempo, mi vida. No te dejó millones de dólares, ni country clubs, ni coches último modelo, hijito. Tan sólo te dejó un mundo mejor para que crecieras en paz. Lo compró para ti con su vida. Ésta es tu herencia. Es un regalo personal para ti de tu padre.

(De *Tierna Camarada*, RKO Radio Pictures.)

Versión que el portero daría al administrador del edificio, en caso de ser interrogado sobre lo sucedido el 21 de mayo de 1969 en el departamento de Leopoldo Druscovich

Eran más o menos las nueve y media de la mañana y yo estaba barriendo la vereda. En eso paró un taxi en la puerta y los que bajaron me preguntaron si yo era el portero del edificio. Eran una señora más grande y un hombre más joven, que después supe que era el hijo. Me preguntaron después si el departamento de Druscovich era el 8A y yo les dije que sí. No me imaginaba yo nada de lo que después me pasó. La mujer vio que la puerta de calle estaba abierta, como todas las mañanas mientras hago la limpieza de la entrada, y se metió sin decir nada y el hombre se quedó en la vereda. Yo vi que ella tomó el ascensor. Pasó un rato, el hombre me sacó conversación pero no me acuerdo de lo que estuvimos hablando, pero lo que me acuerdo es que no era de nada del 8A. Pasó un rato y yo estaba terminando de barrer y lo vi que ya dos o tres veces miraba la hora. Ni habrán sido quince minutos, o diez, que el hombre me dijo que lo tenía que ayudar en un asunto muy serio. Me contó que Druscovich estaba muy enfermo y que a lo mejor teníamos que subir a ver si necesitaba ayuda, porque la madre sola a lo mejor no podía hacer todo.

A mí me pareció raro pero subimos y por el pasillo del octavo piso yo paré la oreja a ver si se escuchaba algo en el 8A, que tenía la puerta cerrada. Ya no oí nada, y este joven se acercó nomás a la puerta y golpeó medio despacito y dijo "mamá ¿no tenés algún problema?", más o menos. No se oyó nada, entonces el joven este me dijo que la madre había subido y que antes le había dicho que si ella no bajaba a los diez minutos el hijo subiera a buscarla, porque Druscovich tenía un ataque de nervios y le tenía miedo.

El muchacho volvió a golpear y a llamar a la madre, y como no contestó nadie otra vez el hijo me pidió que le abriera la puerta, que yo seguramente tenía el duplicado de la llave, que a lo mejor había pasado algo, que Druscovich necesitaba que en seguida lo llevaran a una asistencia pública, que el mismo señor Druscovich me lo iba a agradecer que yo le dé la llave. Yo podría haberle dicho que las tenía que ir a buscar, el manojo de llaves, pero como a la mañana las tengo encima ahí mismo saqué la llave maestra de los departamentos A, y yo mismo abrí.

Estaba Druscovich sin nada, sin ropa, sentado en la cama mirando para la puerta, que se tapó con algo en seguida, y una mujer en la cama tapada con la sábana, y la mujer grande esta que había entrado, medio arreglándose la ropa, parada en el medio de la pieza. Yo vi que Druscovich tenía algo escondido en la mano, y pensé que era un revólver, pero no estaba seguro. La madre del muchacho salió y yo los acompañé a ella y el hijo en el ascensor. La madre dijo que a esa casa no venía más, y que ella no se quería meter más en el asunto, y me agradecieron que les abrí la puerta. Y yo les dije que si se armaba lío con Druscovich yo qué hacía, y el muchacho dijo que volvía esa misma mañana a hablar conmigo, pero eso ya fue ayer y el tipo no vino más.

Entonces yo dije, mejor voy y le pido que me disculpe el señor Druscovich y le digo todo lo que pasó, que yo creí que él estaba enfermo. Le toqué el timbre y dije que era yo solo, que los otros se habían ido. Él me abrió, estaba sin vestirse nada, y yo vi el trapo que él había agarrado antes para taparse, y estaba sobre una mesa, y al lado el revólver que yo ya me había dado cuenta que él tenía. El tipo ahí desnudo y una mujer con un ojo como lastimado, que no lo podía abrir, la que estaba todavía en la cama. Pero estaba tapada con la sábana.

Yo en seguida le dije que a lo que venía era a pedir las disculpas por haberles abierto la puerta a esos dos, pero que el muchacho me había jurado que él estaba descompuesto y teníamos que entrar a ver qué era lo que tenía. Yo casi de rodillas le pedía perdón, porque le vi la cara que el tipo estaba con la sangre en el ojo, que yo le había ido a meter la pata, porque se veía que no estaba enfermo. Estaba nervioso.

Y en eso se empieza a reír y le dice a la mujer que estaba seria en la cama siempre callada, nunca dijo nada, que a mí tampoco se me paraba, que no era él solo. Y se reía, pero se ve que tenía ganas de armar una bronca. Y me dijo que si ella no se hubiese soltado cuando les golpeamos la puerta, hubiesen terminado lo que tenían que terminar, pero que ahora todo se había jodido y ella tenía la culpa. Y ahí se acercó a la cama y le voló la sábana a la mujer y quedó desnuda. Ella se ve que le tenía miedo porque ni se movió. Parecía uno de esos gatos cuando les chumba un perro y están por saltar y no pueden. Y ahí él empezó de nuevo, "ves que a éste tampoco se le para", y ahí me dijo que me sacara la ropa y aprovechara la oportunidad, que ella también quería. Yo como vi que estaban todos medio locos lo que quería era irme, la mujer era fulera de cara, pero el cuerpo era de muy linda mujer. Y yo no sabía cómo hacer para salir, cuando él me empujó contra la cama encima de la mujer. Y ahí ya me pareció que mejor me iba cuanto antes y le dije que tenía que hacer y me levanté para irme, y me volvió a empujar contra la cama, pero yo ahí le dije que me tuviera un poco más de respeto, que yo a los inquilinos les aguanto mucho pero que él ya se estaba pasando y no sé que más, y ahí me dio un manotón a los huevos y casi me doblo del dolor, y me dijo que lo que pasaba era que a mí no se me paraba, y me acerqué como pude a la puerta, y me fui. Todavía medio doblado de dolor.

Como una media hora después bajó, yo estaba en los pisos, lavando la escalera entre el último y el otro, que recién empezaba, y él se apareció, se ve que me estuvo buscando. Y me dio un billete de diez mil pesos, y me dijo que antes él estaba borracho, que ahora ya se le había pasado y que estaba arrepentido. Yo le agarré el billete, porque el trago que me hizo pasar fue bravo. Y él me dijo que se iba a pasar uno o dos días afuera, y que en la casa quedaba esa señora, que cualquier cosa ella estaba ahí, y que nada más, y se fue.

Actividades de Leo Druscovich durante el 21 y el 22 de mayo de 1969

Después de disculparse con el portero del edificio de departamentos, Leo se dirigió a su oficina en la redacción de la revista. De allí llamó a la comisión encargada de la participación argentina en San Pablo. Comunicó a la persona responsable que Gladys Hebe D'Onofrio declinaba el ofrecimiento de representar a la Argentina en esa muestra por no encontrarse en condiciones buenas de salud, por lo cual se debía en seguida convocar a María Esther Vila para ocupar su puesto. Dado que todavía no se había anunciado oficialmente al elegido, tan pronto María Esther Vila diese su beneplácito se podría comunicar la noticia a los periódicos.

El interlocutor de Leo dijo que personalmente continuaba impresionado por la originalidad de las obras de Gladys Hebe D'Onofrio, y que le interesaría organizar una muestra de la nombrada ni bien ésta se recuperase, preferentemente en cierta galería municipal, nueva, que se adecuaba perfectamente al tipo de presentación que podía efectuar la señorita D'Onofrio. Antes de finalizar la conversación pidió a Leo que lo llamara al día siguiente porque tal vez ya podría proponerle algo en firme sobre el proyecto, dada su amistad con el director de la citada galería. Propuso también que la noticia y la publicidad de la primera muestra en Buenos Aires de Gladys Hebe D'Onofrio se propalasen, naturalmente, a través de la revista donde escribía Leo, puesto que él había sido el descubridor de la novel artista.

Debido a la falta de descanso durante la noche anterior, Leo se vio imposibilitado de trabajar; después de esforzarse algunas horas rompió todo lo que había escrito y salió de la redacción. Tomó un cuarto en un hotel céntrico, al que llegó munido de pastillas sedantes. Dado el cansancio que arrastraba intentó conciliar el sueño sin tomar nada, pero no lo consiguió. Pensó en Gladys y su dificultad para dormir. Se levantó y abrió el frasco que contenía los barbitúricos, pensó en la propensión de Gladys al suicidio. Tomó dos pastillas, una dosis fuerte, y durmió hasta la mañana siguiente.

Al levantarse sentía dolor de cabeza. Le irritó tener que ponerse la misma ropa del día anterior. Sin afeitarse fue a su oficina en la redacción de la revista. No logró concentrarse en el trabajo. El dolor de cabeza iba en aumento. En eso lo sorprendió un llamado de su interlocutor de la víspera para comunicarle que acababa de hablar a los periódicos anunciando la candidata, la noticia aparecería en la segunda edición de los diarios de la tarde. Además refirió que había conversado con el director de la galería, quien estaba muy interesado en el proyecto y había pedido que Leo llevase a su casa a la señorita D'Onofrio, esa misma noche, donde a partir de las 22.30 horas se reuniría, por diversos motivos, un calificado grupo de personas.

Concluida la conferencia telefónica Leo llamó a su departamento para hablar con Gladys. Le comunicó que en la segunda edición de los diarios de la tarde aparecería el nombre de la invitada a presentarse en San Pablo. Le aseguró que era una medida conveniente la de evitar una prueba semejante en su precaria condición nerviosa. Gladys no respondió nada. Leo entonces explicó que más acertado sería comenzar con una presentación menos riesgosa, ante un público de su mismo idioma, y le ordenó presentarse esa noche en casa del director de la galería. Dio las señas necesarias, aseguró que él no estaría presente y dio por terminada la conversación.

Convencido de que no podría trabajar por el resto del día, delegó algunas tareas y salió con su auto rumbo a una carretera amplia que lo condujese fuera de la capital. Tomó la ruta 9, con dirección a Rosario. Su propósito era manejar hasta llegar al campo abierto, allí detenerse y respirar aire fresco. La alta velocidad le producía un agradable efecto, los continuos incidentes de tráfico le distraían, y en una oportunidad, después de adelantarse por la derecha a dos vehículos seguidos, logró incluso soltar una carcajada.

A cerca de doscientos kilómetros de distancia de la capital, pasó junto a una estación caminera a velocidad superior a lo permitido. El agente de guardia lo notó y trató de ponerse en comunicación con el agente apostado a treinta kilómetros de distancia, en la dirección que llevaba el auto. Le fue imposible porque la línea estaba constantemente ocupada y cuando lo consiguió su colega ya había visto pasar el coche de Leo, a gran velocidad también, y sin posibilidad de interceptarlo por estar abocado a otras tareas.

Leo había experimentado una mejoría paulatina y se detuvo en la hostería del kilómetro 250. Por primera vez en varios días sentía apetito.

Al salir de la hostería decidió volver a la capital. Por entonces sus razonamientos, en términos resumidos, eran los siguientes: después de haber presenciado María Esther Vila el episodio de la mañana anterior y —más aún— halagada por la nueva designación, no lo acuciaría ya con sus sospechas; si bien su plan se había cumplido, por otra parte le había replanteado problemas insolubles de índole diferente; a pesar de ello la ejecución del plan debía considerarse como altamente exitosa; en cuanto a la descalificación de Gladys Hebe D'Onofrio, no se trataba de una injusticia, puesto que ella no se hallaba en condiciones de afrontar tal prueba, pero dado que él la había apoyado inicialmente, para no despertar sospechas debía acompañarla esa noche a la reunión en casa del director de una galería ya mentada; dada la conveniencia de que se le viera junto a Gladys en la reunión, él mismo debía ocuparse de que ella se hiciera presente.

Aumentó la velocidad. Al pasar por la caminera del kilómetro 210, el guardia avistó el coche, lo reconoció y llamó inmediatamente a quien lo había visto por primera vez y podría interceptarlo en la estación siguiente. Ya eran las seis de la tarde cuando Leo pasó junto a esta última. Corría a más velocidad aún, deseoso de llegar a la capital a tiempo para cumplir su nuevo plan. Dos guardias en motocicleta lo esperaban. Ni bien pasó junto a ellos lo siguieron. Leo vio que la policía se había puesto en movimiento para detenerlo. Lo atribuyó a que el crimen del baldío había sido finalmente descubierto por la policía, en complicidad esta última con su médico y María Esther Vila. Leo aumentó la velocidad más aún. Al intentar adelantarse a otro vehículo por la derecha, en un trecho próximo a una curva, perdió control de la máquina y volcó.

Autopsia Médico-Legal

Lugar: Baradero
Fecha: 22 de mayo de 1969
Nombre: desconocido
Filiación: Sexo masculino, accidentado en ruta 9, manejaba automóvil, vuelco, automóvil será traído por grúa en el día de mañana, posiblemente documentos dentro automóvil, abandonado zanja 14 km de esta localidad.
Declaración médica: cadáver de hombre joven, en rigidez

generalizada, piel blanca, cabello castaño, abundante en cabelludo: escaso panículo adiposo.

Por palpación y percusión el examen exterior del cadáver revela: heridas traumáticas en el rostro, profundas, cortantes y sangrantes; una de ellas en el labio superior, con hemorragia de encías; gran hematoma con escoriaciones en la piel a nivel de la región frontal derecha; otro del mismo tamaño y forma a la altura del hueso temporal. Múltiples contusiones en la pierna derecha, fractura del fémur en su porción media, de la rótula y huesos que forman la garganta del pie.

Por escisión de los tejidos, sólo en base a bisturí corto, de hoja convexa, por apertura profunda de piel y músculos, se establece lo siguiente: desprendido el cuero cabelludo mediante una hemisección se observa un hematoma a la altura del hueso parietal.

Dada la herida posterior craneana, sin extraer la masa encefálica se observa una fractura de la base del cráneo continuada hasta el hueso temporal. En la masa encefálica hay múltiples estallidos de vasos sanguíneos. Efectuado un pequeño corte vertical de la masa encefálica, se verifican exudados hemorrágicos.

Por la cara externa del muslo se efectúa una amplia y profunda incisión en busca de la fractura ósea. Se comprueba ésta junto a un gran foco hemorrágico circular.

Referencias omitidas en la autopsia médico-legal

Después de la muerte el cuerpo humano sufre modificaciones de carácter general para edades y razas, salvo en el caso de ciertas enfermedades que alteran las condiciones corrientes. En el cuerpo de Leopoldo Druscovich se verificaron las modificaciones de carácter general.

Corazón: ya dentro de las primeras horas después de la muerte la rigidez se inicia en el corazón; comienza en el ventrículo izquierdo, el cual se vacía casi totalmente, y el derecho en la mitad de su contenido; en la primera hora y media inmediata a la muerte, la sangre del corazón se conserva líquida, después sobreviene la coagulación.

Sangre: después de la muerte, se coagula la sangre dentro de los vasos; en los casos de asfixia la sangre permanece líquida; luego emigran las bacterias intestinales a la sangre, donde se multiplican.

Cerebro: los procesos de desintegración postmortal evolucionan muy rápidamente en el cerebro, se los reconoce por la aparición de un color gris verdoso en cavidades llenas de gas.

Cavidad bucal: las modificaciones más importantes son las producidas por la desecación al quedar abierta la boca; también se producen impresiones dentarias en la lengua determinadas por la rigidez cadavérica de los músculos masticadores.

Dientes y maxilares: los dientes son muy resistentes, por lo cual sirven a menudo para el reconocimiento de los cadáveres; el aire y una humedad grande favorecen su desintegración.

Esófago y faringe: ante todo la presencia de impurezas debida al paso del contenido del estómago, que ocurre durante la agonía y especialmente al transportar los cadáveres.

Bronquios y laringe: ídem, pese a tratarse de órganos no del aparato digestivo sino del respiratorio.

Pulmones y pleura: también a las cavidades pulmonares y pleurales puede llegar el contenido estomacal, después de la muerte, por dos mecanismos distintos: el reblandecimiento ácido del pulmón se extiende hasta la pleura y aparato digestivo, y destruyéndolos permite el paso del contenido estomacal a la cavidad pulmonar, o bien se produce primero el reblandecimiento cadavérico del esófago con perforaciones en la pleura. En tales casos se encuentra un líquido pardusco de olor ácido.

Hígado: al cortarlo, sale espontáneamente o por presión sangre de color rojo sucio con burbujas procedentes de conductos vasculares. Las burbujas gaseosas pueden producirse en cantidad variable, adquiriendo el órgano aspecto esponjoso, o desprendiendo espuma de su superficie de sección.

Estómago: sus válvulas de entrada y salida se contraen

hasta cerrarse; al comenzar la relajación, se relajan esas válvulas y también los esfínteres. El contenido gástrico puede vaciarse poco a poco hacia la cavidad bucal, sobre todo si se cambia la posición de los cadáveres; pronto sigue la autodigestión del estómago, por efecto del propio jugo o ácido gástrico segregado antes de la muerte, de modo que bajo su efecto la mucosa adquiere una transparencia especial, hasta que desaparece; la submucosa también se infiltra y va cambiando colores hasta que finalmente también se reblandece el tejido muscular y la pared se desgarra espontáneamente o al menor contacto; el contenido se vierte en la cavidad peritoneal y sigue desarrollando su acción digestiva, sobre todo en el tejido adiposo.

Intestino: las paredes del intestino, distendidas por la formación postmortal de gases, aparecen delgadas y pálidas; los gases se acumulan en las partes altas del intestino, en cambio la sangre desciende a las partes profundas, acumulándose sobre todo en la pelvis, que adquiere por esto una coloración azulada.

Aparato genital masculino: la musculatura de la cavidad donde está alojado el semen experimenta también la rigidez cadavérica, por lo que su contenido pasa a la uretra y puede verterse por el pene.

Músculos: poco después de la muerte, a las dos o cuatro horas, comienza la rigidez cadavérica, es decir un acortamiento y una rigidez de los músculos. Se atribuye a una imbibición de los tejidos consecutiva a la formación de ácidos.

Esqueleto: no experimenta modificaciones de importancia; la propia putrefacción de la médula ósea comienza relativamente tarde.

Greta Garbo:	(la célebre danzarina ha tenido un gran éxito esa noche al frente de su ballet; de vuelta en su suite del Grand Hotel de Berlín quiere compartir su alegría pero el esperado huésped no ha llegado; es tarde, la orquesta del salón principal, pisos abajo, se acaba de retirar) La música ha callado... ¡qué silencio el de esta noche! Nunca se hizo un silencio tal en el Grand Hotel... (mira un ramo enviado por admiradores) Esas flores me recuerdan funerales ¿a ti no, Suzette?
La fiel acompañante:	Son simples calas, Madame, calas.
Greta Garbo:	Suzette... por favor llama al cuarto del Barón (la acompañante marca el número, el teléfono llama pero nadie contesta)
La fiel acompañante:	No contesta, Madame.
Greta Garbo:	(ignorando que su amante el Barón von Geigern desde el día anterior yace asesinado en ese otro cuarto del hotel) Insiste, Suzette, insiste... (para sí) Ven a mí, querido... yo te necesito. Anoche no pude dormir, esperándote. Estaba tan segura de que vendrías a mí...

(De *Grand Hotel*, Metro-Goldwyn-Mayer.)

Buenos Aires, 22 de mayo de 1969
Después de un día de espera en el departamento de Leopoldo Druscovich, Gladys Hebe D'Onofrio recibió la maleta

con ropa enviada por su madre desde Playa Blanca. No pudo dar propina al empleado repartidor porque éste no tenía cambio para el billete de diez mil pesos que Leo había dejado bajo la tijera toledana. Lo primero que sacó de la maleta fue el frasco de pastillas sedativas, no había podido dormir la noche anterior y necesitaba un descanso para los nervios. Eran las 18.23, horas antes Leo le había anunciado telefónicamente que la nueva designación para San Pablo aparecería anunciada en la edición de las 19.00 de un importante vespertino. A las 19.25 aproximadamente el portero colocaría el diario por debajo de la puerta como todas las noches, y a las 22.30, según lo dispuesto por Leo, se esperaba a Gladys en importante reunión para dar una determinada respuesta. Gladys pensó que si tomaba ya la dosis sedativa, al leer el diario volvería a alterarse y tendría necesidad de una dosis adicional. Su madre también le había mandado los ruleros y todos los cosméticos. Gladys supuso que colocarse los ruleros le calmaría los nervios, además si a la noche hallaba fuerzas para ir a la reunión ya tendría el pelo preparado para peinarse. Hizo la operación con la mayor lentitud, para acortar la espera del diario. En quince minutos terminó con el pelo y se aplicó en el rostro crema nutritiva. Esto le llevó sólo diez minutos incluido el masaje facial ejecutado con la yema de los dedos.

Durante ese espacio de tiempo sus razonamientos sucesivos fueron, en términos resumidos, los siguientes: puesto que no se hallaba en condiciones psíquicas normales para presentarse en San Pablo, Leo había tenido razón en descalificarla; posiblemente tampoco se hallaría en condiciones de afrontar la prueba de esa noche, que consistía en acudir a una reunión en casa del director de importante galería municipal; ese ofrecimiento no significaría más que una medida compensatoria por la exclusión reciente, es decir medida caritativa y no debidamente profesional; su obra era, muy probablemente, una superchería; si su obra no hubiese sido una superchería Leo Druscovich la habría enviado a San Pablo; si su obra era una superchería no la expondría jamás en galerías públicas, ni tampoco a amigos; si no exponía no podría ganar dinero o aspirar a una beca; dado que sus ahorros estadounidenses estaban muy mermados, si no ganaba dinero con su producción artística pronto debería tomar un trabajo cualquiera; para afrontar un trabajo cualquiera no tendría fuerzas; dado que la jubilación de su madre seguramente no proveería a todos los gastos, Gladys se vería obligada a tomar un trabajo cualquiera; la única actividad que le agradaba era su trabajo plástico, pero había dejado de creer en él, lo cual le impedía presentarlo en público; si hallaba las fuerzas para desempeñarse en un trabajo cualquiera, solamente lograría el objeto de subsistir; subsistir solamente le aseguraba la prolongación de su malestar actual.

Una vez terminado el masaje facial Gladys destapó el frasco de pastillas para dormir y las contó. El número resultante, doce, dio lugar a razonamientos varios, los cuales, en términos resumidos, fueron los siguientes: doce pastillas podían no ser suficientes para quitarse la vida; si en realidad no bastaban podía abrirse las venas con una hoja de afeitar de Leo, seguramente habría alguna en el baño; si bien factible, ese último método presentaba inconvenientes, pues tratándose de una muerte dolorosa y lenta, un visitante inoportuno podría irrumpir y desbaratar el intento; en cambio resultaría seguro y rápido saltar por la ventana de ese octavo piso, ya que arrojándose de cabeza el intento no podía fallar; si se arrojaba de cabeza, lo haría según las instrucciones del profesor de natación de cierto club de Belgrano, debería saltar como cuando se zambullía de niña en aquella piscina, pero con la diferencia de que en esta oportunidad no colocaría los brazos hacia adelante protegiendo la cabeza; si decidía arrojarse no tenía sentido esperar la media hora prescripta por los cosmetólogos para quitar la crema nutritiva una vez concluido el masaje ejecutado con la yema de los dedos, pero si se quitaba ya dicha crema y después le faltaba el coraje para arrojarse por la ventana, en la reunión de la noche su cutis se vería desmejorado; por el contrario si dejaba aplicada la crema la media hora prescripta y antes de cumplirse el plazo no podía contener el impulso de arrojarse por la ventana, quienes la recogiesen en la calle observarían el grotesco detalle del rostro encremado.

Gladys volvió a colocar las doce pastillas en el frasco y lo tapó. En seguida lo volvió a abrir. Sus razonamientos sucesivos, en términos resumidos, fueron los siguientes: aunque doce pastillas no bastaban para destruir un organismo sano, sí bastarían para el suyo, ya próximo a la saturación de barbitúricos; si bien ello era probable, más seguro resultaría el efecto de las doce pastillas mezcladas con una bebida alcohólica, como lo había indicado el trastorno de dos noches atrás en el automóvil de Leo; si para ese prolongado desmayo había bastado un cóctel de ron, no cabía duda de que su organismo estaba gravemente minado por sedativos diarios; aunque era imperdonable el maltrato que más tarde había recibido de Leo, resultaba natural que un hombre de su inteligencia se irritase ante las excentricidades de una mujer como ella, depresiva, tuerta y carente de talento real; puesto que un cóctel de ron le había hecho perder el conocimiento, doce pastillas mezcladas con whisky sin duda le causarían la muerte; ahora bien, si en el presente carecía de talento, en el pasado por el contrario había realizado al menos una obra de calidad, la premiada en el Salón de Otoño, y con gusto habría mostrado a Leo dicha obra, propiedad del Museo y guardada en algún depósito estatal; aunque a su compañero autor del Ícaro esa obra pequeña no había gustado, podría en cambio gustar a Leo; si un artista logra realizar una pieza estéticamente válida en algún momento de su vida, es posible que logre otra más tarde; si bien su último experimento plástico había resultado fallido, era muy posible que no resultase inferior a los convencionales productos de María Esther Vila; los productos de María Esther Vila no merecían el nombre de experimentos; si hubiese tenido fuerzas se habría presentado ante un público para establecer la diferencia entre la obra de una y otra; aunque el público de San Pablo era de alto nivel internacional, tal vez su obra sería mejor comprendida por público que hablase el mismo idioma, de formación afín a la suya, es decir argentino; su mejor público resultaría entonces el de Buenos Aires; si su mejor público era el de Buenos Aires, esa noche debía ir a la reunión y aceptar la propuesta; si Leo le había formulado la propuesta era porque estaba seguro de que ella la rechazaría; si finalmente se atrevía a presentarse en la reunión, declararía que había sido descalificada por motivos personales y discutibles de uno de los miembros del jurado; si realmente había de hacerlo, mejor sería escribir todo en un papel y leerlo allí en la reunión, o fijar bien en la memoria todos los términos de la acusación, para no correr el riesgo de quedar inhibida por la timidez en medio de la gente.

Buscó papel y lápiz, pero no tenía la atención muy despejada. Calentó una taza de café. Lo tomó a pequeños sorbos, gustándolo, le estaba prohibido el café porque la sobreexcitaba. Buscó una fórmula con que dirigirse a los presentes en la reunión, no sabía por dónde comenzar su relato, no se le ocurría ninguna frase convincente. En seguida sintió una fuerte opresión en las sienes y pulso acelerado. Dejó el lápiz, se echó en la cama. Miró el reloj, faltaban todavía cuarenta minutos para la llegada del diario. Consideró la posibilidad de tomar un sedante, en seguida decidió contra ello porque la haría sentir aturdida en la reunión de más tarde. Visualizó el autor del Ícaro —en quien no había pensado durante mucho tiempo— allí en ese cuarto, entre las pertenencias de Leo. Consideró la posibilidad de que se le viera muy avejentado, puesto que era mayor que ella. Dedujo que estaría por cumplir cuarenta años. Gladys sin proponérselo comenzó a acariciarse el pubis, su pulso parecía aquietarse, trató de recordar los rasgos físicos del autor del Ícaro, en veinte años algunos se le habían olvidado. Gladys no experimentó sensaciones placenteras, apenas un alivio de sus nervios, una ocupación para sus manos. Antes de lo pensado se oyó el ruido del diario que entraba por debajo de la puerta.

En la sección segunda había un recuadro con el anuncio de la designación de María Esther Vila como representante argentina en la Bienal de San Pablo, sin hacer alusión a la candidata previa. Gladys leyó en la columna vecina el programa semanal correspondiente a la temporada lírica del teatro Colón —*Turandot*—, y en la misma página notas sobre actividad cultural. Sus razonamientos sucesivos, en términos resumidos, fueron los que siguen: a pesar de haberlo deseado mucho, nunca había visto la ópera *Turandot* de Puccini, y por lo tanto era posible que nunca llegase a verla; si no alcanzaba a ver *Turandot* con más razón todavía se vería imposibilitada de asistir al ciclo de conferencias sobre Parapsicología que se anunciaba para el mes siguiente en la Facultad de Filosofía, perdiendo así la posibilidad de indagar en un terreno que tanto le interesaba; en cuanto a los importantes estrenos cinematográficos programados para esa semana, era posible que nunca se llegase a enterar de su éxito o fracaso, pero si inesperadamente alcanzaba a ver la ópera *Turandot* ello no solamente significaría que había logrado superar las dificultades de esa noche sino que también le sería posible ver alguno de dichos estrenos cinematográficos, a los que de todos modos preferiría otras óperas que no estaban programadas para esa semana, aunque sí tal vez para el mes siguiente, incluso para el año siguiente; el número de óperas que nunca había visto y que le interesaba ver era abultado, pero más posible que ver todas ellas resultaba ciertamente que no viese ninguna; en cuanto a la carrera automovilística que se anunciaba en la última columna, era posible que no pudiese llegar a saber su resultado; aun en el caso de superar las dificultades de esa noche, al día siguiente era posible que tampoco se enterase de dicho resultado puesto que el automovilismo no le interesaba; en lo concerniente al horóscopo —del día siguiente, por ser diario de la tarde—, si bien ella no creía en vagas lucubraciones astrológicas de diarios y revistas, se podía calificar esa predicción de acertada, ya que para su signo se anunciaba, en el plano laboral, tendencia a reaccionar con inusitado ardor lo cual podía ser motivo de reyertas, en el plano afectivo tendencia a la inestabilidad, en el plano financiero dificultades debido a la pretensión de excesivos logros, y a modo de corolario se prescribía flexibilidad como norma del día; si esa predicción se calificaba de acertada, ello significaría que el día siguiente sería tan difícil como el que estaba viviendo.

Notó que su mano derecha conservaba algún rastro baboso, fue al lavatorio y mientras esperaba que corriera agua caliente miró dentro del botiquín. Brocha, crema y máquina de afeitar, dedujo que si Leo quería afeitarse con sus propios implementos en lugar de ir a la peluquería debía volver allí. Se lavó las manos pero sintió un leve indicio de sudor en las axilas, decidió tomar una ducha y eliminar toda suciedad. El agua caliente le produjo un efecto agradable, el chorro fuerte de la ducha hacía las veces de un masaje. Gladys sintió deseos de mojarse también la cabeza, de sentir el chorro potente en la nuca. Pero si se mojaba la cabeza todo el esmero puesto en ondular el pelo y alimentar el cutis se vería así anulado. Con manipuleos nerviosos se quitó los ruleros, no sabía si después de la ducha se los volvería a colocar o no. Con papel sanitario se quitó bruscamente la crema nutritiva, raspando la piel. El agua caliente le proporcionó un placer inmediato, decidió dejar la cabeza varios minutos bajo el chorro, la opresión en la nuca y sienes parecía ceder.

Mientras se secaba se vio obligada a decidir si se colocaba los ruleros o no. Resolvió primero echarse algunos minutos en la cama, para no mojar la almohada se envolvió la cabeza en una toalla. Se recostó, recordó a continuación que en una oportunidad Leo había entrado en su cuarto del hotel y la había encontrado con una toalla atada a la cabeza. Su piel estaba ahora libre de toda secreción, se pasó una mano por los hombros, tuvo la impresión de que su piel era suave e invitante. Cerró los ojos y trató de recordar cómo había sido aquella entrevista con Leo, y en qué momento se había quitado la toalla de la cabeza. No pudo frenar un fuerte deseo de masturbación. Le sobrevino un orgasmo rápido y fuerte, había logrado visualizar a Leo penetrándola y sonriéndole dulcemente, algo que sólo había hecho simultáneamente la mañana anterior, en presencia de María Esther.

Gladys respiró hondo, esperaba dormir una hora por lo menos, como le sucedía después de cada acto masturbatorio. Pensó que no tendría necesidad de sedantes para descansar antes de la reunión. Le era preciso dormir, sin ello sabía que no podría llevar a cabo ningún plan. Trató de relajarse, pasaron algunos minutos, en piernas y brazos comenzaron a producírsele insistentes descargas nerviosas. Cambió varias veces de posición, todas le resultaban incómodas. Echó la culpa a la almohada, mucho más blanda que la suya habitual. Volvió a insinuarse la opresión de nuca y cráneo, la cual fue paulatinamente en aumento. Gladys de pronto detectó la causa: el café.

Siempre le había producido ese efecto, dedujo que el malestar iría acrecentándose y se convertiría en una jaqueca propiamente dicha, sobre todo en esta oportunidad, después de una noche sin dormir. Recordó que siempre sus masturbaciones le producían jaqueca si no conseguía dormir inmediatamente después, a lo que ahora se unía el efecto del café. Miró la hora, eran las 19.47, dos horas y media más tarde debía estar en la reunión. La solución más rápida era el sedante, pero la adormecería, bajo su efecto no dispondría de lucidez ante la gente. Pensó en un trago de whisky, era posible que contrarrestase el café. Sirvió una medida abundante, se disponía a beberla de un trago cuando sonó el teléfono.

Pensó que sería Leo, quien le comunicaría algo agradable, y hasta podría suceder que le comunicase algo importante, algo equivalente a una solución para todos sus problemas, lo cual le evitaría beber ese alcohol que le desagradaba. Pero no fue así, del otro extremo de la línea llegó una voz femenina tímida y extremadamente cortés que pedía hablar con Leo. Gladys respondió, secamente, que él no estaba. Quien llamaba pidió encarecidamente comunicar a Leo que se esperaba cierto dinero para una familia en desgracia, un dinero prometido que todavía no había llegado. Gladys aseguró que daría el recado, colgó sin saludar e inmediatamente después tomó la bebida pura en pocos sorbos. Sintió un agradable calor en el pecho pero ningún síntoma de sueño. Se sirvió otra medida, casi doble. La tomó, sintió muy pronto los párpados pesados. Cayó dormida por fin. Soñó que debía levantarse e ir a un sitio, con pereza se levantaba, detenía la alarma del despertador, se vestía y llegaba a tiempo a su empleo en Nueva York. El sueño se repitió varias veces, en cada oportunidad el esfuerzo para levantarse y detener la alarma se hacía mayor.

Gladys se despertó a las 3.12 de la madrugada. Su jaqueca era casi intolerable. Miró el reloj, al ver la hora advirtió que ya no podía concurrir a la reunión aludida, y sus razonamientos sucesivos, en términos resumidos, fueron los siguientes: ya que era imposible asistir a la importante reunión, esa noche no iría a ninguna otra parte; no iría a ninguna parte ni esa noche ni nunca; se quedaría allí hasta que alguien viniese a buscarla y la llevase donde fuese; si le era posible nunca más en su vida tomaría una resolución; si le era posible nunca más molestaría a nadie con pedidos; si no tomaba ninguna resolución, ello significaba que de su conducta estarían excluidas medidas irreparables como el suicidio, un acto que apesadumbraría a su madre e incluso a Leo; si renunciaba a toda actividad quedaría a cargo de su madre para quien, casi con seguridad, constituiría un pasatiempo cuidarla; no iría a ninguna parte, no se movería del chalet, y si su madre moría la hija no la acompañaría hasta el cementerio de Playa Blanca, permanecería quieta en su cama; si se quedaba quieta en su cama, allí moriría porque nadie le llevaría nada de comer.

La noche era muy silenciosa, no se oía tráfico por la calle. Gladys agudizó el oído a causa de un leve rumor que no lograba localizar. Provenía del departamento contiguo, la pared donde estaba colgado el cuadro más grande servía de separación. Parecían ayes y suspiros de mujer. Gladys se levantó y pegó la oreja a la pared. Una mujer se quejaba del placer excesivo, su compañero le murmuraba palabras ininteligibles. De tanto en tanto se oía incluso el chirrido del elástico de una cama. Gladys se apartó unos centímetros, se oía sólo la voz más aguda, y muy quedamente. Volvió a pegar la oreja y pudo escuchar otra vez la voz grave y el ruido del elástico. Gladys sintió un deseo imperioso de estar en los brazos de ese hombre. Los ayes iban en aumento, Gladys esperó que el orgasmo provocara expresiones más audibles todavía, pero el crescendo se detuvo. Apenas se oía un murmullo nasal. Gladys adivinó la causa, él estaba ahogando con besos los quejidos indiscretos de ella.

Durante el silencio que sobrevino, los razonamientos de Gladys, en términos resumidos, fueron los siguientes: mientras a pocos centímetros de allí había una mujer embargada por un inmenso placer, ella misma se encontraba soportando, entre otras cosas, una fuerte jaqueca, el disgusto por el alejamiento de Leo, la descalificación del jurado, y la amenaza de las innumerables jaquecas que la aguardaban en Playa Blanca; si era posible tal disparidad de suertes, no hallaba ella razón alguna por la cual debía tocarle la menos favorable; si le tocaba la suerte menos favorable no hallaba ella razón alguna por la cual debía aceptarla; más aún, si poderes desconocidos habían decidido que a ella le tocase la suerte menos favorable, no hallaba razón alguna para hacerse cómplice de los mismos; si esos poderes desconocidos cometían una cruenta injusticia, dichos poderes eran reprobables; cualquier complicidad con esos poderes la volvían reprobable a ella también; en el caso de seguir viviendo, no podría evitar futuras complicidades con los poderes aludidos; el solo hecho de seguir viviendo la volvía cómplice de ellos; si bien despedirse telefónicamente de su madre sería doloroso para aquélla, no concebía solución mejor; aunque debiese esforzarse, a su madre era preciso hablarle con claridad y calma; si bien la despedida sería triste, su desaparición en fin de cuentas resultaría un alivio para quien podría así retomar libremente sus actividades de recitadora.

Pidió comunicación telefónica con los vecinos de su madre en Playa Blanca. La operadora le anunció diez minutos de demora. Decidió cubrirse, no quería ser hallada desnuda en la vereda, se puso corpiño y bombacha y encima el camisón. Pasados los diez minutos reclamó la llamada y le anunciaron que las líneas estaban interrumpidas por el mal tiempo en la costa. Canceló la llamada con alegría, pues ya nunca más oiría la voz de su madre. Notó extrañada que la jaqueca estaba pasando. Abrió un grifo del lavatorio, el agua salía muy fresca, tomó varios sorbos del hueco de su mano. Por último consideró la posibilidad de tener puestas las gafas oscuras al arrojarse por la ventana, pero supuso que durante el recorrido de su cuerpo por el aire las gafas se desprenderían y caerían separadamente. Si bien las gafas ya estaban algo deterioradas y últimamente las usaba con cierta aprensión por parecerle pasadas de moda, les tenía afecto, puesto que las usaba desde el vaciamiento del ojo. Dejarlas allí le parecía un acto de ingratitud; decidió llevarlas en la mano bien agarradas, para no perderlas durante la caída. La jaqueca había pasado casi por completo, pensó con alivio que había sido la última de su vida. Se dirigió a la ventana, la abrió, el pequeño balcón tenía una baranda de un metro escaso de altura.

XVI

Rita Hayworth: (deslumbrante en su negligé de gasa con revelador escote, pero profundamente turbada pues acaba de descubrir que el nuevo guardaespaldas de su esposo es nada menos que el único hombre a quien amó en su vida y por quien fuera abandonada; habla tratando de disimularlo todo) Ha sido un gusto conocerlo, Mister Farrell.

El marido gangster: (en tono de afectuosa protesta) Su nombre es Johnny, Gilda.

Rita Hayworth: (festiva) ¡Oh, perdón! Johnny es un nombre muy difícil de recordar..., pero fácil de olvidar.

(De *Gilda*, Columbia Pictures.)

Buenos Aires, 23 de mayo de 1969

La joven esposa no podía reprimir expresiones vocales correspondientes a su goce. El marido, estimulado, se esmeró en la prosecución de su desempeño. Durante breves instantes redobló las arremetidas pero de pronto, al reducir la velocidad de sus movimientos a un mínimo, hizo un feliz hallazgo erótico. La joven esposa recordó las escenas cinematográficas proyectadas con cámara lenta y adaptó los movimientos de sus manos, las cuales recorrían la espalda del marido al mismo ritmo; creyó fortificar la sensación ultraterrena de ese momento guardando silencio. Con extrema lentitud él retiraba el miembro hasta los labios vaginales y luego del mismo modo lo volvía a introducir totalmente. Pasados unos minutos la joven esposa no pudo contenerse más y volvió a jadear y lanzar detonantes suspiros. El marido le sugirió bajar el volumen de sus expresiones porque podían despertar al bebé que dormía

215

en el cuarto contiguo. Ella respondió que nada lo despertaría puesto que había tomado su mamadera completa y hasta pasadas tres horas no le tocaba otra. Lanzó nuevos suspiros, los cuales no lograron cubrir totalmente un rumor procedente del departamento vecino. Más exactamente, lo que se había oído era una especie de roce sobre la pared que separaba las viviendas y contra la cual estaba arrimada la cama matrimonial. La posibilidad de que alguien los escuchase aumentó la excitación de la pareja y precipitó el orgasmo. El marido aplicó su boca sobre la de ella y así ahogó todos los sonidos culminantes. De paso para el baño miró el reloj eléctrico de la cocina, eran las 3.31 y a las 5 debía estar en el aeropuerto. Antes de salir preguntó a la esposa si realmente no necesitaba nada del Paraguay, dado que entre la hora de llegada del avión y la hora del regreso a la cabina de pilotaje tenía suficiente tiempo para merodear por los negocios del aeropuerto en busca de algo útil y a precio conveniente. Ella consideró cualquier posible compra un lujo superfluo, en ese momento todas sus aspiraciones estaban colmadas. Prefería no levantarse de la cama, se disculpó por no ayudarlo. La ropa del marido estaba ya preparada y el maletín listo, todos los detalles habían sido cuidados por ella antes de acostarse. Agregó que permaneciendo en la cama guardaría el calor de él.

Ya listo para despedirse, con el maletín en una mano y en la otra la gorra del uniforme, él se inclinó para besarla. Pasó la gorra a la izquierda que ya sostenía el maletín y con la derecha acarició el pubis de ella, por debajo de la toalla floreada que lo cubría. Su esposa le pidió que manejase con cuidado, había lloviznado durante la noche y las calles estarían resbalosas. Al quedar sola trató de dormir. A los pocos minutos oyó una frenada brusca en la calle, echó mano a su bata rápidamente y salió al balcón para ver si lo que más temía en el mundo había sucedido. Se trataba de una falsa alarma, dos vehículos desconocidos se habían enfrentado pero ya retomaban la marcha, también testigo de la escena era una mujer asomada por el balcón contiguo. La joven esposa se sobresaltó en un primer momento, pero, llena de curiosidad por saber quién era la visitante de su excéntrico vecino, la saludó. Ni bien la mujer miró de frente, con temor, fue reconocida. La joven esposa pudo identificarla de inmediato por el defecto del ojo derecho. Le refirió, sin advertir que ello implicaba una referencia a la seña particular, que el vecino les había hablado largamente a ella y a su esposo de su descubrimiento a orillas del mar, y añadió que se sentía honrada en conocer a alguien de su talento. La mujer no preguntó cómo le había sido posible reconocerla, sonreía con esfuerzo y no lograba articular palabra. Se oyó sonar el teléfono en el departamento del vecino excéntrico, la mujer se disculpó, debía responder al llamado. La joven dijo que ella permanecería en el balcón algunos minutos, y la esperaría para hablar algo más, añadió con palabras entrecortadas que le interesaba mucho platicar con alguien diferente, una artista promisoria. La mujer sonrió apenas y entró, dejó abierta la ventana.

La joven alcanzó a oír que la mujer aseguraba a la telefonista haber cancelado anteriormente esa llamada. La mujer colgó el receptor pero no volvió inmediatamente al balcón. La joven esposa recapacitó y decidió volver a acostarse, pero dado que le sería difícil retomar el sueño, bebería antes una taza de leche. Dijo en voz baja "buenas noches, señora". No oyó contestación, se incomodó, le pareció que lo mínimo que podía hacer una persona medianamente educada era responder al saludo. En seguida pensó que la mujer podría estar descompuesta, su semblante era malo, el ojo abierto expresaba angustia, estaba inyectado de sangre. La joven esposa volvió a llamar en voz más alta, "señorita", dijo esta vez. La mujer volvió al balcón, tenía colocadas las gafas oscuras.

Miró a la joven sin hablar, con una leve sonrisa. La joven le preguntó si no se sentía bien; la otra, evasiva, inquirió a su vez por qué el vecino le había hablado de su existencia. La joven respondió que Leo solía venir a conversarles porque sufría de insomnio, la pareja a menudo estaba levantada de noche debido a los extravagantes horarios de vuelo, tratando de dormir de día si el bebé los dejaba. La joven propuso a la mujer tomar juntas un vaso de leche con torta, un bizcochuelo que ella misma había hecho. La mujer en vez de responder volvió a preguntar sobre las referencias dadas por Leo. La joven repitió la invitación, agregando que la leche ayudaba a dormir, y así podría contarle lo interesados que habían estado ella y su marido en los relatos de Leo, su marido incluso había lamentado que no figurase San Pablo en su lista de vuelos del mes siguiente, de lo contrario habría podido asistir a la presentación de la artista en esa muestra.

La mujer preguntó qué trabajo hacía el marido, se le respondió que era radiotelegrafista de vuelos internacionales. La joven esposa miró el cielo nublado y dijo que nunca se acostumbraría a los riesgos que entrañaba volar constantemente. La mujer trató de consolarla diciéndole que había más peligro ahí abajo donde estaban ellas, sumergidas en la polución del mundo moderno, que arriba por los aires. La joven respondió que lo sabía muy bien, hizo una pausa y agregó que su madre había muerto tres años atrás de un infarto, después de trabajar mucho tiempo como telefonista en una cabina insalubre. No pudo evitar que se le asomaran lágrimas a los ojos, la mujer le dijo que lo sentía mucho, a su vez hizo una pausa y luego agregó que aceptaba la invitación formulada.

Cuando la mujer entró al hogar vecino la joven dijo entrecortada que también podía venir Leo, si estaba allí al lado. La mujer dijo que no estaba, justamente le había dejado a ella el departamento por algunos días, él había debido ausentarse de la ciudad. La joven le rogó hablar en voz baja para no despertar al niño y le mostró la foto del marido en uniforme, un joven de físico agradable y expresión simpática. La mujer miró con atención la foto, miró luego en derredor las paredes y adornos, se acercó a un portarretratos donde estaba la joven con su marido el día de bodas. La joven fue a buscar la leche y el bizcochuelo, mientras tanto la mujer miró rápidamente la cama deshecha, la toalla tirada en el suelo, y sobre una silla un piyama de talle grande. La mujer incluso tuvo tiempo de volver a mirar la foto del joven de uniforme. La mujer preguntó si la muerte repentina de la madre la había tornado muy aprensiva. La joven respondió que sí, constantemente pensaba en la posibilidad de perder a su marido en un accidente, o a su bebé por causas numerosas, principalmente caídas, o intoxicaciones producidas por alimentos en mal estado. Agregó que temía menos a las epidemias pues el bebé estaba vacunado debidamente, y que en general sus insomnios eran originados por esos pensamientos negativos, si bien —preciso era aclararlo— dichos estados depresivos sólo se presentaban en ausencia de su marido.

La mujer dijo que el bizcochuelo era de su agrado. La joven esposa le sirvió otra porción y le ofreció una pastilla para dormir. La mujer preguntó si ella también tomaría. La joven esposa dijo que no, porque el bebé se despertaría entonces antes que la madre. La mujer también rechazó la pastilla, su semblante pareció nublarse nuevamente y se levantó para irse. La joven esposa le rogó que se quedara más tiempo, así podrían hablar de las presentaciones artísticas que seguramente estaría preparando para después de San Pablo. La mujer contestó en voz muy baja que no sabía, siguió un silencio, los labios de la mujer se apretaron más aún. La joven inquirió sobre la posibilidad de una presentación en Buenos Aires. La mujer contestó que había una posibilidad, pero desafortunadamente esa noche no se había presentado a una reunión donde se habría tratado el asunto. La joven esposa preguntó indiscreta el porqué de su ausencia. La mujer respondió que no se había sentido bien. La joven esposa dijo que la próxima vez que eso ocurriera podía llamarla, ya que pasaba la mayor parte del día sola con su criatura, e incluso de noche podría llamarla, si veía luz desde el balcón. La mujer explicó, mirando en otra dirección, que al día siguiente tal vez ya no estaría alojada allí.

La joven esposa se levantó para ir a la cocina a buscar más leche, había notado que la mujer no tocaba la segunda porción de torta y lo atribuyó a que no quedaba líquido con que acompañarla, pero al volver vio que la mujer estaba de pie junto a la puerta de salida. La joven esposa pensó que ya no cabía más insistir y le ofreció el trozo de torta para que lo llevara consigo y lo comiese con el desayuno. La mujer abrió la puerta, no respondía, sólo sonreía levemente. Sonó el teléfono de la joven esposa. Ésta pidió a la mujer que entrase un instante más y cerrase la puerta tras de sí. La llamada era del marido, ya estaba en el aeropuerto y quería saber si en el interin no se le había ocurrido alguna compra para el Paraguay. La joven esposa respondió negativamente, aunque tal vez la visitante querría algo, explicando al marido a continuación de quién se trataba. El marido le dijo que la invitara a cenar esa noche, él volvería a las tres de la tarde y tendría tiempo de dormir una siesta. La joven preguntó a la visitante si quería algún producto norteamericano en venta en el Paraguay. La visitante dudó un instante y respondió negativamente. El marido pidió que la visitante se acercase al teléfono para ofrecerle él mismo ese servicio. Dialogaron pocos minutos, la voz del joven sonaba vital, casi adolescente, y proyectaba un entusiasmo auténtico por conocer a esa personalidad de la plástica argentina.

La conversación había apenas terminado cuando se oyó el llanto del niño; las voces y el timbre del teléfono lo habían despertado. La joven madre se excusó, dejaría sola a la visitante unos minutos porque debía ir hasta la azotea, donde había olvidado pañales tendidos en la soga. La mujer quedó sola, miró hacia el balcón, cuya puerta de acceso había permanecido abierta. El niño seguía llorando. La mujer no fue hasta el cuarto contiguo a verlo, en cambio se dirigió al baño, revisó el botiquín y halló disimulada tras el paquete de algodón una vasija de jalea anticonceptiva. La destapó para olerla. Volvió a taparla y la dejó en su lugar, cubierta debidamente por el paquete de algodón. De allí fue a la cama matrimonial. Descorrió totalmente la sábana de arriba, aparecieron dos vellos negros crespos, atribuibles a la zona púbica. Volvió la sábana a su lugar. Miró en derredor, sobre una silla yacía aún el piyama de hombre. La visitante lo revisó, olió el saco y después el pantalón.

Se oyó ruido en el pasillo, reapareció la joven con los pañales, humedecidos por la llovizna; encendió el horno de la cocina y allí los colocó. Pidió disculpas por la tardanza y por el fastidio que ocasionaba el llanto del niño. La joven madre lo tomó en brazos y lo mostró a la visitante, le preguntó además si ya habían precisado con su marido la hora en que se reunirían para cenar. La visitante miraba al niño como si nunca hubiese visto otro en su vida, respondió que el joven le había pedido antes de colgar que entre ellas dos fijaran los detalles; a continuación quedó callada. La joven se disponía a hacer cualquier comentario para evitar el silencio cuando la visitante, con voz más alta de lo acostumbrado en ella, pidió que la cena fuera lo más tarde posible, porque tenía intención de hablar antes con el director de cierta galería municipal, y no sabía cuándo la recibiría en su despacho; agregó que el niño le parecía hermosísimo. La joven madre dijo que debía cambiar inmediatamente al bebé, y volvió a ofrecer a la visitante otro vaso de leche para acompañar la tajada de torta ya cortada. La visitante inesperadamente aceptó. La joven madre se sorprendió más aún cuando aquélla le pidió una pastilla para dormir. Como avergonzada, la mujer acotó que si bien esa noche había bebido demasiado, ya habían pasado muchas horas y no se produciría conflicto alguno entre alcohol y barbitúricos. Tragó la pastilla con un sorbo de leche. La joven madre sacó del horno los pañales ya secos, los extendió sobre la cama matrimonial y allí puso al niño. Pidió a la visitante que se sentara junto a ella para no darle la espalda durante la operación y le rogó que le contara algo de sus planes artísticos, pero en seguida se corrigió, pues eso debería contarlo durante la cena y quería evitarle repeticiones tediosas. Le pidió en cambio que le hablara de las cosas que le causaban miedo. La visitante, sentada en la cabecera de la cama y con la cabeza apoyada contra el respaldo, de seda capitoné, dijo que le causaban miedo las tormentas. La joven no permitió que su interlocutora continuara la enumeración, empezó ella a hablar de los miedos propios, principalmente uno, el ya mencionado de perder a sus seres queridos. Acotó que por su parte no temía a la muerte, pero si la aterraba la muerte de quienes amaba. Mientras decía esto notó que el cabello de la visitante parecía pegoteado y por lo tanto podía engrasar la seda del respaldo. Con la excusa de ofrecerle mayor comodidad le colocó, con modales afectuosos pero sin pedirle permiso, una almohada entre la cabeza y el delicado respaldo.

A continuación narró el episodio correspondiente a la muerte de su madre. La visitante la miraba, parecía estar confortablemente instalada. La narración abundaba en detalles de profunda tristeza. El niño, aliviado de las raspaduras en el trasero por el talco y las caricias de su madre, sonreía. La joven hablaba sin mirar a la visitante, atenta al cuidado del niño. En un momento hizo una pregunta a aquélla y no obtuvo respuesta. La miró y sólo entonces notó que se había quedado dormida. Apagó la luz central y encendió el velador del lado opuesto al que ocupaba la visitante. Su sueño era sin duda sereno, puesto que la respiración le aplanaba y le henchía el pecho acompasadamente. Pero la joven, siempre temerosa de accidentes fatales, pensó que la visitante podría haber sufrido un desmayo, o un infarto, o algún otro contratiempo terrible. Intentó tomarle el pulso, mas no lograba dar con vena alguna. No vio otra salida que sacudir a la mujer, las gafas oscuras cayeron al suelo; la joven las colocó sobre la mesa de luz. La mujer despertó, sonrió levemente y se disculpó. Se incorporó a medias, la joven le dijo que si quería podía quedarse a dormir allí. La visitante no pudo reprimir un amplio bostezo. La joven insistió en que podía dormir con ella y el bebé en esa cama, de ancho suficiente. La visitante respondió que sería demasiada molestia, pero no se puso de pie, quedó sentada en la cama. La joven aseguró que dormirían bien, incluso aprovecharía que el bebé estaba despierto para adelantarle la mamadera, así no las despertaría hasta entrada la mañana. La visitante aceptó con sólo una inclinación de cabeza, la leve sonrisa perduraba en sus labios. La joven propuso colocar la almohada en posición normal, para comodidad de todos. La visitante retomó el sueño casi inmediatamente. La joven volvió al niño, éste batió palmas y al sonreír mostró dos dientes diminutos. A los lados de la boca se formaban dos hoyuelos plenos de gracia. La tez era rosada, los ojos celestes clarísimos, el pelo enrulado y rubio. La joven sintió los ojos llenárseles de lágrimas, su madre había muerto antes del nacimiento del niño, ni siquiera había conocido a su esposo, apenas un festejante en la época del deceso. Cerró los ojos y pensó en él. Experimentaba todavía una sensación agradable de calor en la vagina, y más arriba un leve ardor. Pensó si dentro de ella no estaría por brotar un nuevo ser, decidió que si era niña le pondría el nombre de su madre muerta.